东方之子

/// 魏巍的成长之路 ///

这是一部勤学笃行的成长画卷

这是一首投笔从戎的英雄放歌

这是一条颂歌时代抒怀人民的峥嵘
之路 #

这是一部东方之子半生心血的文学
之作 #

这是一位军旅作家的悠悠往事

这也是一座扎根热土巍然耸立的峨
峨高山 #

让我们悄悄扫，
细细品……

辽海出版社融媒体书签

Integrated Media Bookmark

扫描页面内二维码，可读取更多有关魏巍先生的融媒体拓展资源，更可全面地了解魏巍先生的成长历程，汲取更多成长的力量。

成长

系列丛书

东方之子

魏巍的成长之路

辽海出版社

峭岩／著

图书在版编目（CIP）数据

东方之子：魏巍的成长之路 / 峭岩著. —沈阳：辽海出版社，2024.11
ISBN 978-7-5451-6786-3

Ⅰ.①东… Ⅱ.①峭… Ⅲ.①魏巍（1920—2008）—生平事迹 Ⅳ.①K825.6

中国国家版本馆CIP数据核字（2023）第251408号

出 品 人：柳青松
特约编审：谢学芳

出 版 者：北方联合出版传媒（集团）股份有限公司
　　　　　辽 海 出 版 社
　　　　　（地址：沈阳市和平区十一纬路25号　邮编：110003）
印 刷 者：辽宁新华印务有限公司
发 行 者：北方联合出版传媒（集团）股份有限公司
　　　　　辽 海 出 版 社
幅面尺寸：140mm×210mm
印　　张：13
字　　数：260千字
出版时间：2024年11月第1版
印刷时间：2024年11月第1次印刷
责任编辑：栾天飞　高福庆
装帧设计：杜　江
印制统筹：曾金凤
责任校对：张　柠　张　越

书　　号：ISBN 978-7-5451-6786-3
定　　价：68.00元

购书电话：（024）23284478　23287905
网　　址：http://www.lhph.com.cn
版权所有，翻印必究
法律顾问：辽宁普凯律师事务所　王　伟
如有质量问题，请与印刷厂联系调换
印刷厂电话：（024）31255233
盗版举报电话：（024）23284481
盗版举报信箱：liaohaichubanshe@163.com

成长系列丛书

编委会

成长

系列丛书

写在前面的话

时代有不同，精神在传承。

中华文明是世界上唯一绵延不断且以国家形态发展至今的伟大文明。在这条从未断流的文明长河里，有多少古圣先贤、志士仁人和现当代数不清的各行各业的优秀者，孜孜矻矻，自强不息，在精神上引领着中华民族，穿越数不清的苦难与险阻，最终铸就属于中国人的光荣与梦想。

作为时代的先锋和民族的未来，青年的成长成才关乎国家发展的大计。习近平总书记多次就青年一代的培养造就做出指示，强调要教育引导青年"正确认识时代责任和历史使命，用中国梦激扬青春梦"，并希望广大青年"扣好人生的第一粒扣子"，坚定理想信念，练就过硬本领，勇于创新创造，矢志艰苦奋斗，锤炼高尚品格，努力成为堪当民族复兴重任的时代新人。

人的成长成才是一个不断自我完善、形成价值认知、夯实人生根基，进而实现全面发展的过程。这一过程既需要主体的自我锤炼和砥砺奋进，也需要社会的多维力量作用、服务于主体。为此，我们策划、组织出版了面向广大青年读者的"成长"系列传记体文学丛书，选取现当代在文学、艺术、科学、教育等领域贡献卓著、成就斐然的知名人士，以翔实的素材和生动的笔触讲述他们的成长故事，梳理他们的成长路径和人生心得，意在以"过来人"的经验为青年朋友健康成长提供借鉴和启发，激励青年勇担时代责任和历史使命。

丛书围绕个人成长、家庭教育、师友影响、时代机遇等诸多角度全方位展开评述，真实客观地反映出主人公在人生各个阶段的成长轨迹，展现他们在赓续历史文脉、谱写当代华章的过程中，刻苦学习、矢志不渝、忘我奋斗、实现价值的成长历程，突出成长之路上的闪光处和关键点。深情回顾，娓娓道来，没有高高在上，没有凌空蹈虚，只有平等交流、真诚分享。

孔子说，"益者三友"，"友直，友谅，友多闻"，与正直的人、诚实的人、见多识广的人交朋友，必然受益。我们真诚希望青年朋友能够透过文字与优秀的前辈对话交流，在良好的阅读体验中吸取经验、获得启迪，不断茁壮成长。愿这套丛书能够成为青年成长之路上的良师益友。

一个伟大的国家，正是在一辈辈人的建设下，变得日益强盛。

一个光荣的民族，更是在一代代人的传承中，实现伟大复兴。

成长，成长，愿我们像种子一样，一生向阳，一生向上！

"成长系列丛书"编委会

2023 年 6 月

目录

魏巍
简介

　　魏巍，本名魏鸿杰，笔名红杨树，当代著名作家、诗人。

　　1920 年 3 月 6 日生于河南郑州，2008 年 8 月 24 日逝世于北京。幼年就读于"平民小学"及简易乡村师范，受到进步文学作品的熏陶，接受革命思想的启蒙。17 岁胸怀家仇国难，写出 500 行长诗《黄河行》，抒发了救民族于危难的远大志向。

　　1937 年 12 月，他毅然参加八路军，奔赴山西前线，后转至延安，入抗日军政大学，毕业后被分派到晋察冀军区工作。历任部队教育干事、教育科副科长、团政治委员、《解放军文艺》副主编、原中国人民解放军总政治部文化部文艺处副处长、原北京军区政治部文化部部长、原北京军区政治部顾问等职。

　　他热爱祖国，向往光明。1942 年创作长诗《黎明风景》，荣获晋察冀边区文学艺术界联合会颁发的"鲁迅文艺奖"。抗美援朝战争爆发后，他三次受命入朝采访，亲历志愿军艰苦卓绝的战斗，写出脍炙人口的战地通讯《谁是最可爱的人》，轰动全国。1951年4月11日，《谁是最可爱的人》在《人民日报》头版刊登，得到毛泽东主席的重视，毛主席亲笔批示印发全军。《谁是最可爱的人》是一篇划时代的经典之作，被称为一个时代的群体记忆。

魏巍笔耕不辍、钟情翰墨，与白艾共同出版了中篇小说《长空怒风》，与钱小惠合作写出电影小说《红色的风暴》。1978年，魏巍创作完成的描写抗美援朝战争的长篇小说《东方》荣获第一届"茅盾文学奖"；1988年，魏巍创作出版了描写红军长征的长篇小说《地球的红飘带》；1997年，魏巍精心创作长篇小说《火凤凰》。晚年的魏巍还相继出版了《四行日记》《新语丝》《魏巍诗选》《魏巍文集》等重要著作。

祖国是人民最坚实的依靠，英雄是民族最闪亮的坐标。"魏巍"

这个名字，是和人民军队、祖国的命运连在一起的。他一生忠于党、热爱祖国和人民，把一生献给了伟大的共产主义事业。他如一股清流，受到广大读者的敬仰和爱戴。魏巍的作品是"歌唱祖国、礼赞英雄"的不朽华章，凝聚着中华民族的风骨和力量，蕴含着深沉的爱国主义信念和昂扬的英雄主义气概。他始终坚持为祖国创作，为人民创作，深深扎根于党和人民的沃土，为我们留下了一系列重要的作品，在中国当代文学史上有着重要地位。

他的故乡，是具有革命斗争传统的地方，震惊中外的京汉铁路工人大罢工就发生在那里，街头巷尾浸染着"二七惨案"中工人殷红的血迹，暮云晨雾，萦绕着不屈的呐喊。

　　他的故乡，和许许多多作家、诗人的一样，河流里漂荡着美好的憧憬，幼儿的梦里曾和缪斯女神会面。小学里有一位敬爱的女教师，是她将他领进文学的殿堂之门。如果说父母给了他肉体，故乡则赋予了他精神世界的雏形，从这里带走的颜色和味道，将是一生的依附和眷恋。

- -

探索成长之路，解读智慧人生，
本章内容，扫码收听。

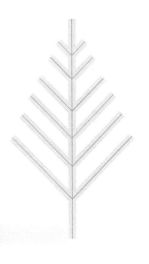

第一章

黄河岸上一少年

黄河一路唱着，叫故乡

　　故乡，你曾是一块多灾多难的地方。人们曾带着深沉的感情感叹过，中华民族的灾难是深重的；而你，是灾难中的灾难，是人民的牢狱和坟场。在那黑暗的年代里，我听见过憔悴的母亲在黑窗户里面的绝命时的呻吟，我听见过哥哥那个失业工人的沉重的叹息，我看见过邻家姑娘14个钟头换来的两毛工钱如何被强盗们夺去，我看见过我的姐姐全家大小睡着的一领破席……故乡呵故乡，我不爱你吗？可是你是怎样的一个故乡呵，你生产了那么多的棉花同小麦，可你却是连黑窝窝头都不让人吃饱的故乡呵……

　　　　　　　　　　　　　　　（节选自魏巍《寄故乡》）

　　每个人的故乡，都是先人遗留的，是他们赖以生存的家园，是父母的生存之地。人的生命在无意识之前是不能选择的，像他们不能选择父母一样。所以，人一出生，有的在城市，有的在农村，有的在山区，有的在草原，是由不得个人意志的。

魏巍，就诞生在黄河边上的郑州古城，那是生他养他的故乡。

魏巍的故乡，最早是黄河的一抔土。黄河从远古的荒漠中走来，从女娲补天的神话中走来，从中华民族的襁褓中走来，由涓涓细水，转化为咆哮的急流，水花飞溅的地方，留下一片片绿荫。他的故乡，最早是商代的土地，那里至今还埋着骨器、蚌器、玉器、象牙梳、卜骨、卜辞龟甲，还埋着商王盘庚建国创业、荣华富贵的梦。他的故乡，是具有革命斗争传统的地方，震惊中外的京汉铁路工人大罢工就发生在那里，街头巷尾浸染着"二七惨案"中工人殷红的血迹，暮云晨雾，萦绕着不屈的呐喊。

他的故乡，和千千万万的故乡一样，有着青瓦盖顶的小屋，飞扬着尘土的街道，门楼里飘着烧野蒿的炊烟，黎明时，冷风送来一连串的鸡鸣……他的故乡，和许许多多作家、诗人的一样，河流里漂荡着美好的憧憬，幼儿的梦里曾和缪斯女神会面。小学里有一位敬爱的女教师，是她将他领进文学的殿堂之门。如果说父母给了他肉体，故乡则赋予了他精神世界的雏形，从这里带走的颜色和味道，将是一生的依附和眷恋。

当历史的车轮转到 20 世纪 20 年代，华夏大地充满兵匪军阀、战乱连年的恐怖时刻，当第一场春风卷走中原大

◎ 郑州东大街设有"魏巍故里"传统牌楼

地的寒冷，迎来播种的喜悦时，他降生了。

历史记下了这一天：1920 年 3 月 6 日。

在郑州东大街魏家胡同一间普通的小屋里，昏暗的灯光下，映出一张眉眼未开的小脸，一种难言的喜悦与凄苦，充盈在小屋里。

孩子出生大人应该高兴才是，可是在那个民不聊生、食不果腹的年代，增添人口几乎是痛苦又心酸的事情。

"唉，兵荒马乱的，你来干什么？跟着我们受罪啊！"母亲抚摸着孩子稚嫩的小脸，又疼又爱地数落着。

"是个男孩子，说不定，将来有口饭吃哩！"父亲倒是挺乐观的。

这是魏家的喜事。男人叫魏怀珍，女人叫张瑞云，一对十分恩爱的夫妻。魏家祖上是殷实的大户，到了他们这一辈家道渐渐衰落，加上军阀混战，生活动荡不安，吃穿都成了问题。魏怀珍当过铁路巡警，每月八元的银饷，有时有，有时无，保证不了家庭生活的开销。在这样拮据的生活条件下增添人口，可见魏怀珍夫妻俩心里的滋味。说父亲乐观，那也是不得已的。他虽是母亲张瑞云生下的第一胎，但在那物价一天天飞涨的郑州，他们的日子也是难以维持的。魏怀珍靠爷爷那一辈富庶的经济条件，读了几年书，学了《诗经》《孟子》《论语》之类的，才在铁路上有个小职位。儿子来了，得好好拉扯他呀！还是父亲的心中满怀憧憬，为襁褓中的儿子起了个响亮的名字——魏鸿杰。

鸿杰，远大、出众的意思。它寄托着父亲多么远大的抱负哇！

这是魏巍早年的名字。

父亲魏怀珍有点儿文化，懂得一些生活道理。他徘徊在这座古城里，寻找生活的出路。他惋惜过发家后又走向衰落的家境。那骡马车哪里去了？那院落里的粮仓哪里去了？那院子里的桂花树、杏树哪里去了？那常来家里做客、身穿马褂儿、戴锦缎帽的人呢？他也曾把生活的曙光寄托于社会，可是，清廷倒台了，辛亥革命失败了，接着又是南北军阀混战，人们仍然食不果腹。尔虞我诈、弱肉强食的冷酷现实，像一盆冰水，浇得父亲抬不起头来。

父亲就是这样在困惑、潦倒中度日的，盼望着浩荡的春风复苏大地，他指望着儿子长大发迹，改变过去的穷日子。

小鸿杰一天天大了，邻居婶婶过来了，抱抱他，给他一点儿甜蜜；对门的奶奶过来了，亲亲他，给他满腔温暖。他发育得很快，有着宽阔的前额，红润的脸蛋，一双碧水般透亮的眼睛。最令母亲高兴的是，儿子有着天然的灵性，他刚会说话的时候，有好几次，母亲发现每当父亲从外边归来，那嚓嚓的脚步声一响，小鸿杰便竖起小耳朵，停止了玩耍，瞪圆眼睛，等待父亲的归来。也许他能够感知父亲的声音，那声音为他带来一股热气，带来一个温暖的拥抱，带来满屋子的笑声。

每当屋子里安静的时候——父亲上工了，母亲忙家务了，屋子里只有他一个人，他便静静地躺着，伸长小耳朵在聆听着什么，好似在探索小屋以外的世界。

他听到什么了呢？妈妈说，小鸿杰听到工厂的机器声了，长大了要当个开机器的工人；父亲说，儿子听到黄河的涛声了。离郑州不远的地方，波涛滚滚的黄河在奔腾，它召唤着岸上的子孙们。

口袋装方块字的少年

　　魏家院里的那棵小杨树抽枝吐叶，挺直地站在阳光下，成为窗前的一道美丽风景。每当父亲下班回家，第一眼就看到那棵小树，情不自禁地摸一摸，又离开，站在不远的地方，打量一番，口中念叨着："又高了！"父亲心里有一种希冀在升腾。在母亲的喂养、父亲的苦盼中，小鸿杰与小杨树一起成长。

　　小鸿杰 6 岁那年，在铁路当巡警的父亲做出了一个决定——搬家。

　　那是一个遥远的梦，那是一次难忘的旅行，那是一个天真烂漫的多彩世界。小鸿杰随父母沿着京汉铁路向南行，来到了离许昌不远的一个小火车站。离车站不远的地方堆满了旧枕木，在散发着一股煤烟气味的一排低矮的小砖房中，就有小鸿杰一家的住所。

　　小火车站有一个古怪的名字：和尚桥，也是这个住着三四十户人家的小镇的名字。镇上住的都是种地的农民，他们穿着粗布衣裳，吃着红薯干和野菜，为解决烧火问题，农民们常常到车站附近捡煤渣。和尚桥火车站的规模很小，没有正式的车站建筑设施，售票室、候车室、站长办公室都在民房里。车站职工的宿舍，也是借用一间间老百姓的房子。房子的周围，还拦了带刺的铁丝网，门前堆放着一堆旧的散发着臭油味的松木枕木，偶尔摆放着一两根长长的钢轨，那是为撤旧换新而准备的。

这里是小鸿杰的新家，他第二个生活的摇篮。

没有郑州那种无休止的喧闹，夜间酣梦中的警车长鸣，混浊的空气，躲不开的污泥臭水……现在可好了，宁静的旷野散发着青草的清香，天空瓦蓝瓦蓝的，一只只自由自在的小鸟在飞翔；不远的山上，生长着一片郁郁葱葱的松树林，林子里的野鸡拖着美丽的长尾巴，常常逗引起孩子们的兴趣。每当雨后，山坡上就会生出一片片蘑菇，连空气里都充满了芬芳。不远的地方，有一片天然的樱桃树，每年春天樱桃花开时，粉红色的小花染红那片绿野。还有挺拔的桐树，夏天时，那阔大的叶子可以摘下来顶在头上遮太阳。尤其是和尚桥的西边，一片开阔地上，四五月时，一丛丛马兰花开了，可以平添许多乐趣，紫色的马兰花好看极了，采摘下来放进玻璃瓶里，好几天也不枯萎；那宽宽的马莲叶，不仅可以编织成蝈蝈笼、坐垫、花篮，还可以放到嘴边当口琴，吹奏出悠扬的曲调。无疑，这块地方是孩子们夏天的乐园。

小鸿杰自从到了这个地方，精神格外快活。

父亲在这个小车站当铁路巡警，收入微薄，远远满足不了三口之家的生活需要。小鸿杰虽小，也不得不挑起生活的担子。父母左思右想，终于想到让儿子在车站卖香烟，活儿不重又在大人身边，挣多挣少对生活也是个帮衬。

就这样，在他细小的胳膊上，挎上了卖香烟的竹篮子。这是在一天深夜里，父亲和母亲商量了半宿才决定的。

屋里黑漆漆的，外面时有夜风吹打着窗棂，还不时摇响窗外的桐树叶，哗哗啦啦地响着。

父亲和母亲还没有睡着，接连打着哈欠，叹息着，好似有什么愁事缠绕着他们的心。

只听父亲说："没有法子，只有这样了，让儿子做点儿小买卖吧，或许能挣个毛八七的。"

母亲说："他那么一点儿年纪，会卖个啥？地痞流氓这么多，他还不是找气受！"

父亲又说了："有我照看他，不会出什么事的。你就不用操心了。"

母亲沉默了，屋子里更加黑暗，窗外的树叶也不摇了，更加重了屋内沉闷的气氛。

过了一会儿，还是父亲说话了："光靠我这几个钱，连吃的都混不上，揭不开锅了，你让我向谁借去？"

母亲又沉默了。

这已成了一个习惯，每当有什么事，小鸿杰的父母总爱等孩子睡熟时商量一番，而每次商量，不管愁也好、苦也罢，总是父亲的主意占上风。

早晨，小鸿杰挎上篮子，准备走了，母亲还不放心，一边为儿子整理着衣服，一边嘱咐着："离火车远点儿，有人买烟数好钱，不要出差错呀！"

就这样，每天他不再和镇上的小伙伴们滚泥球、打弹弓了，他要承担起一部分家庭负担，到车站卖香烟，有一股自豪感充溢在他的心头。

也许，偌大的世界没有注意，在和尚桥这个小车站上多了一个衣衫褴褛、手提小竹篮子的男孩。也许，历史老人没有注意，在人生的大道上，有一个小男孩过早地担负起生活的重担，他沿着一条陌生、铺满灰尘的小路走着，他也许还没有意识到生活的苦涩，但，生活却认识了他，一个臂挎竹篮卖香烟的孩子。

每天，从许昌开往郑州的火车，路经和尚桥的时候，小小月台上，便挤满了各种各样的人，有军阀部队的士兵，有到这里做事的工人，有串亲戚的乡下农民……每当这时，杂乱的人群里，总会响起一串孩子的喊声："卖香烟！卖香烟！哈德门牌的！哈德门牌的！"

火车开走了，有时卖出一包两包，他便走出月台，在小车站上转悠。有时没有人买，小鸿杰也不浪费时间，把装在兜里的方块字——那是父亲写在方块纸上的单字，上边用楷书写着手、刀、口、牛、羊……虽然纸面有些破损——掏出来，蹲在候车室的凳子上，掏出来，认上几个字，读了一遍又一遍。

这几个单字，有声有形，小鸿杰读着"手"，手就伸出来；读着"刀"，就想到母亲手里的切菜刀，切菜时发出嚓嚓的声音；读着"羊"，会立马想到坡地上放羊的老人，手持羊鞭驱赶羊群。小鸿杰一遍又一遍学着这些简单的字，填充他小小的脑瓜儿。

最最让小鸿杰惬意的是，每当闲下来，他便拿出一本卷了边的《千家诗》来看，"春眠不觉晓，处处闻啼鸟。夜来风雨声，花落知多少"，还有"锄禾日当午，汗滴禾下土。谁知盘中餐，粒粒皆辛苦"。书里抑扬顿挫、韵律优美的句子，为小鸿杰带来许多情趣。他陷入遐想，在遥远的地方，有一种美好在等待着他……

还让小鸿杰感兴趣的是家传的一本老书《三字经》，三个字一个故事，字很难认，什么"囊萤""映雪"的，但里边讲的抓萤火虫做灯光看书的事，很有趣。小鸿杰始终谨记父亲的嘱咐，要做一个好学的孩子。

有一天，他正在寻找买主，开车的铃声响了，人们挤着上车，突然有人喊叫起来："不要拦我！我要上车！不要拦我……"是一个中年男人要回家看生病的母亲，没有买上车票，硬要上车，被人拉下来了。小鸿杰看到做巡警的父亲也在那里，规劝中年人。此时，火车开走了，父亲和工作人员把中年男人带进候车室，并没有吓唬他，而是热心安慰，帮助他借够了钱买了车票。

那位中年人颓丧地走了。父亲小声不无遗憾地说道："都是被穷逼的，这世道，谁也救不了谁！"父亲很是无奈。

小鸿杰看在眼里，想到很多东西。社会中的人啊，形形色色，用什么样的态度对待，是很重要的。也许同情和善良是一服良药。

可惜，这样的日子没过多少天，时局便失去了平衡，小小的和尚桥车站也动荡不安起来。

那是一天的早晨，他刚收拾好篮子，准备到车站上去卖香烟，还没出门，就碰上了下夜班的父亲，父亲脸色焦黄，神色紧张，小鸿杰和母亲不知出了什么事。父亲一边洗脸一边愤愤地说："天变了，蒋介石在长沙、上海杀共产党人了，又要打大仗了，唉！咱们啥时候有安稳日子过呀！"

母亲似乎早有预感地说："昨儿我上镇上去，看到那些有钱人家，大包小包地搬家，准是天下闹事了。要不，别让儿子去了，小孩子家，一旦打起仗来，可怎么好哇！"

父亲把毛巾往盆里一扔说："不用大惊小怪的，这里离上海、南京远着哩，我们有个警惕就中了……"

小鸿杰坚持去车站附近卖香烟，父母也就答应了儿子的要求。

小鸿杰怀着忐忑的心情来到车站，四下打量着，人似乎比往日多了起来，有扛箱子的，有提行李的，有带孩子的，有送老人的，人们的行为都有点儿惊慌，步履也有些急促，看得出人们怀着急躁的情绪。

小鸿杰悄悄走着，一边低声喊着"卖香烟喽"，一边环顾周围的情况。忽然，发现车站的寻人启事牌上贴了什么东西，好多人围着看。他钻进人群看时，只见木牌上贴着一幅漫画，画的是人身子狗脑袋，听旁边人念出漫画下边的字是："打倒狗军阀！"

围观的人，有的赞同，有的不动声色，看一眼便悄悄离去。小鸿杰一边看着，一边寻找买香烟的客人。

时局的动荡，为人们平添了许多担忧和不安。

蒋介石叛变革命后，国内更加不安宁了。和尚桥也时而听到枪声，时而听到哭死人的嚎声，时而见到流浪的人群。小鸿杰的小买卖做不下去了，父母面临着去留的选择。有人劝父亲还是回到郑州好，郑州城市大，好混饭吃，躲枪子儿也有个地方。

父母为了讨个吉利，决定找算命先生来，把希望寄托在八卦上。算命先生问过生辰、性别，建议走为上策，还是回去好。

父母听了算命先生的话，赶紧收拾东西，提出辞呈，谢过朋友好邻，登上开往郑州的火车⋯⋯

此时，是 1927 年，万木凋零的秋天。

做个心清如水的学生

因生活所迫，鸿杰随父母重返郑州。家还是那个家，院里的那棵老槐树枝叶耷拉着，没有啥朝气，有些生冷的气息，弥漫着……

郑州，还是那个老样子，似乎较之以前，这个城市更加苍老和忧郁。大革命失败的烟雾笼罩着尘土飞扬的街道，萦绕在一户户愁眉不展的窗口，人们为生存而加紧了脚步。

魏家回到郑州后，生活仍然困窘，小小年纪的鸿杰先在一家当铺里打杂儿，每天能挣两个铜子儿，后又到"平民小学"读书。这段时光，是他最最上心、最最喜欢的，像小鸟找到了一片绿油油的树林，像鱼儿游进了大海一样畅快。他终于背上书包上学读书了，学堂里有一种东西更吸引他。

"平民小学"设在一座古庙里，也许是在前不久的五四运动的风暴中，赶走了那些凶神恶煞、判官鬼神，才有了这样一个处所。两间大教室，敞敞亮亮，摆满了木制桌椅。一块黑板挂在正面墙上，条件虽然简陋，但却是平民百姓们倾心的地方。在"平民小学"读书有两个好处：一是不收学费，二是可以不穿统一校服。这对城里的贫苦子弟是一个福音。

那是一个清新的早晨，鸿杰呼吸着的空气都是甜丝丝的、清爽爽的。一早，母亲特意为他煮了两个鸡蛋，他抹抹嘴，挟着母亲昨夜为他缝制的一个白布包，里面包着文具课本，约上邻居家的小伙伴，蹦蹦跳跳地上学去了。

他不再卖香烟，不再打零工挣钱活命了。他摆脱了鄙视的眼光，他是一名名正言顺的小学生了。

每个人都有过童年，童年的梦境里有无比明丽的天地，那里有飘扬着的彩色旗帜，闪耀着神话世界的璀璨光辉。

这片天地不是别的，是母校，是哺育幼童成长的摇篮，没有一个孩子不爱母亲，更没有一个学生不爱母校。鸿杰对"平民小学"的爱，达到了如痴如醉的程度。

多好哇！那课堂上的集体朗诵，清澈悦耳，抒发出每个人的自豪。春天来了，老师领着学生们把花籽撒种在校园的花坛里，孩子们萌生着多彩的梦想，校园的周围又栽上一棵棵小树，来年的绿荫将遮挡着夏天的炎热。听老师说，明年还要扩建一个大操场，竖起篮球架，可以开运动会了。鸿杰和小伙伴们着实爱上了这所小学。

鸿杰热爱这所小学的另一个重要原因，是他对蔡老师

◎ 魏巍的启蒙老师——蔡芸芝

有一种特殊的好感，这种好感是从第一眼开始的，见到她的一瞬间就被吸引了，他俩之间好像有什么心灵约定。自从上了学，鸿杰的小脑袋里都是蔡老师的影子。

有一次，他和同学闹了别扭，发誓不去上学了，可是，没过两天，鸿杰就沉不住气了。是呀，他怎能舍得离开情投意合的小伙伴呢，他更离不开蔡老师呀！

蔡老师叫蔡芸芝，十八九岁的年龄，标致的身段，一头乌黑的短发，齐刷刷披在肩上。一副俊俏的面孔，那眼睛好似会说话，一笑便有缕缕柔光投射过来，温暖心扉。她的嘴唇右上方有一颗榆钱大小的黑痣，有一种天然的俊美，尤其是她讲课教唱歌、跳舞的动作，潇洒灵活、优雅轻盈，不仅博得学生们的喜爱，也博得老师们的敬重。魏巍从心里亲近蔡老师。

一天，蔡老师拉着鸿杰的手问："你喜欢诗歌吗？"

一说到诗，他马上想起"春眠不觉晓"的诗句，更勾起了他藏在心中的极大兴趣，立马说："喜欢呀！我还读过《千家诗》呢！"

"那么，我教你读诗吧！"

"啥时候？"

"礼拜天，我带你到郊外去，我们去看望一位女性朋友，去看工人是怎样养蜂的，好吗？"

"好！"

鸿杰从蔡老师那柔嫩的手中抽出自己的手，他期待着那个美好时刻的到来！

他们穿过一排排低矮的房屋，一条条尘土飞扬的街道，躲过马车，甩开嘈杂喧闹的街市，来到郊外一片绿色的田野。

啊，多么辽远的绿色大地呀，鸿杰好似有生以来第一次见到这么绮丽的田园风光。暖风吹来，阵阵野花香气扑鼻；群鸟乍起乍落，莺歌燕舞撩拨心房；云朵时聚时散，演变出无数个奇特的图案；牛欢马叫，田野充满了生机。

他小小的心灵里，激起一个一个波澜。

突然，蔡老师欣喜地欢叫起来，是那样兴奋，那样天真，清澈的双眸里飞扬着神采，她指着天空喊着："你快看，那是什么？"

"燕子！"

"不对，那是云雀。燕子是一身黑，只有肚皮是白色的；云雀的羽毛是赤褐色，还有黑色的斑纹。你听，它叫得多好听啊！"

蔡老师这么一说，鸿杰对云雀产生了浓厚兴趣，竖起两只耳朵听起云雀的叫声来。

由于云雀的出现，蔡老师竟想起一首诗来，她忘情地朗诵着：

你好啊，欢乐的精灵！
你似乎从不是飞禽，
从天堂或天堂的邻近，
以酣畅淋漓的乐音，
不事雕琢的艺术，倾吐你的衷心。

向上，再向高处飞翔，
从地面你一跃而上，
像一片烈火的轻云，
掠过蔚蓝的天心，

永远歌唱着飞翔，飞翔着歌唱。

地平线下的太阳，

放射出金色的电光，

晴空里霞蔚云蒸，

你沐浴着明光飞行，

似不具形体的喜悦开始迅疾的远征。

淡淡的紫色黄昏

在你航程周围消融。

像昼空里的星星。

虽然不见形影，

却可以听得清你那欢乐的强音——

　　蔡老师朗诵完了，云雀也飞走了，鸿杰睁着疑惑不解的大眼睛，敬慕地望着蔡老师，问道："老师，这是哪里的诗呀？"

　　"雪莱写的！"

　　"是中国人吗？"

　　"不是，他是英国人。"

　　蔡老师滔滔不绝地讲起来，她说："雪莱是英国著名的诗人，他一生写了许多抒情诗，他的诗洋溢着革命热情，在英国有着很大的影响。"

蔡老师停住话并问道："你说，《致云雀》这首诗写的是啥意思呀？"

鸿杰说不出话来，只是摇头。

蔡老师又接着讲下去："《致云雀》这首诗，雪莱赞颂了一种美好的未来。他把云雀比作一位诗人，在智慧的光芒中，大胆放声歌吟，世人都被感动了；他把云雀比作一只流萤，盘桓在山峦幽谷，散发着微弱的光芒；他把云雀比作一朵玫瑰，盛开在绿叶枝头，它芬芳的香味被温暖的风窃走。"蔡老师故意停住，加重语气问道："你知道吗？那高飞入云的欢歌的云雀，就是雪莱幻想未来美好社会的人的形象。"

鸿杰被蔡老师抒情般的叙述、动听的话语迷住了，他第一次发现，眼前这位年轻的女教师，有这么广博的知识。鸿杰好似从荒凉的旷野走进百花盛开的原野，那里有赏不尽、看不完的春色。鸿杰朦胧地感觉，诗是神奇的、浪漫的，但离他越来越近……

边说边走，鸿杰和蔡老师不觉来到一片湖水旁边，看到清亮的水面，蔡老师立即蹲下身去，用手搅动着水浪，捧起水来洗了把脸，鸿杰发现，她那年轻的脸庞染上了两片红晕，愈发显得俊俏美丽了。

他站在岸上，一动不动地望着她，蔡老师笑吟吟地说："来，你也洗把脸，凉快凉快！"

"不，我站在这儿，听你读诗呢！"

“读诗？那好，你见过大海吗？”

“没有！”

“那我给你读普希金的诗《致大海》吧！”

蔡老师站在湖边，清风吹动她头上的缕缕发丝，也捎走她圆润的朗诵声：

　　再见吧，自由的元素！
　　最后一次了，在我眼前
　　你的蓝色的浪头翻滚起伏，
　　你的骄傲的美闪烁壮观。

　　仿佛友人的忧郁的絮语，
　　仿佛他别离一刻的招呼，
　　最后一次了，我听着你的
　　喧声呼唤，你的沉郁的吐诉。

　　我全心渴望的国度啊，大海！
　　多么常常地，在你的岸上
　　我静静地，迷惘地徘徊
　　苦思着我那珍爱的愿望。

　　啊，我多么爱你的回声，
　　那喑哑的声音，那深渊之歌，

我爱听你黄昏时分的幽静，
和你任性的脾气的发作！

正当鸿杰专心致志听的时候，蔡老师顿了一下，他着急地说："老师，还有，还有，没有听够哩！"

蔡老师又朗诵起来：

他是由你的精气塑成的，
海啊，他是你的形象的反映；
他像你似的深沉，有力，阴郁，
他也倔强得和你一样。
…………

再见吧，大海！你壮观的美色
将永远不会被我遗忘；
我将久久地，久久地听着
你在黄昏时分的轰响。

心里充满了你，我将要把
你的山岩，你的海湾，
你的光和影，你的浪花的喋喋，
带到森林，带到寂静的荒原。

蔡老师的朗诵结束了，鸿杰依然沉醉在诗的意境里，半晌回不过神来。这一次郊游，彻底打开了鸿杰的心扉，那大海的奇异风光，一波一浪打在他的心上，鸿杰竟然有了莫名的忧愁和怅惘。

田野的风光，动人的朗诵，鸿杰感到特别惬意，他似乎对这充满浪漫色彩的生活，倾心了，陶醉了。尤其是诗，它是个啥玩意儿呀？它来自哪里？为什么蔡老师那么喜欢它？鸿杰幼小的心灵萌动了，思索了，求索了……

在蔡老师女性朋友的家里，鸿杰没有被蜂箱、蜂王所吸引，反而陶醉在诗情里，他想到父亲留下的那捆放在房屋顶棚上的书了，那里有关于诗的书，有美好动听的诗句，他恨不得一下子飞回去，扑进书堆里，像蜜蜂一样钻进诗的百花丛中。

鸿杰的心从此不安宁，他逐渐地疏远算术，钟爱国语，尤其是蔡老师那富于感情色彩的朗诵，时时萦回在耳边，那么抒情，那么动人，竟占据了他的心。

一天，鸿杰放学回家，晚上翻书时，意外地从作业本里发现一张字条，他匆忙打开，原来是蔡老师写给他的，上面全是劝慰鼓励他的话，并称赞他是一个"心清如水的学生"。

"心清如水"，这是一句多么贴心的话，其中的含义让小小的鸿杰心里充满了温暖。他的心颤抖起来，一阵一阵火热。蔡老师的"心清如水"的寄语，犹如给了他另一片天空。在鸿杰看来，蔡老师非常慈爱，是一个了不起的人。正是这些鼓励的话，让鸿杰获得了生活的法宝，让他找到了人生的方向！

鸿杰把这个"秘密"深藏起来，刻进他幼小的心里。

痛失双亲，命运将带他去何处

生活，就是开在山上的一条路，曲曲弯弯，让人走，让人攀，设了许多障碍，让你有翻越的体会，也会让你有血泪的苦难。路，教会我们认识黑暗，它告诉我们，远方有光。

蔷薇花开的时候，鸿杰的父亲回来了。

父亲虽然不到 50 岁，但这次回来可苍老多了，穿一身褪了色的旧警服，映衬着满是皱纹的脸，凹陷的眼窝，显得十分憔悴，但父亲的笑容却是灿烂的。从此，两间灰暗的瓦房小屋，有了热气，有了笑声。鸿杰可以骄傲地走在伙伴的行列里，自豪地谈论有关父亲的种种。

在小小的孩子的心灵里，世界很简单，有爸爸，有妈妈，有吃的，有穿的，可以上学，可以买各种各样的图书……春天花开，秋天落叶，冬天下雪，一切都那么自然。其实，他们怎能深刻理解社会的没落、战争的残酷，给家庭带来更多的是灾难和困苦啊！

就在鸿杰和小伙伴们打打闹闹追逐撒野的时候，中国的社会，已经发生了几个大转折。十月革命的炮声传到中国，轰散了笼罩在中国上空的乌云；中国共产党像旭日缓缓跃出地平线，苦难的人民有了曙光；北伐革命冲击了军阀统治的地位；蒋介石拿起"四一二"反革命政变的屠刀，刺痛了革命人民的眼睛；轰轰烈烈的南昌起义、秋收起义、广州起义，摧毁着军阀统治的根基；由于"左"倾路线的错误指挥，红军未能粉碎敌人的第五次"围剿"，中央红军实行战略转移，开始了举世闻名的二万五千里长征；日本侵略军进一步向华北进攻，发生了卢沟桥事变……

这是国家、民族的大事件，都发生在身边，它影响着每个家庭、每个人的生活走向。

国难家愁，鸿杰的父亲寄希望于儿子长大成人，可是，日子越来越困难。鸿杰所上的郑州师范学校原定两年毕业，后改为四年，父亲悲观失望了，常常愁眉不展，在屋子里一个人抽闷烟。因为无钱买书，父亲和母亲瞎生气。鸿杰只好跟同学合看一本书，闹矛盾了，人家不给看了，他就看黑板，下课后，借同学的笔记本抄下来。

这样"借光抄书"的窘迫与尴尬，并没有挫伤鸿杰的锐气，他格外珍惜这样的时光。

一年的春天，城里举行骡马大会，可热闹了，有卖炸馃子的，卖烧鸡的，卖泥人、泥猴、泥马的，鸿杰最喜欢的是看戏，不用花钱打票，可以看一天哩！他跟着伙伴们去了，在骡马大会上逛了个够。那天唱的是河南梆子《四郎探母》，还有耍戏法的，他玩得可开心啦！

当他兴冲冲回到家里时，妈妈却抱怨起来："在外野跑了一天也不知道回来，家里有事也用不上你！"

一进门，他看见妈妈的脸色不对劲，一定是家里出了什么事，他这才知道爸爸突然病了，而且病得很重。昏暗中，爸爸躺在炕上，额头上蒙一块湿毛巾，不时发出"哎哟哎哟"的呻吟声。妈妈端来一碗汤药，将灯挪到爸爸的枕头旁边，微弱的灯火映照着那一张焦黄的脸，隐隐地浸出一层细小的汗珠。

妈妈开始喂药了："喝吧，看病的先生说喝几服汤药，病就好了！"

药汤滴在被子上，鸿杰赶紧拿来毛巾擦掉。等把药水喝完了，爸爸迷糊地睡着了，鼾声里夹杂着轻轻的呻吟。

妈妈在灯下不肯睡去，为爸爸补一件不知补了多少次的褪了色的衣服，那上边浸染着爸爸的艰辛，更浸透着妈妈的担忧和期望，爸爸总算死里逃生般地回来了，可是又得了这么重的病，妈妈悄悄流着眼泪。

听妈妈说，爸爸得的是伤寒，眼下正发高烧，治不好人就死了。鸿杰在这一夜间，意识到问题的严重性，他将重新回到没有爸爸的孤单中，没有父爱的痛苦深渊里。他扑到妈妈的怀里，悲痛地说："妈妈，爸爸的病能治好吗？

我不上学了，明天就去做杂工，挣钱给爸爸抓药！"

母亲明白，孩子长大了，懂事了，心里有些安慰。

可是，几服汤药和妈妈的苦心，并没能挽留住一个生命，没几天，爸爸竟被病魔夺去了生命。

鸿杰穿着孝衣，打着丧幡儿，送走装着父亲的棺材，他知道父亲去了另一个世界，永远走了，一扇大门"咣当"一声关了，把他和父亲隔开了，他小小的心灵蒙上了一层黑暗。

和母亲度日，鸿杰数着心跳过日子。三口之家少了男人，好比一个房子的顶梁柱没有了，遁入一片黑暗。

父亲过世两年之后，母亲又病倒了。

老天爷呀，你为什么不伸手救救这个可怜的孩子，他没有了父亲，天塌了一大半，这孩子已无着无落，难道他马上又要失去母亲？

一个人的命运就这么安排了，母亲真的生病了，她羸弱的身体受不了生活的重担，眼下，她真真地躺在炕上，粒米未进，滴水未沾。鸿杰守在身边，他要好好侍候母亲，好好看看母亲的脸，她刚刚四十七岁，就老成焦黄的样子，没有了平日的笑容，呆滞的眼睛凝望着空荡荡的房子。

离别的时光是痛苦的，一分一秒都刺痛人心。鸿杰记得母亲闭上眼睛的情景，她出奇安静，就像睡着了。他希望母亲过半晌就醒来，可是，母亲没有醒来……

他最后拉住妈妈的手，一点儿热气没有了，泪光中看妈妈的手，冰冷、干枯，一双苦难的手啊，每天打开窗子的手啊，鸿杰不忍放下。在半夜，夜色很黑、很黑，纵有再多的泪也冲不走这黑暗。鸿杰拉着妈妈的手，天亮了……

鸿杰跑到父亲的坟前，站成风中的一棵枯草，向父亲诉说母亲逝世的消息……

生活是一条容量无限的大船，不管人们有多少种命运，都在船上运载着、前进着，丢不下一个人。同时，你也要相信时间的怜悯，生活虽会给你剧痛，必然又会归还你幸福！

鸿杰被本家的大娘收养了。他的大娘是个淳朴的农家妇女，丈夫早逝，一直守着闺女、儿子生活。魏家一直注重对下一辈的教育，大娘给予了鸿杰一定的期望和偏爱。

大娘对他说："你继续读书吧，别看咱家日子穷，好歹你这屋的哥哥也大了，能挣几个钱了，大娘供你。"

大娘家有一个排行老二的哥哥，在豫丰纱厂做工，每月能挣得微薄的工资，勉强维持家里的生活。他读过两年书，又比鸿杰长十来岁，懂得社会的艰辛，更懂得读书的重要。他一边翻看着鸿杰的毛笔字，一边安慰着说："我看你写的字有灵气，将来会有大出息。"

不久，鸿杰就近读了一所师范学校。穷困日子是难熬的，倒也激起人的生存欲望。在这里他结识了崔景元同学，景元钢笔字写得清秀，两人找了个刻蜡版的活儿，这样，一个月下来，可以挣几个钱。每当课余时间，他俩就伏在

◎ 20世纪初民族资本家穆藕初在郑州创办的豫丰纱厂

桌子上刻蜡版，灰暗的教室里总能看到他俩忙碌的身影。

一次，鸿杰拿出一本叫《教育总论》的书来看，这是父亲生前咬牙花了一元钱买下的。里边讲的都是做人的道理，什么孝、忠、信、礼、义、廉、耻等，最终说了家庭母教，乃是贤才蔚起，天下太平之根本。崔景元凑过来问："啥好书，你读得这么入迷？"

"有关学习的书，里边都是文言文，之乎者也的，看不明白。"

景元翻了两页，说："是深奥，越是深奥的书，越藏着大道理！"

鸿杰像遇见了知己一样，便想起父亲曾教给他的一句话："朝闻道，夕死可矣。"据说是《论语》里的。景元同学细细品味了一下，说："这个才七个字，包含的内容可多了。这个'道'可不简单，是说道理的……"

鸿杰点点头，说："我父亲也这么说过，让我不怕困难，挺起腰板走路……活出个人样儿来！"

两颗心灵碰撞着，外边天色越发明亮起来……

已跨入青春期的鸿杰，进步思想在滋生着，国家的灾难、民族的命运、家庭的遭际、父母的早逝，使他早熟起来。他不愿虚度平生，不安于自己的现状，他要冲开这个世界，走出去，向着更明亮的彼岸。

　　鸿杰在这个节点上认识了他，犹如在黑夜找到了北斗星。无疑，是贵人出现了。从此，鸿杰也就开始了真正的人生之路。

　　鸿杰的心潮涌动起来，兴头一波高过一波，眼前显然有了一线光明，有一股力量鼓舞着他，他立刻从丧父丧母的悲痛中解脱出来，从困惑和空虚无望中解放出来，俨然成了另外一个人。

- -

探索成长之路，解读智慧人生，
本章内容，扫码收听。

第二章

青春不悔从军行

偶遇北斗星般的"引路人"

在生活的拐角处，有一块向前的石头，它沉默无语，却有光芒。抗日的浪潮冲击着郑州这座古城，也冲击着一代热血青年。

已跨入青春期的鸿杰，进步思想在滋生着，国家的灾难、民族的命运、家庭的遭际、父母的早逝，使他早熟起来。他不愿虚度平生，不安于自己的现状，他要冲开这个世界，走出去，向着更明亮的彼岸。

在师范学校附近，有一个"民众教育馆"，那是个小四合院，有教室、图书馆、游艺场所等，吸引着无数有志青年。鸿杰常在那里玩，最吸引他的是那里的图书馆，有各种各样的书，可以随便供人翻看。

一天，就在那间不大的图书馆里，鸿杰伏案默读着，人们走尽了，他也不知道。忽然，有一只大手拍了一下他的肩膀，他回头看时，见一位身穿长衫的中年人站在身后，那位中年人笑笑说："看什么书啊？这样入迷？"

鸿杰将书的封皮露出来，疑惑地望着面前的中年人。中年人爽快地说："《大众哲学》，好！青年人是得研究社会，研究唯物主义。"

看中年人是个爽快人，既热情又有学问，像遇见良师知音一样，鸿杰立即站起来，恭敬地回答着那位中年人提出的问题。

中年人问道："你对艾思奇的哲学观点很感兴趣吗？"

"是的，就是有的地方看不太懂。"

"那没啥，读多了，就懂了。"中年人和他谈了许多，有的是家常话，有的还掺杂一些人生道理。

图书馆要关门了，中年人拉住鸿杰的手说："小伙子，交个朋友吧。我叫黄正甫，是东街的，以后咱们常来谈谈。"

"太好了，我是师范学校的学生。"

"哈！哈！咱们是邻居呀！好！再见！"

黄正甫倚门站着，目送鸿杰，走出很远，很远。

鸿杰一路想着，嘴里念叨着"黄正甫"这个名字，好像在校园里见过这个人的身影。

黄正甫，是一位不简单的人，他是北宋著名文学家、书法家黄庭坚的后裔。自清朝初期迁入白河县以后，黄氏一直坚守"修身立德"的家规家训，拓荒种地，耕读传家，建义学、修祠堂，成为当地的望族。黄正甫幼年勤奋好学，15岁只身前往武汉读书，受到董必武、陈潭秋等人的影响加入中国

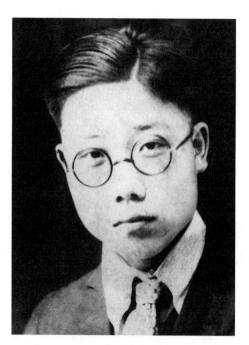

◎ 15岁的魏巍摄于郑州

共产党。1927年，他进入毛泽东主办的武汉中央农民运动讲习所学习后，被派往河南郑州、开封开展党的工作。

此时的黄正甫是以地下党的身份，任职在郑州师范学校，在群众中从事秘密活动。

鸿杰在这个节点上认识了他，犹如在黑夜找到了北斗星。无疑，是贵人出现了。从此，鸿杰也就开始了真正的人生之路。

鸿杰的心潮涌动起来，兴头一波高过一波，眼前显然有了一线光明，有一股力量鼓舞着自己，他立刻从丧父丧母的悲痛中解脱出来，从困惑和空虚无望中解脱出来，俨然成了另一个人。

一天，他单独和本家的二哥透露了这一消息：

"二哥，我在民众教育馆里认识一个人，他待我挺好。"

"叫啥姓名？"二哥抽着烟，眯缝着眼睛问道。

"黄——正——甫，整天穿一件蓝大褂儿，戴个小毡帽的那个人。"鸿杰有点儿胆怯了。

"啊，你说的是黄老师呀，那人不赖，挺斯文的，有一回他和俺还说话哩！"

鸿杰见二哥不但不反对，而且他和黄正甫还有机缘，更加欣喜了，就"瓦罐里倒核桃"，一五一十地将黄正甫的底细向二哥偷偷说清了。

鸿杰说："哥，你知道他是什么人吗？"

"识文断字的文化人呗！"

"不，我是说他是哪党哪派的？"鸿杰小心地试探着。

"哪党哪派？我看他不会是戴'红帽子'的吧？"二哥又眯缝起眼睛，侧棱着脑袋继续听下文。

"若是呢？"

"我看他不是！"

"他就是呀！"

"小点儿声，当心隔墙有耳，那可不是闹儿戏呀！"二哥压低嗓音，悄悄问："你是怎么知道的呢？"

"告诉你吧，二哥，他公开叫黄虎，他的真名叫黄正甫，前几年他到武汉中央农民运动讲习所学习过，受过中国共产党的训练，是专门学习搞农民运动。他不是一般的人。"

鸿杰一口气和盘托出，二哥严肃地警告他说：

"大兄弟，俺叔婶死得早，你在我家过活，可要学个本分，千万不要惹是生非。这年月，老老实实地待着还有人找碴儿呢！前两天，有一个小青年贴什么标语，让警察抓起来了。往后啊，你离他们远点儿，省得找罪受。"说完，二哥起身走了。

鸿杰有点儿后悔了，不该和二哥说这么多，本来想得到他的支持，现在反而捆住了手脚。猛然想起什么，他跑出屋子追上二哥，恳求地说："哥，刚才那番话，一定保密呀，不然人家就没命啦！"

"我知道！"二哥的态度又软下来，说："唉，不是二哥胆小，也不是我不信任你，可你才十六七的孩子，还没成人，一旦有个好歹，我对不起你死去的父母。我知道，你父亲活着的时候，最喜欢你，说你有才气、有前途，盼望你长成个人样，可叔婶命短，我和你大娘对你要负责啊！"

可是，羽毛刚刚丰满的小鸟怎能关得住呢？它渴望着眼前那缕灿烂的阳光，向往着眼前那片绿荫，憧憬着一个未来的世界。

有一天，夜里刮着风，吹得院里的老椿树咯吱吱响，鸿杰的大娘、二哥已吃罢晚饭，姐姐也已从工厂回来了，大家在忙着自己的活儿。在纱厂做工的姐姐惊惶地说起厂里女工的遭遇。资本家为了赚钱，不顾工人的死活，强迫工人每天做十多个小时的工，有的工人累得没办法，趴在机器上睡着了。纺纱车间有个带孩子上班的女工，为了完成工头给的定额，连给孩子喂奶的时间都没有，结果，孩子找妈妈，不小心爬到机器上被活活轧死了。大家为这个惨死的孩子而惋惜，有的啧啧嘴，有的骂两声，为社会的不平而义愤填膺。

忽然，大娘想起了什么，惊讶地问：

"大侄子怎么还没回来？兵荒马乱的，八成今晚学校又有什么事情！"

二哥立即起身，磕掉烟袋锅里的烟灰，蹬上鞋，说："唉，八成是到黄老师那里去了，我看看去！"

果然，鸿杰放学后，去找黄正甫了。在回家的路上，二哥问他干什么去了，开始鸿杰不说，等到家门口时，看了看四周没有人，凑近二哥的耳朵边，说：

"黄老师跟我说共产党的事呢！"二哥一听有些害怕了，然后压低嗓音说：

"共产党的事沾不得，你没看见吗，前些时候一个小青年游街被抓了吗？咱可不能冒那风险。"

"二哥，你不知道吧，八路军在山西打了大胜仗啦，消灭了一千多鬼子哩！"

"在哪儿打仗啦？"

"山西的平型关，听黄老师说，日本鬼子没啥了不起，八路军与日本鬼子的第一仗，咱就把日本鬼子揍老实了，不仅消灭了好多敌人，还缴获了敌人的好多大炮、机枪呢！"鸿杰兴奋地说着。

"黄老师说，我们这些进步青年就是党的地下积极分子，要及时把共产党领导全国抗日的成绩告诉群众，粉碎'皇军不可战胜'的神话，鼓舞人民群众的抗日热情和必胜信心，这样，全国人民心齐了，早日把日本鬼子赶出中国，人民就早安宁了。"

鸿杰讲的虽然是大道理，但二哥听着怪入耳的，由开始的惊慌渐渐镇定起来，最后也迫不及待地问这问那，他凑到跟前小声问："新近还有什么消息？"

鸿杰又一五一十地将黄老师说的那些新鲜事一下子说出来了。八路军一二九师在刘伯承师长的指挥下，夜袭敌人阳明堡的飞机场，烧毁敌机二十四架的辉煌战绩，以及八路军向北挺进，连战连捷。

二哥听了后，又喜又怕，喜的是鸿杰的书没白念，竟懂得这么多道理；怕的是，这样闯荡下去，被抓去坐牢，有个好歹的，对不起他死去的父母。等说完了话，他问道：

"今晚上，黄先生就是和你说这些来着？"

"对，我们还看到一条标语呢！"

"啥标语？"

"就是'民族救星共产党，国家干城八路军'，只有中国共产党，抗日才能取得胜利。"

二哥明白了，他不禁一身冷汗，收起烟袋，改变了刚才的温和态度，严肃地说："救星也好，干城也罢，没咱们的事，以后少管这些闲事，只管读书好了，若有个闪失，投进监狱，这辈子就完了……"

二哥说着伤心起来。

忽然，大街上传来狗叫声，接着是一阵嘈杂的人声加跑步声，远远地传来警车的嘶鸣，二哥立即疑心起来：莫不是又抓人了吧？他"噗"的一声将灯吹灭了。

两颗心怦怦地跳着，沉寂中，窗外的风吹得树叶沙沙作响，好似故意惊吓人们。过一会儿又平静了，没有了人声，没有了狗吠，黑夜翻了个身又睡了……

黄河啊，人民的江河

　　当光明之火在心里点亮的时候，一个人浑身便有了擎天履地的力量。鸿杰从黄河岸上站立起来，他看到了更远大、更瑰丽的图景！

　　抗日的战火，从白山黑水间，烧向黄河岸；从大小兴安岭，烧向华北平原。北平告急，天津告急，石家庄告急，德州告急，国民党在华北的军队和政府官员，弃城失地，狼狈溃逃，华北地区陷入一片混乱。

　　面对日本帝国主义的屠刀、熊熊燃烧的战火，人们苦苦地思索着、思索着，难道炎黄的子孙，就这样忍受帝国主义的屈辱吗？难道几千年的文明国度，抗击过英法侵略者的人民，高举过义和团大旗的人民，就这样任人宰割吗？

　　黄河在发问，长江在发问，太行山在发问，长城在发问。在生死存亡面前，热血方刚的青年人哪，你能坐视不管吗？

　　这年，在郑州豫丰纱厂做工的二哥失业了。资本家为了多得利润少付工钱，将男工全部换成女工，从此，二哥拉起了人力车。鸿杰再也不忍目睹二哥那劳累的样子，汗水滴湿了脚面，一天挣不了几个卖命的钱；他更心疼年迈的大娘，为了让小辈人吃好，她常常自己熬点菜粥吃，夜灯下，还要为人家做针线活儿。鸿杰再也不想拖累这个家了，他看过很多旧书，古人发奋济世、愤然出走的事给了他很深的影响，他要找出路去了。

这一天，他走出家门，眼望遥远的北方，山谷沃土之上，那条古老的黄河在流淌，在怒吼，汹涌的波涛，击地震天，一阵阵，一声声，冲撞着他的心脏。有一句神秘的诗句飞上心头："黄河之水天上来，奔流到海不复回。"于是，他的心门打开了，积压在心中的诗情，像滚滚的黄河之浪，喷发出来——

　　呵，黄河，黄河，
　　是谁说你
　　从天上滚来，
　　你那豪迈的奔流呵，
　　你是祖国的腰带，
　　在今夜的吼声里，
　　我已辨出你千年的心怀。

　　在凛冽的霜天，

我独踞在这长堤上，

怅望那北地的烟云，

黄河，我的母亲，

我看见，

从你的身上，

奔出一扑扑火流，

烧得我

热泪潸潸

内心如焚。

当个人情感和生活现实融为一体的时候，诗歌就有了庞大、厚重的依托，胸中的诗情化为文字飞翔起来。鸿杰透过黄河奔腾向前的气势，看到了更大的意蕴存在。

黄河，黄河，

你这人民的江河！

而今，

你像那暮年忧郁的苍龙，

愤怒地向长空

吐出万里浊波。

黄河，黄河，

你这人民的江河！

你是想吞没这
存在着夜色的地球，
吐出那
人民心上的日月？

黄河呵，
你是在呐喊，
全世界
人民的队伍，
在今夜
到你的身边来会合？

黄河呵，
看你
载来塞上的风云，
阴沉沉
是想冲破东方的天角？

这么大的视角，已不是一个 17 岁少年的稚嫩可比的。当一个人有了生活经验又注入诗的基因时，就可以超越年龄的局限，在诗中尤显成熟。

鸿杰把黄河拉近，几近踩住浪影涛声……

黄河哟，黄河，

你正负着盈身的炮火。

敌人的皮帆，

将从你的身上划过；

敌人的刀剑，

将刺进你的心窝。

黄河哟，

你发出

愤怒的吼声，

有谁听了不为之激动，

你声声震撼着

四万万五千万的心灵！

黄河哟，

快快地唱起吧，

唱起那解放之歌！

快将那

奴隶解放的血泪

一起唱落！

此时，鸿杰已按捺不住心中的情涛意浪，信马由缰地恣意奔涌而出，他的诗句从胸膛里一串串喷出，汇入排山倒海的黄河激浪之中，聚成一股势不可挡的奔流，向前奔跑着……

在这首长达五百行的《黄河行》中，鸿杰以他年轻的视角，倾吐了祖国"苦难悲怆之曲"，歌颂了抗日战争"美丽壮烈的革命史诗"。他为这场斗争所吸引，他多么想投身到这场"迎着搏击的刀剑"，夺得"出现红通通的曙天"的斗争啊！

由鸿杰17岁写出的长诗《黄河行》，联想到马克思写出著名篇章《青年在选择职业时的考虑》一文时，恰巧也是17岁。马克思在文章中说："如果我们选择了最能为人类福利而劳动的职业，那么，重担就不能把我们压倒，因为这是为大家而献身；那时我们所感到的就不是可怜的、有限的、自私的乐趣，我们的幸福将属于千百万人，我们的事业将默默地，但是永恒发挥作用地存在下去，面对我们的骨灰，高尚的人们将洒下热泪。"

读着黄河的诗句和为人类而献身的誓言，我们不正可以从中领略一个少年的青春豪气吗？

辗转求索，加入军政干部学校

　　怀着满腔黄河之愤，在黄正甫那间不大的房子里，鸿杰说出了自己的苦闷，说出了自己出去闯荡的志向。黄正甫在桌子上铺开一张纸，只见他写着："士不可以不弘毅，任重而道远。"他说，这是《论语》里的一句话，是说人要有远大理想，要有鸿雁一样的志向。

　　鸿杰兴奋了："鸿雁的志向？我的名字叫鸿杰，就是叫我学鸿雁，做有志向的人！"

　　最后，黄正甫干脆地说："红军在陕北建立了抗日根据地，办了中国人民抗日军政大学，你去吧，我可以写封信介绍你去！"

　　鸿杰听说可以到红军上大学去，高兴得不得了，脸红红地说：

　　"那敢情好，我去！"又急着问："怎么走啊？"

　　黄正甫顺手找了张地图，铺在他那堆满书和报纸的桌子上，悄悄指给他看："你看，这里是黄土高原，陕北就是这一片，延安在这里。你坐火车到西安，那里有八路军办事处，找他们再到'抗大'去上学，你文化不高，可以先上'抗大'附中。"

此时，鸿杰按捺不住激动的心情，凑近黄正甫说："人生地不熟的，到了西安我找谁呀，如果找不到八路军办事处怎么办？"

"有办法！有办法！"

黄正甫安慰着，又取出一叠纸，铺在桌子上。瞬时，两封介绍信写好了，一封是写给西安某大学一位姓江的教授的，另一封是写给西安一个姓艾的小学教员的。黄正甫说："到了西安，你就去找他俩，他俩都是我的好友，他们会给你帮助的。"

鸿杰点点头，小心翼翼地将信装进贴身的口袋里，心里如释重负一般，又好似眼前看到了光明，一种美好的憧憬闪亮在心头。

当鸿杰放下举起的手，要告别时，黄正甫又将他喊住："等等，你读过苏联作家高尔基的散文诗《海燕》吗？"没等对方回答，黄正甫找出一个本子以激动又是短促的低音朗诵着：

在苍茫的大海上，狂风卷集着乌云。在乌云和大海之间，海燕像黑色的闪电，在高傲地飞翔。

一会儿翅膀碰着波浪，一会儿箭一般地直冲向乌云，它叫喊着，——就在这鸟儿勇敢的叫喊声里，乌云听出了欢乐。

在这叫喊声里——充满着对暴风雨的渴望！在这叫喊声里，乌云听出了愤怒的力量、热情的火焰和胜利的信心。

读完了，黄正甫又启发说："暴风雨并不可怕，怕的是没有决心和毅力。去吧，像海燕一样，把一切困难踩在脚下。"

该嘱咐的嘱咐了，最后，黄正甫拿出三块大洋，递到鸿杰手上，说："钱不多，带在路上用吧！"

鸿杰感到了一名共产党员的爱国之心，它在怦怦地跳着，它在奔腾呐喊着，是那样真挚，那样火热。鸿杰越发激奋了，他把满腔感激化进庄严肃穆的决心中去了……

去西安之前，鸿杰必须办好一件事，就是解除父母为他包办的婚姻。要走向新生活了，以后的日子天南地北、动荡不定，鸿杰决心不拖累人家！

这天鸿杰只身来到一个村庄，找到那户人家，说明自己的来意。女方家的父母感到很诧异，他们本来想让女儿嫁到城里过生活，没想到男方竟然来解除婚约，便一口否定："这桩婚姻是你父母答应下来的，我们十分满意呀！"

鸿杰好心地说："我要出远门了，不知哪天才能回来，我不能耽误你家的女儿！"

"无论你走多远，我们都等着你！"

"我要到陕北去，很远很远的地方，为了你女儿，还是算了吧！"

"那不中，我们两家的父母都已经答应了这门婚事，怎么说不行就不行了？我们等你还不中吗？"

就这样僵持了一段时间，看来很难说服对方，鸿杰只好离开了女方家里。

第二天，女方的父母又找上门来，好说歹说，也不愿退掉这门婚事。可是，鸿杰态度很坚决，这门婚事就不欢而散了。

11月的一天，鸿杰告别了亲人，他独自来到火车站，坐上一列拥挤的火车。他的心情无比的兴奋又忐忑，远方，远方，似乎有一种声音在召唤。

在郑州开往西安的列车上，来自各方的旅客坐满了，人们怀着离别的情绪和送行的亲友挥手告别，为找一个合适的座位而左顾右盼，为摆放好各自的行李而忙碌着。鸿杰坐在挨窗的座位上，有些不安，兴奋中夹杂着忧虑，勇敢中夹杂着忧郁。

最后一分钟赶来上车的旅客都将行李安顿好了，当火车一声长鸣，徐徐开动时，一种离别之情萦绕在鸿杰心头，他下意识地想从窗口探出头来看看，但车窗上有玻璃，他只好侧着头，心里念着"没人，没人"，这才渐渐抽回身来，又端坐在座位上。

哎哟，想静也静不下来，鸿杰顿时陷入往日的纷纭杂乱之中。

……那不是蔡老师吗？她文雅俏丽，举止潇洒，看她从球场边走来了，腋下夹着备课夹，低头走着，好似在思索着什么，并没有注意他和他的踢足球的小伙伴们。突然，一个飞球撞进她的怀里，她下意识地用双手接住了，然而，面对这突然的袭击，蔡老师并没有发火，反而微笑着，甩开臂膀扔给孩子们。她甩过来的何止是一个小小的足球，而是一个信任的世界呀！多好的老师呀！

……那不是大娘吗？她蹒跚着在小院里走来走去，喂鸡呀，扫地呀，晒干菜呀，拾掇这个，收拾那个，整天忙呀。每天晚上，每当放学回来，打开锅盖准有一碗菜汤和两个面窝窝，热乎乎的，那是大娘特意留着的，那是大娘的慈母情啊！

……啊，二哥，这个失业的工人，拉着人力车流着汗水赶路呢，太阳晒黑了他的皮肤，风雨打湿了他身上的衣服，路上的石子咬破了他脚上的鞋子，夏天的泥水里，冬天的冰雪中，他噔噔地跑着。下工了，回家了，二哥用拉车挣的钱买来了作业本，当他用粗黑的手托着送到鸿杰面前时，脸上露出满怀的喜悦，那是二哥的期盼与希冀呀！

多么好的亲人哪！可是，社会的黑暗、人间的不平、外侮的现实，迫使鸿杰不得不离去，舍弃贫穷但温暖的家，舍弃亲人们的疼爱，甚至不能说一声啊，就偷偷地离去了，他是去寻找光明去了，他能不能得到亲人的谅解呢？

火车向前跑着、跑着……

鸿杰在思考着，到了西安怎么办，他想找个熟人，所以，便主动和对面的一位大娘说起话来。那位大娘问他说："小兄弟，你到哪儿去呢？"

"俺去西安！"

"哦，俺也去西安。小兄弟，是上学还是串亲戚？"

"是……是……"鸿杰支吾着，没有直接回答。大娘看出来小兄弟面有难色，也不再追问了。

在来言去语的交谈中，鸿杰得知面前这位大娘是河南老乡，她是去西安看儿子的。大娘的儿子是个拉洋车的，娘儿俩几年没见面了，眼下，世道变了，到处都在打仗，人民的生活不太平了，大娘惦念着在外的儿子，带着家乡特产，匆匆上路。从谈话中知道，这位大娘也是第一次到西安，担心到了西安找不到儿子的住处，鸿杰也正愁自己的命运，如果找不到八路军办事处怎么办？如果要找的人找不到怎么办？天已进入深秋，到哪里过夜呀！于是，刹那间，两人的感情亲近起来。

"大娘，你不必担心，下了车我帮你找儿子。"他安慰着大娘。

"那敢情好，我正愁这大包小包没法拿哩！"

这是一片破烂不堪的居民杂居区，男女老少拥挤在狭小的住所内，裸露的墙垣，经风雨的侵蚀，剥落了外表，在秋风里好似在战栗。来这里落脚的人大都是一些无业的贫民、自由职业者、临时进城做工的人，条件非常简陋。

大娘的儿子就住在这里。那是一间简陋的小屋，昏暗低矮，屋内陈设非常简单，一个地铺，一条木凳，一盏老式煤油灯。两个吃饭的碗和一碟咸菜还摆在桌子上。那昏暗的跳荡的灯光，告诉人们，这屋的主人只有一个人，生活十分艰苦。

"来吧，进来吧，总算找到啦！"大娘一边让鸿杰进屋，一边向儿子介绍："这是火车上遇见的小老乡，多亏了他一路上照顾，不然，我还不知瞎摸到哪里去呢。"

鸿杰走进屋来，有些怯生。大娘说："我这个儿子，乡下待不下去，到城里拉洋车，好歹混口饭吃，不是外人，你们就是哥兄弟呗！"

大娘的儿子是个壮汉子，粗手大脚的，满脸憨厚，身穿一身黑衣服，腰里系一条蓝色的布带子。他见妈妈领来一位陌生人，十分热情，笑笑说："你进屋坐吧！这小屋窄憋点儿。"说罢，大娘的儿子忙拿起扫帚扫着地铺，真诚地让鸿杰来坐。鸿杰初次出门，要找的人找到找不到，吃在哪里、住在哪里全不得而知。此时，鸿杰受到这家母子的热情招待，一股暖流涌满全身。

大娘对儿子说："他在郑州读书读不下去了，父母死得早，他大娘家里穷，想到西安找个事做，这孩子命苦啊！刚 17 岁，就闯世面了。他心眼儿挺好，我看在他没找到事由之前，就让他住在咱家吧，一个孩子，没亲没故，到哪里去住啊！"

“中，娘，不过咱家没啥好吃的，玉米面，土豆……”

“饿不着就中！”

两位好心人已为鸿杰安排好了。大娘告诉他：“天太黑了，你就住在大娘家里，啥时候找到事由，有了依靠再说。”

好似在梦中，鸿杰正为没处去发愁哩！没想到大娘如此善良，他又一次感到了百姓的纯朴、善良。顿时，他觉得眼前并不迷茫，浑身有了精神。

吃了晚饭，大娘睡在楼下，鸿杰和大娘的儿子睡在楼板上。小小斗室，有了对话声，有了三个灵魂，顿时热乎起来。这一夜，睡得真香，等他醒来时，大娘的儿子已起早到车站拉第一批到西安的旅客去了。

清早，鸿杰揣上黄正甫写的两封信，穿好衣服，围上围巾，穿行在西安的巷道里。

晚秋的西安城，处处充满着肃穆、萧瑟的气氛，买卖人极力推销着货物，好似马上变天似的；乞丐们流浪在大街、饭馆……人们惊恐地生活着。

就在熙攘的人群里，他迅捷地行走着，扫视着马路两边的大街，找寻一个大学的牌子，寻找着他心头的希望之星。终于，在这所大学里找到了他要找的人——江教授。

当鸿杰找到江教授的时候，天已近中午，江教授正在家里忙家务。火炉上坐着砂锅，是在熬稀粥，噗噗地冒着热气，正面墙上挂着鲁迅先生的一幅画像，看得出，江教授对鲁迅的崇拜。家里东西不多，角落都堆满了书，就在进屋的当儿，江教授还一边照看着砂锅，一边翻看着一本厚厚的书。

鸿杰恭敬地将黄正甫的信递给江教授，开始他有些惊疑，看完信，他的面色和缓了，但又变得为难起来，忙说："黄先生那边还好吧？常看到他写的文章，什么忧国忧民之类，可是，当今世界，做学问难哪，日本帝国主义的铁蹄踏进了华北，全国处处告急，我们这些拿笔杆子的，只能忧忧而已。"

"江教授，你有办法帮帮我吗？"

"小兄弟，不是我胆小，现在社会上风声很紧，到处都在抓去延安的学生，不好办哪！"江教授真的为难了，他在房子里踱着步，砂锅里的稀粥开了，溢出来的米汤也顾不上看管。

鸿杰怀着的一线希望破灭了，眼前一阵黑暗，他几乎失望到了极点。

他寻找"抗大"心切，既然江教授没有办法，也不好久停。他只好去找另一个人艾老师。一路上，他更加焦急起来。他穿过几条马路，在一个巷子口，终于敲开了艾老师的家门。

艾老师接过信件，很快就看完了。之后，将鸿杰拉到一边悄声说："哎呀，到那边去？我没办法！是听说有个'抗大'，可我不认识那边的人哪！"艾老师一脸无奈的样子。

满怀着的又一线希望也破灭了。他向何处去呢？

秋风卷着落叶，在大街胡同里追逐着，鸿杰从艾老师的住处出来，想顺着原路返回，那卷着落叶的秋风，好似故意跟他闹别扭，竟追着他的脚后跟吹，他走到哪里落叶卷到哪里，多像有意嘲讽他呀！他的心情越加烦闷起来。他迈着沉重的脚步，向前走着，顿时肚子也饿得咕咕叫起来，摸摸口袋还有吃饭的钱，便朝街边一个小摊走去。

这是一个铺面不大的小吃店，想吃碗丸子，但这里没有，只有莜麦面压的"饸饹"，他要了一碗，坐在一个僻静的地方吃着。人在心情不舒畅的时候老爱东想西想的，也许是一碗"饸饹"远远填不满饥饿的肚子，他想起了在郑州喝丸子汤的往事……卖丸子的小摊贩是个胖胖的老人，鸿杰每天中午放学时，就带着从家里带的窝头到他那儿买几个丸子就着吃，几乎成了卖丸子老人的常客，因为在这里不仅可以吃丸子，更便宜的是还可以多喝汤。每当吃完了丸子，鸿杰再向老人要汤时，老人就半挖苦半嗔怪地说："喝那么多冤枉汤干什么？"说是说了，老人还是给盛上半碗。此时，似乎那老人的"喝那么多冤枉汤干什么？"的斥问声，依然回萦在耳边，一声比一声高，震得他耳朵嗡嗡作响。鸿杰更加懊恼了，为什么连顿饱饭都吃不上呢？这是个啥世道哇！

晚上，他回到大娘的家里，心中有一股说不出的郁闷。但他并不为此而失望，既然离开了家乡，就得想尽一切办法找到生路。

鸿杰从小就养成了浪漫、豪放、不拘世俗的诗人的气质，尤其是对旧社会中的黑暗，人压迫人、人吃人的不合理现象，他更是疾恶如仇，欲施抨击之势。所以，慷慨激昂之情，常常激荡心胸，此时，鸿杰想起了鲁迅，想起了在郑州学校时写下的纪念鲁迅逝世的两首诗，何不寄给报社试一试，若能发表，一是纪念，二是寄托自己的志愿。于是，他趴在地铺上，认真地默写起来。

大娘的儿子坐在一边，饶有兴味地看着，一边绑扎车篷子上的布帘，一边期待着。当鸿杰写完一页，他便凑过来看，他不识字，就叫鸿杰念给他听。

"不赖。你这诗我能懂，明儿个，我拉车顺便给你送到报馆去吧，东大街街面上就是《秦风日报》的楼房。"

鸿杰点点头："中！"

说话间，两首诗写完了，最后署上"魏大"的名字，交给他了。

"'魏大'？你为啥不写真名？"

"是作家都用笔名，像鲁迅，姓周，叫周树人。魏，谐音'伟'，魏大，就是'伟大'的意思！"

大娘的儿子看鸿杰写得一手好字，又满腹文章，打心眼儿里佩服这位青年人，给出主意说："我看你识文断字的，又写得一手好字，这年月找正式事由不那么容易，倒不如在大街上摆个摊为别人写信吧，大街上常有寻人的、告状的，你代人写文书，还能混口饭吃，你说呢？"

鸿杰的志愿不是混饭吃，而是用自己的才能为中华民族的解放出一把力气，他想到社会的激流中去，做社会的砥柱，干一番事业啊！他没有正面应允，只是说："再说吧，如果没有别的出路，就照大哥说的办！"其实，在鸿杰的心里正酝酿一个重大的决定。

今天的天气格外晴朗，太阳升上树梢的时候，鸿杰和大娘说了一声，便出去了。来西安已过去五天了，在这家母子的帮助下，他总算有了八路军办事处的地址，他径直向七贤庄奔去了。

这是一个四合院，数间房子密密地挤在一块儿，大门口的右边，八路军办事处的牌子悬挂着。

办事人员进进出出，个个显露着自豪、潇洒的风采。鸿杰整整衣服，大大方方地向前走去。

这时，房间里有一个高个子的干部模样的军人，戴一副眼镜，腰间束一条皮带，看上去煞是精神。见他走过来问道："有啥事呀，小伙子？"

"我找你们这儿管事的，我想……"

他的心怦怦跳着，心想，总算迈开了第一步，看那青年军人和蔼的模样，心里轻松多了。

在一间办公室里，一个中年军人问："你有什么事呀？"

鸿杰痛痛快快地说："我想投考'抗大'！"

中年军人望望他，遗憾地说："小伙子，来晚了，'抗大'

早已招考过了。"

他一听心凉了半截，支吾着说："那……怎么办呢？我是诚心抗日的呀！"

中年军人说："是啊，可你错过时机了呀！再说……"

鸿杰哪里知道，办事处不收他，还有一个原因，是他没有地方政府的介绍信，他只好悻悻地退出来。

当他往院外走着时，忽然从墙上发现一张广告，他走近一看，招生单位是"八路军第一一五师军政干部学校"，他喜出望外，停住脚仔细地看起来。他问身边的人说：

"这个和'抗大'有什么不一样？"

身边的人告诉他说："都差不多！都是为抗日培养人才！"

他心里想，走，到山西那个地方找军政干部学校去！

夜里，鸿杰也没说什么，一头睡在楼板上，心里一阵阵冲动，他透过窗户望着院里的树叶，沙沙地响着，想着明天的一切……

追寻北斗星，光荣参军

一列拉着煤炭、木料、沙石货物的列车，徐徐开出西安火车站，浓烈的汽烟，呼叫的汽笛，撕扯着深秋凝重的天空，当它驶出站区之后，便拉开架势，似离弦之箭，风驰电掣一般，向前飞奔而去。

就在这趟货车的车厢里，悄悄地多了一个人，他躺靠在车厢的角落里，身旁放着一卷行李，还有一大捆书。此时，他那忐忑不安的心总算平静下来，他不再为没钱买车票而忧虑了——他已爬上货车；他不再为查票而担心了——他躲进车厢里，连一点儿影子也不会被人发现。这个车厢，尽管脏乱，甚至还有些臭味，但也惬意安全，他仰卧在货物堆上，眼睛望着浩浩的天空，两耳听着隆隆的车轮声、呼呼的风声，心中倒充满了一时的喜悦心情。

鸿杰思索着，一一五师军政干部学校是个啥模样啊？我这个只有初级师范水平的学生够格吗？人家不要我怎么办？……事到如今也顾不了许多了。他挪了挪身子，躲开吹进来的凉风，眯缝起眼睛，索性睡个觉吧！

一阵剧烈的震动把他晃了一下，接着是刺耳的汽笛声，他探出头来看了看，火车到了潼关。再往前，就是黄河，就是山西境地了。因为阎锡山闹"独立王国"，连铁路都自搞一套，那里的小火车可以出来，外省的火车却开不进去。

他瞅准机会，先将行李扔下来，然后，迅速跳下车厢，逃过车站人的耳目，顺利地走出潼关车站。

当他从潼关乘坐上渡船，渡过黄河，到达对岸的风陵渡渡口时，回首潼关黄河河岸一线，那耸立陡峭的大山，一股豪迈之情顿生胸中，那河面呼呼的劲风，激荡着胸膛，无限诗情涌上心头。他想起了李白《渡荆门送别》的诗句，不觉顺口诵出：

是歌赞山川的壮丽？是咏叹与亲人的别离？当鸿杰坐上阎锡山的小火车，驶向临汾时，很快忘掉了这些，一种新奇感取代了他暂时的忧郁。

这是鸿杰第一次见到小火车，车厢里，小桌子，小凳子，好像儿童玩具，很好笑。他看到坐这趟列车的，有国民党兵，有农民，也有学生，人们谈论着，嬉笑着，他几乎忘了奔波的烦恼。

临汾，一座古老的小城。

太原失守后，这里便成了政治、军事、经济中心。阎锡山政府搬迁到这里，八路军办事处也设在这里，这里不仅有仓颉造字、龙子祠泉的传说，更有八路军歼灭日寇的佳话。

鸿杰背着行李，在这一条街的小城中走着。这里的气氛和河南家乡不一样，这里的人们在大街上匆匆走过，步履稳健，谈笑风生。市场上，卖啥的都有，卖炸丸子的、卖切糕的，饺子铺、猪肉店，人们平心静气地做着交易，好像战争离他们还有很远很远。尤其是，鸿杰看到那些神气的八路军战士——身穿一身灰色棉军衣，胳膊上戴着"八路"臂章，眼热得要命。当他正看着街头景象，有一支八路军队伍从远处走来，那整齐的步伐荡起一路灰尘。他不由自主地站住，闪在一旁，眼睁睁地看着。他发现在八路军的队伍里还有妇女哩！看那一个个身穿军装的女八路，甩着胳膊，挺着胸脯，神采飞扬，啊！好不神气呀！

队伍过去了，他还愣在那里，似乎有一种潜在的力量在鼓舞着他。他蹲在路边吃了一碗小摊上的丸子汤，就找八路军办事处去了。

消息不令人满意，人家告诉他，八路军一一五师军政干部学校在蒲县。这就是说，他还要背着行李，提着一大包书，步行一百多里。他踌躇了一会儿，放下沉重的行李，又往结实里捆一捆，准备来个"长途行军"。

"坐车吧！小伙子，你到啥地方？"

一位头戴毡帽、脖子上搭一条黑布带的拉黄包车的老汉喊住了他。老汉很热情，没等他说话，两只大手已把行李抓到自己的手上。

"我到蒲县城里，今天能赶到吗？"

"啊！你说的是关公的家乡啊！到蒲县有百十里，今天恐怕到不了啦！"

"那？……"

"没事儿，哪黑哪宿，我一定把你送到蒲县城就是了。"

鸿杰看拉车老汉挺开通，是个老实厚道的人，便上车跟他走了。

"小老弟，多大啦？"拉车老汉主动打招呼。

"17岁，属猴的。"

"正是青枝绿叶的时候。上的啥学堂啊？"

"家里穷，不念啦，到蒲县投亲戚，想找个买卖做做。"

一路上，他都把自己的真实行动"保密"着，对老汉也不例外。

老汉叹了口气说："天下锅底一样黑，兵荒马乱的，有啥好买卖可做。中国这么大的国家，让小日本侵略了，狗日的已到了太原，说不定明天就到了临汾，老百姓苦哇！"

他试探着问道："那我们也不能等死呀！"

"对喽！《水浒传》上不是说了吗？这叫逼上梁山，揭竿而起，中国这么多人，一个人吐口唾沫也能把他淹死，可国民党阎老西没那个胆子，鬼子一来，他们就夹着尾巴跑啦！"

"八路军咋样？"

"那不含糊，你听说平型关战斗了吧？八路军打得就是好，一下子消灭了他一千多人呢！"

鸿杰和老汉会心地笑起来，挺远的路也觉得不远了，浑身轻轻松松的。

说话间，太阳落到山顶了，黄昏压住了眉毛，不时从天空掠过一群群鸟。鸟儿归巢了，田野里忙活的人们也背着柴筐、粪筐，匆匆往家里赶。北风送来了阵阵炊烟的香味。

途中。村野里一家小客店。

鸿杰和拉车老汉不得不做了这个小店的"风雪夜归人"。

睡得真香。

清早，鸿杰一骨碌爬起来，霞光已染红了小店的院墙。他走出小店的屋门，想到外边看看小店的模样，因为昨晚来时，天已大黑了，再看看蒲县还有多远，偶然间，他从院墙上发现一张字条，他好奇地走过去看着，上写："八路军一一五师干部学校搬到赵城马牧村。"

他立马回到小店，灵机一动对拉车老汉说："我记错地名了，我的亲戚不在蒲城，在赵城，咱们再回临汾吧！"

拉车老汉也没多问，两人匆匆吃了早饭，便折回了临汾。

当到临汾时，天已是晌午了。从临汾到赵城，有直达小火车，他非常感谢老汉的帮助，若不然，又是行李，又是书的，是绝不会走这么多路的。他将口袋里的钱拿出来，对老汉说：

"钱不多，拿着吧！"

老汉接过钱，拿在手上数了数，摇了摇头，但又无可奈何地说：

"好，小伙子赶路吧！看得出，你不是做买卖的，恐怕是要干这个的吧？"说着，老汉伸出右手比画个"八"字，又幽默而诡秘地笑了起来。

鸿杰不能明说，只当是没听懂，但已心领神会了。

当他赶到赵城时，日寇已打到霍县，离赵城只有 90 华里，可见战事之危急。天近傍晚，再赶 15 里路到马牧村已不可能了。于是，在城里他又找了家小客店住下，待天亮再走。

大通铺的客房里边都住满了人，有进城办事的农民，有做买卖的生意人，有拉脚的车夫。住在一个通铺上的还有一个国民党兵，二十五六岁的年纪，瘦瘦的长方脸，老长的头发梢压住了耳根，似乎在战斗中负了点儿轻伤，腿脚有点儿不利落。

当鸿杰发现他时，就决心和他谈一次话，想了解一下前方的情况。

◎ 魏巍（左）与战友夏兰（右）留影

"是刚打完仗吗？从霍县那边撤下来的吧？"他一边解开行李，一边和国民党兵搭讪着。

那位国民党兵却有点儿沮丧情绪，不屑一顾地说："打仗，打仗，老子差点儿把命都搭上！"

"咋的？你们还打不过小日本啊？"鸿杰故意套他的话。

"打过？谁有能耐谁打去，咱没有那份本事哟！"

"为啥？"

"就拿拼刺刀来说吧，虽说小日本个子矮，可人家的刺刀比咱的长几公分，你还没有挨着他，他的刺刀已刺到你的身上了，我们有很多弟兄被小日本刺死了。"

那位国民党兵悲观失望的话，鸿杰有些震惊，他想：

日本鬼子真的那么可怕吗？

马牧村。八路军一一五师师部驻扎在这里，一一五师干部学校就在这里。鸿杰站在村口，向它致敬，向战争报到！

今天，是个平常的日子，也许是 1937 年的最后一周，马牧村迎来了一位新客。

"你是从哪儿来的？"

"从黄河边上。"

"啊，我问你是啥地方人？"

"古城—郑州。"

"哦，好远哪！"

"不远，大火车倒小火车，再走上百十里，就找到啦。你看，我新买的棉鞋，都被豆茬子扎了个大窟窿……"

"哈！哈！哈！"房子里一片笑声。

此时，鸿杰已觉得到了家了，见到亲人了。他有着难以抑制的激动，较之往日，他非常活泼、精神，一口流利的河南话，透出黄河人的雄浑、朴实。他说着，还不时用衣袖抹着头上渗出的细密的汗珠，低下头，抬抬脚，看看被扎破的棉鞋。

问话的人是一个胖胖的八路军干部，看上去有三十多岁，中等个头，留着光头，白皙的脸庞，浓眉明眸，透出精明灵气，满口东北口音，说话时常常伴有手势，他就是干部学校办公室主任方炽。

方主任用浓重的东北口音问道："你叫什么名字啊？"

"魏鸿杰，我还有一个笔名，叫魏巍！"

"魏巍"这个名字，是他在家乡时就用过的。从军了，一切重新开始了，他决定自此以后用这个名字了。

"啊，小魏同志，你读过马克思的书吗？"

"读过，连艾思奇的《大众哲学》也读过。"

"好，随便问你三个问题。你说，资本主义的基本矛盾是什么？"方主任侧着脑袋听魏巍的回答。

魏巍在家时读过一些哲学杂志，这些基础知识并不生疏，他答道："资本主义的基本矛盾是生产的社会化和私人占有之间的矛盾。"

方主任微笑着点点头。另外，方主任对抗日统一战线又问了两个问题，魏巍都作了回答。方主任表示满意，即算录取了。

终于，魏巍找到了八路军的队伍。眼前的生活道路哇，有了翠生生的绿叶……

夜里，他做的再不是家乡回顾茫然的梦。

一支彩笔把昨天的生活隔开了。

八路军的臂章，像一团燃烧的火，在脑子里旋转着，由远渐近，由近渐远，幻化出无数美好的图案，是啥？他也说不清。

魏巍躺在床上，吧嗒吧嗒嘴，嘴里还有小米的余香、胡萝卜的甜润。魏巍摸摸身上披盖的新军装，一股舒心的、袭人的暖流，贯通全身……

天哪，多高远；地呀，多广袤；人哪，多亲爱；情啊，多真挚。

魏巍决心将自己当作一块被开采的矿石，在战争的烈火里锤炼。

一一五师军政干部学校，虽然没有正规的校园，一切都是因陋就简，住在一个没有学生的小学校里，学在大树下，但它像磁铁一样，吸引着来自各地的热血青年。魏巍和来自沦陷地太原的学生在一起，和石家庄的学生在一起，和来自山区、平原农村的学生在一起，组成一个新的大家庭，汇成一片朝气蓬勃的森林，涌聚成一个欢乐的海洋。他们在这里学政治、学军事，掌握各种战斗策略，准备补充八路军的干部队伍。

训练是紧张的，但充满了乐趣，充满了甘甜。

夜，睡得正香，梦境在每个人的被窝里周旋，突然，三声短促有力的哨音，把大家唤醒，空气立即凝固了：紧急集合！每个战士都从宿舍里跑出来，向队长报到。

在这个班里，魏巍是最小的一个，还有一个叫王千祥的，年龄和他相仿。刚发的新军装，比他长出一截儿。显然，在同样的科目里，他付出的力气要比别人多一些。但他不胆怯，自尊心和上进心是他努力的表现。

寒风中，队伍在一片低沉的嘈杂声中集结，枪托的撞击声，战士们的跑步声，在凝固的空气中回荡。魏巍跑在队伍的末尾，黑暗里看得见他精干的轮廓。鼓鼓囊囊的背包，在背后跳荡着，似乎在他的脖子上有一个什么东西，游来游去。

队伍站好了，夜色中，一排战士俨然站立着，个个小声地喘息着，等待队长的检查。不知是谁，哧哧地笑了，这笑声使魏巍心里更加不安。队长发现了"秘密"，走到魏巍面前，大声问道："你的鞋呢？为什么光着脚？"没等魏巍回答，队长大声说："听口令，向后转！跑步走！回去取鞋！"

魏巍只有"坦白"了："队长，鞋在这儿！"他从脖子上拿下来。原来时间紧来不及穿了，他就把鞋挂在脖子上了。这时，队伍里发出一阵哄笑，队长大声制止："军人要养成快的作风，时间就是胜利。好！全体听口令，跑步走！"

随着队长的口令，夜色里响起一阵整齐的脚步声，终于，队伍在村西的一片树林里停下来，队长发出命令："各班检查着装，然后，各班练辨别方位！"

这样的生活多么有意思，虽然在紧急集合中魏巍出了点儿小纰漏，但毫不损伤他的兴致，他在树林里钻来钻去，手指北斗星，辨别着方向，他由此想到孩提时代，是谁教自己辨认北斗星的呢？是白发苍苍的祖母？是手挥指挥旗的父亲？是扎着发髻的母亲？印象是渺茫的，魏巍记不得了，记不得了。

魏巍善于想象，难怪别人说他形象思维细胞发达，由找北斗星想到自己所走过的道路，自己不正是找到了八路军这颗北斗星，才有了明确的方向吗？

一声哨音，演习结束了，颗颗欢跳的心立即躲进土炕上的被窝里……

不久，一一五师干部学校并入八路军总司令部的随营学校，由马牧村搬到洪洞县的白石村，魏巍所在的第四队住在关帝庙里。八路军总部的首长朱德、彭德怀等，也都住在这个村里。一时，白石村成了华北万众瞩目的地方。每天，白石村可热闹啦，从前方来的干部在这里落脚，去前方打仗的部队从这里领受命令。总司令部驻地的大庄园旁边，有个大戏楼，露天式建筑，隔三岔五有革命剧团来这里演出；晚饭后，朱德总司令常在这土造的篮球场上和机关干部们打篮球。歌声是亮的，笑声是甜的，连炊烟的蒿草味，也是香喷喷的。

魏巍最羡慕的是那些才华横溢的大学生，每逢开会发言，他们说得一套一套的，那么多的词儿，有说不完的材料，而自己，不免有些胆怯。魏巍更佩服指导员欧阳平，他是江西兴国县人，不仅有一套演讲艺术，还会写诗、会唱江西民歌。那是在一次全队活动的场合里，每个班有每个班的风采，人人有各自的风度，集体的英姿、个人的智慧，都在这里绽放出不同的光芒。全队拉过歌之后，不知是谁的高嗓门，高高地、尖尖地喊了一句："请指导员唱首歌好不好？""好！"于是，大家鼓起掌来。

欧阳平指导员才二十岁出头，落落大方地站在队前，亮开嗓门唱起来：

> 正月里盼郎是新春，
>
> 我盼我郎当红军。
>
> 现在革命高潮起，
>
> 小郎哥哎！
>
> 送你当红军。
>
> 哎嗨哟！哎嗨哟！

欧阳平唱完了，依然是一阵掌声。

多么欢乐、多么有生气的生活哟！在这样的集体里，魏巍像鱼儿一样觉得自在和畅快。

阴历年到了。

炮火中的春节依然热烈、喜庆。一场雪覆盖住吕梁山脉，覆盖了秦晋大地，虽然枪炮声在隆隆地震响着，农村的枣糕依然蒸着，爆竹也依然放着，拜年庆贺之声，飞旋在家家户户，人们恭喜丰收，期望来年太平。这一番太平景象，是因为一一五师在这里，八路军总部在这里，人民有了靠山啊！

趁放年假的机会，魏巍和王千祥等人到洪洞县看老槐树去了。

一路上，他们活蹦乱跳地走着，欣赏着田野美丽的雪景，不时拾起雪团，向远处投去，遇到有冰的路面，打一个哧溜滑倒了爬起来，再跑上几步。他们真像一只只出笼的小鸟，扑打着，欢笑着，好不快活。

他们最高兴的是到县城去看那棵传说中的老槐树。

是啊，屹立在城边的老槐树，当它阅尽沧桑时，已苍老不堪了，干瘪的树干，裸露的胸膛，满头青发已脱落，一枝新绿从枯干之中抽出，说明它的一部分结构还有生命。这位古树老人，在岁月的重负下，压弯了苍老的身躯，也许正在历史的征途中，跋涉最后几步。

魏巍手摸着老槐树，仰着脸，看着非常稀罕。王千祥也摸索着。这时，蹲在墙脚处的抽烟老汉走过来搭腔，说："小同志，新鲜吧？过去见过这么大的槐树吗？"

魏巍摇摇头说："没有，这树有多少年了？"

老汉磕掉烟灰："多少年？说不准，一辈传一辈，说是元朝时就有它了。"

魏巍又问道："这棵树为啥这么新鲜？都来看它？"

老汉神气起来，说："是来拜祖宗的。"

老汉停了停，问道："你们是哪里的人啊？"

魏巍眨巴着眼睛疑惑了，这和哪里人有啥关系？说："河南郑州人。"

王千祥跟着说："我是本县人！"

老汉指着魏巍说："你的老家就是在这棵老槐树下，

你也是洪洞人！"

魏巍更加不解了。老汉讲了关于大槐树的传说。

元末明初，山西这个地方人口很多，但土质不好，山多地少，打不了多少粮食，又遇连年旱灾，饥民流亡，枯骸塞途，每天饿死很多人，而地方官吏又趁机搜刮农民，人们实在生活不下去了。当时的官府曾在这棵槐树下，先后多次办理移民手续，有的迁到河北，有的迁到河南，还有迁到山东、四川、贵州、云南等省，现在这几个省份的人，他们的祖先就是从这棵大槐树下迁移过去的。

老汉说，在湖北一带的农民，不就流传这样的歌谣吗：

山西的山，山西的水，
山西的槐树是乡里。
槐树大，大槐树，
大槐树下我们住。
双小趾，手背后，
远离山西娃娃哭。
娃呀娃呀你莫哭，
山西有俺的大槐树。
祖祖辈辈住山西，
娃长大了也回去。

老汉打趣地说："不信，你俩看看自己的脚趾头，凡是从大槐树下迁来的人，比别人多个小脚趾，就是在小脚趾上多长出一块肉瘤。"

听完了传说，两个人互相看看，禁不住笑了。

老汉说："甭笑，不信啊，回去看看脚趾头，没错儿。人都有祖先，有出生的地方，你们八路军不也有出生的地方吗？"

魏巍听了很感新奇，两个人点点头告别老汉，向城里走去。边走，两个人回想老汉说的话，兴致更浓了。

王千祥问："哎！八路军的出生地在哪儿？"

魏巍看报纸多，关于这个问题知道一些，说："听说1927年时，有个'八一南昌起义'，还有井冈山闹红军的事儿，兴许这些地方就是八路军的出生地。"

王千祥也联想了许多，说："朱德总司令不是参加过南昌起义吗？陕北延安的毛主席不是从井冈山下来的吗？肯定没错儿。"

两个人有说有笑，大路边上经常遇到随营学校的同学和部队的干部战士，他们互相敬礼，打着招呼，是那样的和睦友爱，心里充满了节日欢乐。

突然，从城北的土路上，飞奔过来一匹马，那马蹄在雪地里一闪一闪地发亮，溅起的雪水，打湿了马肚子。这是一一五师师部通信员小张的马，他每见到部队的人，就传报："通知部队人员，立即返回，有紧急情况！"

看秧歌的干部战士匆匆回来了。

进城办事的干部战士匆匆回来了。

给老乡道喜拜年的干部战士匆匆回来了。

这些勇敢的战士，暂时放下节日的欢乐，立马投入紧张的备战之中。

魏巍和王千祥一路小跑，往回赶着……

魏巍的内心深处藏着一种力量，那就是延安。此时，大家心里对延安无比神往。人人都为之激动着、奋勇行进，都想早一天踏上那片神圣的土地，投入那温暖的怀抱。

　　魏巍为之动情了。这是时代的歌唱，这是生活的歌唱。那歌声像空中的云雀那样欢畅、自由，又像大江大河那样汹涌澎湃、势不可当。这歌声不再受时空限制，它拽着一颗颗心，走出家庭、走出学校、走出个人的小圈子，投入浩大的革命洪流，去为民族的命运而战斗。

- -

探索成长之路，解读智慧人生，
本章内容，扫码收听。

第三章

战斗在山水之间

理想进阶，扑进延安怀抱

那是一座神奇的古城，因为一支队伍的到来，或许是命运的转移，随之成了人们心中的一束圣光。风从四面八方吹来，所有的目光投向这里，那踏地越山的脚步奔向这里，夹杂着地火和沉雷，涌向这里，接受它的照耀和洗礼。

北风夹杂着雪粒，一阵阵像老牛吼叫似的，撕扯着大地，把堆积在地上的雪，刮成一道道深沟。也许因为是战争中的风吧，特别凌厉、刺骨，雪粒打在脸上，火辣辣地疼痛。

伴随北风的，是令人惊异的消息：日寇集中三万兵力，向晋南发动进攻。临汾、长治、风陵渡等城镇，眼看就要陷落在日寇的铁蹄之下，战势在飞速发展着。

——五师要开赴前线积极准备迎战。总部决定：随营学校并入延安抗日军政大学。

消息激荡在每个人的心窝。

魏巍无限兴奋，这也许是因为和他开始时的想法相吻合的原因。去年秋天，当他辗转从家乡郑州去西安的时候，朝思暮想的不就是要到延安抗日军政大学吗？这个理想没想到马上就要实现了。

"延安！延安！中国革命的圣地！"魏巍在心里默念着。

他和王千祥谈论着行军，谈论着延安，谈论着"抗大"，兴致很高。他们悄悄准备着迎接这次长途行军的考验。

晨曦，把黎明送走，将消息传递给田野，一队背着背包的精干队伍，走出白石村，朦胧中，回荡着脚踏雪地沙沙的脚步声，队伍快速地行进着。穿过一片萧条的冬野，渐渐向吕梁山的深处走去。

和其他学员一样，魏巍是第一次长途行军，也是第一次爬大山、穿峡谷，心中不免充满了美好、浪漫的幻想。他走着，想着，听着，远山的那边，不时隐隐传来炮声、枪声……敌人的进攻，好像就在队伍的后面，但大家都不紧张，个个严肃而轻松地行动着，当走出离村三十里地时，队伍就明显地疲乏了，有的战士脚上打了泡，有的战士大腿根儿酸疼起来……渐渐的，队伍松散了，像一条虫子，在山谷里慢慢蠕动着。

他们正爬一条深沟，这条深沟真大，一下一上就得半天工夫。魏巍感到有些气喘，背上的背包沉重得好似往肉里抠，在背后直打滚儿，他坚持着，不声不吭地走着。

忽然，王千祥捅了捅魏巍，低声说："你看，他们在轻装哩！"又努努嘴，使了个眼色。魏巍扭头看去，果然看到有的战士正从被子里往外扯棉絮；再回头往远望去，沿路的山坡上，到处散落着一堆一堆的棉絮，还有将皮鞋扔掉的。

魏巍没有说话，心里想：临出发时队里动员要吃大苦、耐大劳，坚持到底，胜利到达延安，如果把棉絮都扔了，寒天冻地的，夜里盖什么？此时，他想起了在郑州时，黄正甫给他读过的高尔基的《海燕》，那海燕叱咤风云、冲击暴风雨的形象，鼓舞着他。

魏巍凑近王千祥说："你读过高尔基的《海燕》吗？"王千祥点点头，表示读过。

"海燕就是大海上的一种鸟，不怕风吹浪打，在暴风雨中仍然自由地飞翔。高尔基把它称赞为'革命的勇士'。"魏巍动情地说着，王千祥认真地听着，两人的步子和谐起来，脚下好似有了力量。

魏巍的内心深处潜藏着一种力量，那就是延安。他清晰记得，延安在他的脑海里打下深深烙印的那一天。

那是前两年，在人民群众中传诵着红军长征的故事，长征那样艰难，令人十分敬佩。后来，又听说红军来到了陕北，党中央机关驻在延安，研究着抗日的大事，指导中国革命的方向。毛泽东是指挥红军的统帅，他也住在延安。

此时，大家心里对延安无比神往。人人都为之激动，奋勇行进，都想早一天踏上那片神圣的土地，投入那温暖的怀抱。

队伍依然前进着，风雪吹打着，尽管很疲劳，但仍不失之劲旅的风貌。当来到临汾城下时，队伍遭到日本鬼子的飞机轰炸。那两只"乌鸦"从低空飞来，有经验的指挥员立即大喊一声："隐蔽！"

队伍正好走在城边的一条长长的土堰下，那土堰高一米多，人蹲在阴影里正好隐蔽住，大家像在训练场上一样，沿土堰依次卧倒，敌机扫射的子弹全都打在土堰上，冒起一股股烟尘，人员无一伤亡。

可是魏巍亲眼看到，街上的许多人，在敌机轰炸时，乱成一团，背包、衣服、鞋子、帽子扔了一地，喊声、哭声一片。

敌机飞走后，百姓们的生活又恢复了正常，大家拍掉身上的尘土，甩下硝烟弥漫的临汾，向黄河岸奔去。

眼前是一道又一道的大沟，那是巨蟒似的吕梁山的利爪，一条一条伸向远方。当队伍翻上翻下，走出这一条条大沟时，太阳已有几个起落了。

不知是谁高喊了一声："到黄河了！"这消息给人们带来一阵兴奋，顿时，队伍里嘈杂起来，无疑，人们都知道黄河象征着中华民族，心中有一种尊崇之感；另一方面，几日行军，来到黄河边，也是一个胜利。黄河岸上的禹门渡，北风卷着沙粒、雪团，迎接这一队战士们。

由于黄河上结了厚厚的冰，为了防滑，队长让大家每人抓一把草，铺在冰上，战士们踩着草，你扶我、我挽你，小心翼翼地从上边走过去。在黄河的中心，魏巍看到，滚滚的黄河水里漂浮着一块像房子似的冰块，有一头毛驴淹死在黄河里，头浸在冰水里，浑身结了冰碴儿，那景象很是凄惨。

　　战士们顾不得许多，在铺了草的冰面上，一歪一斜地走着，有时你撞我一下，我撞你一下，滑倒在冰上，爬起来再走。队伍来到对岸，脚步不停，沿着河岸往北行进……

　　三八妇女节那天，魏巍和随营学校的战友们，带着喜悦与疲劳，怀着熟悉与陌生，扑进了延安的怀抱。

　　行军中的苦与乐、艰与辛，终于化成延安城里的笑声。30多个日日夜夜，在"抗大"的土炕上化作一个梦，被抛到人们的脑后。

　　在"抗大"的土炕上，魏巍久久不能入睡，一种难以抑制的兴奋藏在他的心里，苦也不知苦了，累也不知累了，似乎，30多天的奔波劳顿，都烟消云散了。他的脑子一时静不下来，思前想后，黑暗中，睁大两只眼睛，想象着、描摹着对延安最初的印象：

　　啊，这就是延安城，一排排土窑洞，一条条黄土街道，南边有座宝塔，东边有条河，中央首长都住在哪里呢？城里有这么多人啊，围羊肚毛巾的老汉，穿围裙的婆姨，戴着绣花头巾的姑娘；那八路军男女战士更神气了，打着绑

◎ "抗大"四期毕业照魏巍（前二排右三）

腿，系着腰带，走路甩着膀子，连步伐都带着节奏……还有一些穿老百姓衣服的，也是八路军，听说有的是陕北公学的学生，有的是刚到延安来投奔八路的青年人。啊，那是五湖四海的浪花呀，向这座神秘的城堡涌来……

啊，这就是"抗大"。古旧的大门两边，还有石刻的狮子底座呢！院子真大呀，一幢幢旧式的大房子里，整齐地摆放着背包。在院子里的"露天课堂"上，人人端坐着，铺开书本，学习马列主义，真舒心哪！在宽大的操场上，学员们操枪练武，冲锋、越障、投弹、刺杀，杀声震天响，真带劲……

这就是自己梦寐以求的圣地呀！可知道，为了能到"抗大"来，魏巍曾历经过多少波折和磨难啊！从郑州开往西安的火车，西安城下的那座小屋里的贫家母子，临汾拉洋车的好心车夫，临汾城小旅店里的那位受伤的国民党兵……都像梦境一样，像拉洋片似的，一幕一幕闪过脑海……

这一夜，魏巍就这样在多思、多梦、多情、多感中度过。

经过两天的休整，魏巍被编进"抗大"的政治队里，终于成为一粒革命的种子。严格的训练生活开始了。"抗大"真是名不虚传，学习、训练、日常生活，是紧张而有序的。魏巍在这个独特的集体里，时时汲取着革命养分的同时，没有忘记丰富他的文艺细胞。他对那些充满浪漫、抒情的场景，格外倾心。

每次"抗大"学生们集合，那高亢、热烈的情景，令他震撼。

哨声响了，"抗大"学员都集结在延安的大广场上。魏巍最感兴趣的是聆听人们的歌声，真带劲啊！自然，"抗大"学员唱的是《抗日军政大学校歌》："黄河之滨，集合着一群中华民族优秀的子孙……"在这浑厚、嘹亮的合唱声里，也包含着魏巍的声音。

当歌声停止时，不知是谁喊了一声："'干一场'，来一个！"这时，涌动的人群里，大大方方站出一位"女八路"来，她英俊、潇洒，细高的个头儿，留着齐肩短发，穿着灰色的军装，腰间扎一条皮带。掌声中，她走出队列，俨然是一位成熟的指挥，镇定自若。只见她挥动双臂，随着她那有力的节拍，那些女战士们亮开了歌喉：

> 河里水，黄又黄，
>
> 东洋鬼子大猖狂！
>
> 昨天烧了王家寨哟，
>
> 今天又烧孙家庄，
>
> 逼着那青年当炮灰，
>
> 逼着老年送军粮；
>
> "炮火"打死丢山冈，
>
> 运粮累死丢路旁，
>
> 这样活着有啥用啊，
>
> 拿起刀枪干一场！

开始是学生队唱，到后来，所有集合的人都参加进来，变成男女声大合唱了。那歌声像海中的波涛，一阵阵拍岸回旋，震撼心魄。

魏巍为之动情了。这是时代的歌唱，这是生活的歌唱。那歌声像空中的云雀那样欢畅、自由，又像大江大河那样汹涌澎湃、势不可当。这歌声不再受时空限制，它拽着一颗颗心，走出家庭、走出学校、走出个人的小圈子，投入浩大的革命洪流，去为民族的命运而战斗。

日子长了，魏巍才知道，这位拉歌的、外号叫"干一场"的女学生名叫黎琳，是位来自四川的姑娘。

在"抗大"这所大学校里，魏巍勤奋学习着，他那瘦小的身体，虽然每日只享受着五分钱的菜金，却渐渐胖起来，两颊呈现着红润。延安的小米给了他健壮的躯体，延安的革命道理，赋予他旺盛的政治生命。

"五一"这一天，无疑是魏巍政治生命的"生日"。

"小魏，你来一下！有话跟你说。"政治队队长杨光池在喊他。

魏巍放下手中的书本，整整衣服，从房子里走出来："杨队长，有任务叫我完成吗？"

"跟我走，一会儿你就知道了！"

于是，他俩来到了清凉山上一个山坡的窑洞里。这里的情景很特殊。在窑洞的一面墙壁上，悬挂着马克思、列宁的画像，两边是镰刀、锤头的红旗。这里早先来了三位同志，都是魏巍不熟悉的，屋内气氛很严肃，但不难看出，人人心里有一种难以掩饰的兴奋和喜悦。

在政治指导员白平的指挥下，四个青年战士面对党旗站成一排，气氛庄肃而隆重。这里的一切告诉人们，一个伟大而神圣的时刻正在到来。

这时，魏巍和其他同志举起右手，跟着指导员白平宣读入党誓词：

（一）终身为共产主义事业奋斗；

（二）党的利益高于一切；

（三）遵守党的纪律；

（四）不怕困难，永远为党工作；

（五）要作群众的模范；

（六）保守党的秘密；

（七）对党有信心；

（八）百折不挠，永不叛党。

一句一句铿锵有力，一句一句在窑洞里回响着。

这时，魏巍才清醒过来，原来这就是入党仪式，虽然四月份他已填了入党表格，这次才是正式通过。从此，他就是一名中国共产党党员了。

魏巍心里明白，这是一种仪式，也是一个分界。仪式之前是混杂的"我"，仪式之后是纯粹的"我"，说一不二的"我"。他在党旗下紧握的拳头更紧了，没有松开。

回来的路上，队长告诉他，自魏巍来到随营学校之后，各方面表现积极热情，尤其是来延安的行军路上，不怕苦、不怕累，具有新青年的革命精神，党组织早看上他了。队长嘱咐魏巍，入党后，革命的标准更高了，要立志做一个红色青年，为中华民族的解放，要不怕流血牺牲。

杨队长的话响在耳边，刚刚读过的入党誓词还在心窝里发烫。魏巍仰望南山上巍然耸立的宝塔，心中充满了自信。五月的陕北，天空瓦蓝，大地赤黄，略带凉意的东风吹来，格外惬意。魏巍好似感到，在自己的心灵里，洞开了一扇明亮的窗口，又铺开了一条无比广阔的道路，他信心百倍地去迎接更加严峻的考验，去迎接更加美好的未来。

五月的鲜花开在他的心头，延河水滔滔地流淌着……

延安，真是个"万宝库"，革命的"万宝库"，有人从这里取走了"火"，成为领兵率队的将军；有人从这里取走了"经"，成为组织群众运动、叱咤风云的群众领袖；有人从这里取走了文艺创作的"灵感"，成为讴歌时代的文学艺术家。

魏巍从这里能取走什么呢？在延河边他思索着，寻觅着。

在延河边上，魏巍发现一位身穿中山服、头戴鸭舌帽的中年人，在河滩上踱来踱去，口中似乎在念叨着什么。魏巍发现在这位中年人的身上具有一种独特的风度，像一位学识渊博的学者，又像是经过战火考验的政工干部，在他的风度里蕴含着一种令人捉摸不透的意味，也许，就是诗人的那种特有的气质吧！

"他是谁呢？"魏巍在心里疑问着。啊，想起来了，他不就是在大会上朗诵诗歌的柯仲平吗？他可是延安的文化名人啊！

这时，有一队青年男女向河岸沙滩上走来，戴鸭舌帽的柯仲平向他们打着招呼，青年们立即围拢过来，寒暄着，谈论着。魏巍远远望去，好不羡慕。

在生活里，这毕竟是一个短暂而又无意的画面，可是，在魏巍的心中却烙上了不可磨灭的印记。

　　于是，魏巍爱好文学的天赋，在延安那艰苦而丰富的生活环境里萌发了。延安有个"文艺工作者协会"，吸引团结着一大批爱好文学的青年人。它像磁石一样，吸引着魏巍。他经常到那里去，呼吸那里的新鲜空气，接受革命的文化熏陶。

　　这天，文艺工作者协会召集一部分青年文学爱好者开会，讨论诗歌大众化问题。魏巍也去参加了，可以说，这是他加入革命队伍后，第一次正儿八经地参加有组织的文化会议，他格外激动。当他走进协会的院子时，那里已围满了一群人，有穿了军服的八路军战士，也有穿老百姓服装的地方青年，还有剪了短发的姑娘们。他们正围着一个人，要求他朗诵自己创作的诗。那人也不推辞，只见他站在高一点儿的地方，酝酿了一下感情，就抑扬顿挫地朗诵起来：

　　　　　左边一条山，

　　　　　右边一条山，

　　　　　一条川在两条山间转；

　　　　　川水喊要到黄河去，

　　　　　这里碰壁转一转，

　　　　　那里碰壁弯一弯，

　　　　　它的方向永不改，

　　　　　不到黄河心不甘。

他那一本正经、半唱半吟的腔调，博得在场的小青年们一阵掌声。当魏巍仔细看时，发现这位朗诵诗的就是那天在延河边上碰到的柯仲平同志。今天，他仍然戴着一顶鸭舌帽，穿一件褪了色的灰布上衣，裤子的膝盖处还打着两块补丁。显然，他成了人群的中心，大家说笑着，非常亲切。

当时，柯仲平是延安文协主任，刚才朗诵的就是他新近写作的长诗《边区自卫军》中的一节，毛主席还表扬过这首诗哩！听说柯仲平在这之前还写过许多诗，在延安很有名望，魏巍对他格外尊崇，马上从感情上和他有了共鸣。

会议上，柯仲平用浓重的云南话讲述他对中国革命的看法，对新诗大众化的理解。魏巍仔细端详着面前这位可敬可亲的诗人，敦实的个头儿，饱满的天庭，炯炯的眼神，天然的卷发，浑身上下都呈现出奇特的风度，也许这就是诗人的气质吧！也许诗的灵感就在那一卷一卷的头发里，多么浪漫啊！

"青年们，锁链要靠斗争来挣脱，自由、幸福、爱情要靠斗争来获得！"突然，魏巍被柯仲平那激奋的、火一样的发言震撼了。柯仲平讲到诗歌的作用时，联系了他自己的斗争实践，想起了他为自由而生存的昨天：

席卷全国的五四运动的怒潮，还在边疆城市昆明汹涌，那时，柯仲平正在云南省立第一中学读书，他家境贫寒，貌不惊人，只是一心扑向革命，向往革命的文学。这时，一个姓丁的资本家的大小姐爱上了柯仲平。这位丁小姐倍受父母宠爱，想为她找个门当户对的上门女婿。可是这位丁小姐早被五四运动的新思想所启发，她爱自由，追求纯真的感情，她深深地爱上了柯仲平，为着他们共同的奋斗目标和人生理想，暑假里毅然和柯仲平逃离家乡，挣脱旧的婚姻锁链，奔向幸福、自由的远方。

他们先是辗转来到北京，过着夫妻恩爱的流浪生活，唯一的经济来源是丁小姐带出来的首饰。一只翡翠手镯曾出入当铺十余次，每回当现洋二十元。他们省吃俭用，有时还得接济穷朋友，不久，首饰当完，两手空空，生活走投无路。这时，柯仲平郁积在心底的愤懑，升华在笔端，开始了他的写作生涯。在低矮昏暗的住房里，白天他伏案疾书，夜晚他挑灯奋笔，身体日渐消瘦，但他的第一部抒情长诗《海夜歌声》在饥寒交迫中诞生了。这部长诗，以烈火般的激情，猛烈抨击了黑暗的旧社会，抒发了诗人对自由解放的热烈向往之情。

会议最后，柯仲平跳到板凳上，大声疾呼："本人和'大黑暗'是冤家世仇，投身革命的那一天起，我就想闹出个你死我活！我们的诗，不能脱离人民的斗争，不能离开时代，伟大的艺术，必须抓住时代的中心，艺术是被压迫者的战曲！"

柯仲平的讲话，在房子里震响着，飞出窗口，传到院里，院里的树叶似乎在哗哗震响。魏巍第一次听到诗人的讲话，是那样扣人心弦，那样激昂热烈，他感受到了当一个革命诗人的自豪和神气。

缪斯女神的手，为他打开诗之大门，多么明亮、光辉，他对诗歌更加倾心了。

于是，魏巍参加了柯仲平倡导的"战歌社"，他和当时的小伙伴——胡征、朱子奇、周洁夫等成了亲密的诗友，在四大队成立的战歌分社里，十分活跃。每当他们写出新诗时，就把报纸涂黑，把抄好的诗贴在上边，挂在墙头处。一些大诗人的处女作，起初大都这样问世的吧！

那是个多么欢乐的日子呀！1938 年 8 月 7 日，是边区文化界抗敌协会和西北战地服务团等联合发起的"街头诗运动日"，这一天，人们都把自己写的街头诗抄在红绿纸上，张贴在大街两边的墙上，各自显露诗的才华。

这一天，好热闹的延安城哟，只见大街上高高悬挂着一幅用红布做的长长的横标，上面写着"街头诗运动日"六个大字。大街两边的墙壁上，贴满了街头诗，都是用红绿纸写的，一张张贴在大街两边的墙上。有抒情的，也有讽刺的，五花八门，异彩纷呈。魏巍和伙伴们将自己的墙头诗贴在墙上时，就好像自己站上了墙头，用另一种语言和世界对话。

这是一场诗的革命。

是的，墙头诗的兴起，把诗从旧格律中解放出来，从

◎《新中华报》1938年8月10日第4版刊登的《街头诗歌运动宣言》

书本书斋里解放出来，从少数的骚人墨客手中解放出来，走向街头，走向大众，成为人民群众斗争的一种武器。诗歌，发展到 20 世纪 40 年代的延安，有了新的生机。正是这种扎根群众、来自群众，又为群众服务的革命文化，为魏巍以后的创作道路打下了坚实的基础。

十八九岁的年龄，正是富于幻想的年龄，正是无拘无束的开放年龄。在延安，在这片充满文化、充满激情、充满友爱、充满理想的土地上，魏巍像鱼儿一样游进了大海，是那么自由自在，有吐不尽的情、写不完的爱。在延安，魏巍结识了不少作家朋友，这些人后来成为了我国著名的诗人。

首先邂逅的是田间和何其芳。

那是该年夏日的一天，田间随丁玲同志带领的西北战地服务团从山西前线回到延安，正遇上"战歌社"开展活动，柯仲平正主持会议，他们的到来，给大家带来了一股新鲜的空气。柯仲平非常激动，操着云南口音向大家介绍："这是女作家丁玲同志，目不识丁的丁，玲珑的玲！"介绍完丁玲又介绍田间，说："这位是田间同志，是咱边区的著名诗人！"说罢，柯仲平乘兴朗诵起《边区自卫军》来。丁玲一把拉住了他："老柯，老柯，你先不要忙着念诗，一念就说不成话了。"柯仲平停下了，大家坐下来一起谈前方，谈打仗，谈群众的生产，更多的是谈诗歌。

魏巍第一次见到丁玲和田间，觉得他们身上有许许多多的智慧，时时刻刻吸引着他。魏巍觉得应当向他们学习，很快把自己武装起来。对田间，参加革命前魏巍就读过他的诗，于是，他和胡征决定，先去拜访一下田间。

他和胡征向部队请了假，带上以前写的诗稿，走出校门，穿过延安大街，向田间的住处走去。

在西北旅社的一间十分简朴的房子里，田间和邵子南接待了他俩。田间很热情，谈到诗时，常常眯缝着眼睛，显示出入境入情的姿态。魏巍毫不拘束，好似一见面就谈得来。当时，田间将自己在前方写的诗都拿出来给他看，邵子南将发表的文章剪报拿出来读给他俩听，魏巍也将自己的诗给田间看，有时念给他听，气氛非常融洽和谐。田间对诗的主张，刚正坚毅的性格，给魏巍留下了深刻的印象。

在延安，起初魏巍不认识何其芳，但何其芳的散文集《画梦录》和曹禺的《日出》已得到过《大公报》的文艺奖金，魏巍还读过他的许多诗，所以虽不认识，但早已仰慕。参加革命前，魏巍曾写过一首五百行的长诗《黄河行》，入伍后，只在墙报上发表过，犹不满足，他想，为什么不请教请教何其芳呢？于是，他怀着兴奋又不安的心情将诗寄给了他。不久，何其芳回信了，那是一封毛笔楷书、热情洋溢的信啊！是一封情深意切的信啊！

每当想起这些情形时，魏巍总是为之动情，那时延安的文化界，大家互相关心，共同前进，人与人之间的感情纯洁而又真诚，但对错误的东西又敢于批判、斗争，共同保持着一种革命的感情，他就是在这样的氛围中获得了诗的素养和敏锐观察生活的本领的。

　　魏巍想，如果人有幸运色，那么在延安，在革命的队伍里，依托这么肥沃的文学土壤、感受充足阳光的滋润，就是他最美的幸运色。

奔赴晋察冀，争当"小秀才"

显然，一片新的天地，一块新的沃土，在等待着魏巍的到来。

在延安通往米脂的山路上，走着四个人，三个人是军人打扮，灰色的军服，扎着腰带，打着绑腿，穿着陕北妇女支前做的布鞋，远远看去，一个个精明强干，有一股神气贯穿全身，显得格外精神。

寒风呼呼地刮着，干裂的黄土扬起一股股灰尘，直往脖领里、袖筒里灌，他们毫不介意，任寒风吹来，挺着胸脯走着。这三个人是谁呢？他们是刚刚从"抗大"毕业的学生：魏巍、孙朴金、许逸人。

还有一个人是陕北壮年汉子，他的身材像一棵白杨树，不胖不瘦，头上围着一条羊肚手巾，穿着一身黑色棉衣，脚上那双"踏山鞋"似乎加了几块补丁。他手牵一头骡子，骡子背上驮着一摞被子，还有其他零星物件，他是护送魏巍他们到晋察冀根据地报到的。

此时，正是 1938 年 12 月，陕北的天气格外酷寒，举目四望，连绵不断的丘陵，黄秃秃的旷野，连一棵树都没有。从充满歌声、笑声的延安城，来到这冰冷的旷野，顿时使人感到有点儿空旷、凄凉。

这四人中，魏巍年龄最小，但他活泼，又爱说笑，不甘寂寞，而且他现在已经是八路军记者团的成员了，这更令他压抑不住心中的豪情。虽然他在陕北只生活了不到一年的时间，但对陕北独有的"信天游"非常喜欢，他爱听那两句一对仗的韵律，爱那充满陕北高原风采的诗句。

赶骡子汉子也是个爱唱的人，走着，走着，来了兴头，他就唱起来了，那是陕北人民最爱唱的一首民歌，那悠扬的歌声，在旷野上飞扬：

太阳出来满山红，
毛主席是咱的大救星。

杏花落来桃花开，
毛主席领导咱站起来。

光明大路向前走，
毛主席和咱手拉手。

莲花生在水里头，

毛主席就在咱心头。

走遍了南北又东西，

谁不拥护咱毛主席！

山丹丹花开年年红，

跟上咱毛主席干革命！

那悠扬的陕北调，在深沟里，在山梁上，一阵阵回荡。

一路上，赶骡大哥歌兴大发，唱了一首又一首，什么"陕北出了个刘志丹"，"高楼万丈平地起"，寂寞的路途也不寂寞了，冬天的干冷也暖和了许多，大家一路走着，个个来了精神。

他们走出一道深沟，又爬上一道山梁，不一会儿走到毫无遮挡的黄土平原上。走着，许逸人和魏巍拉起话来："小魏，你的表格上填的啥志愿？"

魏巍随口回答："下基层！"

"抗大"毕业后，上级组织发给每人一张表，根据自己的志愿填写，愿意干什么就写什么。魏巍看到有的人填"到后方从事军运工作"，有的填"愿从事马列理论研究"，还有的填"做机关政治工作"，他一时拿不定主意了。魏巍说："我看到王千祥填了个'愿做八路军下级干部'，正合心意，我也跟着填上了！"

当时，八路军总部考虑扩大宣传力度，成立一个记者团到各个战区去，写八路军英勇作战的事迹，鼓舞战士们多消灭敌人。因为魏巍有文学才能的表现，上级研究决定让他成为八路军记者团的一员。刚宣布时，魏巍恨不得跑到宝塔山山顶上，大喊一声，他要告诉已故的父母，你们的儿子入党了！当上战地记者了！

这个正好应了李白那句话"天生我材必有用"，多年的写写画画，今天派上了用场。魏巍正向作家梦一步一步走去，此时，一股热血涌上了他的心头。

离开延安到前方去，终于实现了自己的志愿，而一旦离开延安，却有点儿舍不得了。他多想再看看那一排排充满生气的窑洞，多想再亲耳聆听那滔滔的延河水，他时不时地回望那给他以营养、给他以气魄、给他以灵感的"抗大"生活，给他以理想、给他以方向、给他以生命的延安。

一闭上眼睛，延安那明亮的街道，那热腾腾的气氛就涌现在眼前。他想起了延安被炸的情景，多么悲惨又令人气愤，日本鬼子侵占华北后，时刻想要摧毁中国共产党的神经中枢——延安。敌人的飞机在延安上空投下无数颗罪恶的炸弹，炸弹呼啸着，弹片横飞着，延安淹没在尘埃与火光之中。他亲眼看到，"抗大"的教室被炸了，学员们被迫转移到城外的山沟里上课；军民开大会的广场上，被炸成一个个深坑，被炸死的牛羊、鸡猪躺在泥潭里；

街上的商店关门了，妇女们背着娃娃冒着寒风漫山遍野地逃敌情。

魏巍的心情有些沉重，此时，他只是暗暗记下党中央的嘱咐，到前方去，到晋察冀去，到敌人的炮火中去，锻炼成钢。

魏巍站在高坡上，摘下帽子，深情地向延安鞠躬，向宝塔山告别，向战友们告别，以满腔的激情，迎接血与火的考验。

"米脂到了！"

赶骡子大哥挥起鞭子，在骡子屁股上打了一下，兴奋地告诉大家："你们知道吧，米脂在古书上有许多说头儿哩！"

"啥说头儿？"

"这一带老百姓有句俗语，说，米脂的婆姨绥德的汉，清涧的石板瓦窑堡的炭。是说姑娘要数米脂的长得最美，汉子要数绥德的最标致，五乡三县盖房的石板都是清涧产的，瓦窑堡的炭划根火柴能点着，这是咱陕北的稀罕哩！"

"是吗？米脂有这么多好处……"

"还有，李闯王李自成，就是米脂李继迁寨人，县城西边不远，还有他的庙哩！"

经赶骡子大哥这么一说，大家的步子加快了。赶骡子大哥指着眼前的一条河说："米脂的婆姨为啥长得漂亮？是因为有一股桃花水的缘故，这是无定河，这水一年四季清亮透底，喝了它，白皮嫩肉的。不信，到了村子看一看，这里的婆姨们都长得仙女似的。”

魏巍想，战争这么艰苦，天气又这么冷，这位大哥真是个乐观主义者，还说这些俏皮话，兴许是为了调动一下大家的情绪。是的，如今他们已从丘陵的陕北南部，走到了广阔无垠的陕北北部，这地方，一马平川，风来烟尘蔽日，非常荒凉，连棵像样的树都没有。村庄稀少，人也少，好似战争的硝烟炮火洗礼过的无人区，沉寂、荒芜……

北风从很远的地方刮来，直刺骨髓，好似一盆盆凉水，泼到身上，冻得他们寒噤连连。

“快走啊，后天就是阳历年，咱们到岢岚过年去。”许逸人鼓动着大家。逸人年长一些，他老成持重，遇事沉得住气，此时他想，三个人能否顺利到达晋察冀军区，见到聂荣臻司令员，他的责任重大。他的话语，虽然被风卷走了一半，但还是让大家的情绪高涨了许多。

延安，深深藏在记忆里；米脂，留下一串深深的脚印；绥德，甩在了身后；黄河呀，又一次唤起他们的抗战热情……

岢岚，以它岁末的微笑迎接了魏巍一行。

岢岚，位于山西吕梁山的北麓，一色的泥土建筑，尽管日本鬼子的炮火攻击过这里，人们过新年的兴趣仍然很浓。在一位老农会的家里，魏巍他们暂时住了下来，主人热情地款待了他们。

低矮的房屋里，一盏棉籽油灯热烈地燃亮着，土炕上的席子底下，主人铺了一层麦草，刚烧过炕的蒿草香味，在屋子的四角萦绕着，闻了令人亲切、舒适。晚饭吃的是玉米面馍馍和稀糊糊土豆粥，一碟咸萝卜，一碟红辣椒，每人饱饱地吃了一顿，真像到了家一样。夜晚，当魏巍他们的头一着枕头，就呼噜呼噜地睡着了。

翌日是新年，1939年的第一天，天空降下一场厚厚的瑞雪。房东老人一大早就起来了，抱来高粱茬子烧炕，渐渐的，一股热气从身子底下冒上来，被窝里暖暖的。火烧柴的噼啪声传进屋来，令人振奋，魏巍再也躺不住了，悄悄起来，谁知许逸人和赶骡子大哥早已起来，他们到院外看风景去了。

魏巍，走到屋外，要帮老人烧火，老人拒绝了："瞧雪景去吧，庄上的树梢都是白的，可好看哩！"魏巍步出门外，一片白光映入眼帘，好刺眼啊！墙头上、屋脊上、院子里、大街上，到处一片白茫茫。古语说，瑞雪兆丰年，在这兵荒马乱的年代，不知这雪"兆"出个什么年景来。

魏巍心想，家乡郑州是不是也下了雪啊！若是在家乡，又该和同伴们打雪仗了。可是，如今，孩提时代已经一去不复返了，眼下，是一位八路军战士在看雪景了……

许逸人他们回来了，还为房东挑来一担水。当那冻着冰碴儿的水倒进水缸时，老人高兴地说："受累了，小同志，放下歇歇吧！"一边拿过一个陶制火盆，猫下腰去，从灶膛里掏出火炭，端进屋里，忙说："太冷了，烤烤火吧！暖暖身子！"

元旦的中午饭，是房东老人特意为他们准备的，杀了一只鸡，把村政府照顾他的二斤猪肉也炖了，老人家存了一年的黄米也拿出来做了黏米饭。

吃饭时，老人笑呵呵地对大家说："吃吧，同志，都是一家人，等打日本鬼子成功了，你们再来，俺要杀猪宰羊，买杏花村的酒给你们喝！"

老人的话，听得大家心里热乎乎的。

没想到，战火熊熊的年月，却过了个丰盛愉快的新年。许逸人悄悄把大家叫到一边说："老人的心肠很热，我们也不能冷，给老人留下点儿钱吧！"于是，大家凑了一些钱，偷偷放在碗橱里，作为对"老农会"的答谢。

当魏巍他们拖着疲惫的身子，一迈进河北省的平山县地界时，情形大不一样了，一股清新的气氛扑面吹来，处处展现着新生的景象。

他们路过的村庄，不仅房屋街道的样式变了，而且人们的精神面貌也大不一样了。青砖垒砌的墙上，大都刷着抗日的标语。魏巍沿街走着，一边念出声来：

"粉碎敌人的扫荡，把粮食坚壁起来！"

"赶走日本鬼，保卫好家乡！"

"发展生产，自救互救！"

一条一条映入眼帘，好不激动人心。生活在这里的人们，除了从事正常的冬季生产劳动外，民兵和妇女都被组织起来了。民兵练武、站岗放哨；妇女做军鞋，支援八路军，一派生机勃勃的景象。

晋察冀军区所在地——蛟潭庄，以特有的礼仪迎接了魏巍一行。

在村口，魏巍他们怀着喜悦又不安的心情扑进蛟潭庄村时，被两名拿着红缨枪的儿童拦住了：

"从哪儿来？"一个头戴蓝布帽的男孩儿问，红缨枪握在手里。

"有路条吗？"另一个头扎红头绳的小姑娘问，手里也握着一杆红缨枪。

这真是稀有的事儿，儿童们也武装起来了。

他们凑近查路条的儿童说："我们从延安来，是来找聂荣臻司令的！"

孩子们愣住了。

那小姑娘凑近那男孩儿的耳边嘀咕了什么，男孩儿好似有了理由，说："那……他呢？"

男孩儿指的是赶骡子的那位农民打扮的大哥。

他们告诉说："他是民兵，是护送我们到晋察冀来报到的。"

这时，许逸人拿出八路军总政治部写给聂荣臻司令员的信，给查路条的儿童看，他们才答应通行了。

晋察冀，以母亲般的怀抱，迎接了又一批儿女。魏巍脱下在延安时穿的灰军装，换上里外三新的晋察冀军衣，那是农民用纺车拉线，用织布机织成，再用一种树汁染成的黑色粗布料。现在的打扮是：粗鞋、粗袜、粗军衣，魏巍感到格外舒适、畅快。

是啊，此时此刻的心情，只有魏巍自己体会最深，他像婴孩一般，大口大口地吸吮着革命根据地的乳汁；他像一棵小树，扎根、抽枝、展叶，在风中，哗哗地歌唱着。

在晋察冀这片崭新的土地上，魏巍被根据地的新生活吸引了，威武的八路军战士唱着抗日战歌从大街上走过；扎了腰带的农民自卫队队员，一队一队地开上前线；肩扛红缨枪的儿童们站在村头路口，俨然一个个小战士；留着短发的妇女们穿行在部队士兵中间，为抗日而奔忙……

在魏巍眼前展开的，完全是一番新生的蓬勃景象。他按捺不住心头的激动，他觉得，在自己面前展开的，是一片碧蓝的大海，"海阔凭鱼跃"；是一片瓦蓝的天空，"天高任鸟飞"。他的诗的种子，有了更肥沃的土地。

不久，魏巍来到了离蛟潭庄村八里远的李家岸，这是军区政治部所在地，他第一次见到了政治部主任舒同同志，见到了宣传部部长潘自力同志。他被分派到宣传部的编辑科当干事，编辑《抗敌副刊》的报纸。那是一种油印的宣传品，大开张，共四版，上面刊载着八路军战斗的各种消息，人民群众支前的模范事迹，军区首长对建设根据地的指示，自然还发表一些八路军诗人写的诗。

一间农家的小屋里，政治部主任舒同跟魏巍谈话：

舒同问："你愿意做什么工作呀？"

魏巍有些拘谨，眼睛老往地下看，说："叫我干什么都中！"

舒同笑笑说："听说你在学校时就喜欢文学，对吗？"

魏巍点点头："是！不过，我写不好，但从心里喜爱写写画画。"

舒同有把握地说："这么说，分派你到编辑科工作，对路了。你的字写得咋样？"

魏巍爽快地回答："在家练过毛笔字，是父亲用扫帚疙瘩逼出来的。"

"好！好！你写几个字我看看。"

魏巍拿过毛笔，浸了浸墨汁，顺手写下"晋察冀根据地"六个字，笔顺流利、潇洒。舒同高兴地笑出声来，说："不错，不错！"又向在旁边的钱丹辉、王龙文、邱岗、张守平说："咱们又增加了个小秀才。"大家应声笑起来。

就在李家岸的一个小院里，八路军的一个宣传阵地上，一个士兵持枪站立着。魏巍意识到，这里远不是家乡的"平民小学"，更不是故乡掉墙泥巴的小屋，这里是宣传抗日主张、武装民众的阵地，这支笔的分量是何等的重啊！

在农家的土炕上，罩了罩的煤油灯下，魏巍盘坐在炕上，伏在桌子上，精心修改着一篇篇战地通讯。稿件修改好了，就帮着排版的人数字，帮助别人推石碌子，他一刻也不停歇，仿佛浑身有使不完的力气。

　　这是一个快乐而温暖的集体，大家没有门户之见，彼此交心，年纪大的是哥哥，年纪小的是弟弟，饿了，一个馍馍分开吃；冷了，同钻一个被窝。魏巍最感到快活的是，在这里结识了许多好朋友。当时的干事，后来当了宣传科长的钱丹辉同志，比魏巍大一岁，是个南方人，细高的个子，待人很热情，他对写作的指点，使魏巍感到温暖和舒心。蔺柳杞、瞿世俊、邱岗，都是与魏巍年龄不相上下的小伙子，他们的身世不尽相同，但却都有共同的抱负和志向。尤其

　　◎ 魏巍（前排左一）与刘秋华（前排左二）、戈焰（中）、钱丹辉（前排右一）等战友在张家口合影

1961 年的秋天，魏巍来到泸州。陪同的当地政府的领导，满心欢喜迎接《谁是最可爱的人》作者的到来，对方殷切地要求他题词留念。在招待所，他铺纸挥毫，抄写毛泽东主席《沁园春·长沙》中的词句"独立寒秋，湘江北去，橘子洲头……"，以此，表露魏巍远大的志向。

◎ 1961 年魏巍在泸州挥毫泼墨

是蔺柳杞，这个山东细高挑儿，那天一见面，就和魏巍混熟了，他老用眼睛盯着魏巍，打量着、猜度着什么。

魏巍用手不由自主地推鼻梁上的眼镜，说："柳杞同志，你是山东人吧？"

蔺柳杞有些奇怪，心里琢磨，刚见面他怎么知道我是山东人呢？问道："你怎么知道的？"

"听出来的，你说话声音尖尖的，和我在延安'抗大'时的一位同学一个口音，他是山东临沂的。"

蔺柳杞眼睛亮了："是吗？那是我的同乡啊！我是郯城人。听你的口音，你是河南人，对不？"

"对！我是郑州的！"

"我们郯城离河南很近，我是坐着牛车到你们许昌去的哩！"

"是逃荒吗？"

"不，'七七事变'后，日本鬼子打过黄河，眼看着人们像黄河水一样，哗哗地向南跑，我在临沂中学读书，老师夹着课本逃走了，我们当了流亡学生。先是坐着没车厢的火车，后又坐着牛车到了许昌，又到商城，经过三四个月的颠簸，总算到了湖北的均州。当时带领我们的是一位老教师，他指点我们说：'如今有出息的青年都往陕北跑了，你们还等啥？'于是，我们秘密地组织了10个人，投奔了延安。"

"啊，你也是从延安来的呀！"魏巍高兴极了，他又有了合得来的伙伴了。

还有瞿世俊，和魏巍一样的年纪，19岁，也许都是近视眼，都戴着一副眼镜的关系，魏巍和他相处，更是有说不完的知心话。瞿世俊是江苏常州庙沿河人，中等略高的个子，淡淡的眉毛，戴着一副白钢丝框的近视镜，穿一身褪了色的棉军服，肩膀上有两块明显的油垢。他的性格温和，脸上总是露着笑容。魏巍很喜欢他，尤其是羡慕他那副白钢丝框的眼镜，有时，魏巍拿过来戴在自己脸上，和他开玩笑，蔺柳杞爱取笑，便说："小魏，快给他吧，不然，他又把河水看成白花花的荞麦地喽！"

每当夜临，编辑科将《抗敌副刊》油印出来后，小伙子们激动不已，都不忍心休息，小煤油灯下各忙各的。魏巍写诗，蔺柳杞写日记，瞿世俊看歌曲，邱岗写自己的散文。每个人有每个人的"小世界"，构成一幅斑斓多彩的生活图像。

蔺柳杞有这样的日记："编辑科的王龙文，贵州人。机灵精巧，有黑麻子，大家暗中称他为'花机关'。许逸人，南京人，在南京编过小报《人报》。张守平，和蔼可亲，整日微笑，他也曾编过什么小报，还拿出几张有某报编辑的名片给我看。邱岗，原名邱向汶，在《大公报》上发表过不少新闻通讯。魏巍，河南人，粉面白胖，可以说面如敷粉，唇若涂丹，他戴一副眼镜，爱写诗，写一笔好字；也爱打篮球，但只是乱跳，不如邱岗、王龙文打得好。"

魏巍和这些人很快混熟了，一切拘束都消失了。在有灯罩的煤油灯下，他仔细端详大家的脸，都友善可亲。

这些零散的、不经意间留下的文字，其实是战争年代的特殊记忆，一字一词间透露着战争的形态和色彩，可以看得出生活在那个时代的青年人们，是如何珍惜当下时光的，又是如何实现自己理想的。魏巍把这些小小的细节悄悄记在心里，像火种一样珍藏着……

诗意青春，在战火中闪亮

枪与枪的对垒，火与火的比拼，战场上高奏的人民战争的凯歌，夜以继日地推动着战争的步伐。

时间走到 1939 年春天。易县。

战争的阴云笼罩着太行山的山野，刚刚挺直腰身的高粱，在微风中摇曳；拱出地皮的大豆，悄悄分开叶瓣，吸吮着晨露；山坡上黄的、白的、红的花朵，默默地开着。战争好似离它们很远、很远。

在北娄山村，一分区司令部的土屋里，战争的脚步却匆匆忙碌，身着军衣的参谋们，在各办公室之间穿来穿去，传送着战斗文件；挎着手枪的各级首长，有的在审批电报，有的手握电话机，询问战斗情况。司令员的土屋里，一张木桌上，摆着一张敌我兵力态势地图，分区的指挥员们在分析情况，这是一场战斗的前奏，战争的脚步悄然走近。

5 月初，进犯晋察冀抗日民主根据地的日军，正猖狂地准备对根据地实行大"扫荡"，驻张家口的日军独立第二混成旅团旅团长兼蒙疆驻屯军最高司令官阿部规秀中将，策划指挥驻守涞源的日军进行"扫荡"前的分割工作，企图修通由涞源到紫荆关、由紫荆关接连易县的公路，并在公路上修建炮楼据点，掐断晋察冀边区与雁北地区的联系，缩小八路军的地盘，达到最后"清剿"八路军的目的。

军区首长做出决定，拔掉大龙华据点，打开通路。为了战争的需要，军区机关转移到新的地方，机关干部分别深入部队，加强基层力量。

编辑科——这个刚刚成长起来的战斗集体里的战友们，不得不分手了。魏巍被分派到第一团第一营当教育干事，其他战友也分派到各个部队，开始了新的工作。

魏巍认识到，绽放青春的时机到了，自己就是一杆枪，要冲上阵地杀敌了，他更加意气风发，跟进部队，转战在战火燃烧的土地上。5月，桃花盛开的江流村，有溪水绕村流过，不同年代建造的屋子，错落有致地摆开。秫秸篱笆下种的各种菜苗长出来了，在微风中摇动着，人们并不因为有战争而丧失生活的信心，春种秋收，依然如故。

魏巍亲眼看到，在村南侧一座茅屋的营部指挥所里，干部们正处在战前准备状态，我军的锋芒已指向敌人盘踞的大龙华了。作为教育干事的魏巍，完全沉浸在紧张的战前气氛中了。他在准备行装，要深入连队去，了解部队的思想状况，及时总结战地思想政治工作经验。魏巍明白，他所在的一团，是个有着光荣战斗传统的红军部队，这个团曾涌现出强渡大渡河的十八勇士，著名的平型关大捷也曾有过这支部队的功劳。今天，这支部队又肩负起保卫晋察冀民主根据地的重任，夜袭大龙华的军令已落在他们的手里，魏巍为能成为这支部队的一员而充满自豪。

大龙华，在易县东部的崇山峻岭中，它是扼守涞（源）易（县）公路的要冲，地势险峻，有着天然的屏障。拔除它，阿部规秀吞并根据地的计划就可以延缓。对敌、对我，大龙华都是举足轻重的一个棋子。为此，我一团全体官兵摩拳擦掌，准备给大龙华守敌以迎头痛击。

就是在这次战斗中，魏巍认识了一位坚强的战士，他叫王振海，是这个团一连的机枪射手，魁伟的身子，宽大的肩膀，一双粗大的手。看上去，是一个很壮实的农民子弟。魏巍虽然和他没说上几句话，但对他印象不错。

几天来，魏巍穿行在战斗部队里，一面用政治眼光搜索作战部队的思想动态，准备及时写出战时思想情况汇报；另一面用诗人的眼光捕捉创作素材，不断丰富他的艺术宝库。

5月19日，夜幕降临在太行山，衔泥筑巢的燕子在屋檐下收敛了翅膀，墙脚草丛下的昆虫不时发出嘀嘀的叫声，蝙蝠还穿行在院落、屋檐之间。在江流村的一营营部指挥所里，一盏煤油灯下，营首长守在电话机旁，等待着什么。魏巍翻看着连队送来的战斗保证书、决心书，似乎也在等待一道命令的到来。

终于，夜袭大龙华的战斗命令传来了，魏巍第一次经历这种场面，只一个命令，那些武装的战士，便从土屋里、山洞里、公路边，冲杀出来，趁着茫茫夜色，向大龙华守敌扑去。我军的枪声，敌人的炮声，交织在一起，震撼着夜空，一声声，一阵阵，震撼着魏巍的心。

魏巍想，枪声一响，说不准要打十天半个月的，没想到，只打了两天，就传来胜利捷报，真是的，还没体会到打仗的滋味，就宣告结束了。就在这次战斗中，魏巍的心灵却受到了巨大的撞击，他第一次认识到战争的残酷。

大龙华战斗胜利了，人们争相传告着胜利的喜讯，欢悦充满了每个人的心头。

在北娄山村口，人们用松枝柏叶扎成了凯旋门，门额上挂着用纸剪成的大字：欢庆大龙华战斗胜利！妇女们手举鞋垫、布鞋，青年们提着茶壶、茶碗，儿童们扛着红缨枪，以各种方式欢迎胜利归来的一团官兵们。

魏巍夹在行进的队伍中，享受着战士的荣誉。在热烈的欢迎人群里，魏巍发现了田间、邵子南等同志，他们是作为延安工作团下来的，他走出队伍，和他俩握手问候。

魏巍兴奋地说："田间同志，参加我们的庆功会吧，这次战斗打得很漂亮，可惜我没打着一枪就结束了！"

田间拉长浙江口音，安慰说："不要着急，这次没打上枪，下次保准你打个够。好！祝你成功！"

魏巍放开田间的手，又和邵子南打了招呼，便转身追上前进的队伍。这时田间似乎想到了一个问题，又大声喊道："小魏，别忘了，这个……送给我看……"魏巍看到田间用手写字的手势，明白了，是向他要诗。魏巍答应着："你等着吧，回去后给你！"

是呀，是到了魏巍写诗的时候了。那是在大龙华战场的一个山村的村口大槐树下，人们围着一副担架，默默地议论着，显得沉寂而凄楚。当魏巍走近看时，担架上长眠的是自己刚刚认识的王振海，他简直惊呆了。眼前躺着的、再也不能坐起的是他？他才21岁呀，他家还有盼儿归来的老妈呀！

战士们几乎是哭着告诉魏巍："振海是不该死的，在攻击鬼子的炮楼时，他已冲到了炮楼底下，可是，他们班的另一名战士被敌人发现了，当敌人开枪射击时，王振海跃身奋起，挡住了敌人的枪弹，他就……"

魏巍眼圈红了，哽咽地说着："多少黄土埋忠骨啊！……"

在营部的一间房子里，魏巍排除外界的干扰，思绪翻腾起来，想到大龙华战斗的辉煌胜利，心里溢满喜悦之情；想到为国牺牲的战友，心里一阵阵难过。此时，王振海的可爱形象浮现在眼前，他怎么也解不开心头的"结"，为什么一个活生生的小伙子，一仗下来就死了呢？倏然，在魏巍的脑海里映出一张悲凄的脸、流泪的脸，一声声呼儿

◎ 魏巍（后排左一）与一分区部分司政干部合影　刘峰摄

唤子的喊声响在耳畔。烈士的父亲走来了，烈士的母亲走来了，乡亲们也走来了，加入了抗日的队伍，眼前一张张由悲痛转为义愤的脸，举起的钢枪，有力的脚步，立时幻化成奔腾的涌浪，向炮火硝烟的远方流去，流去……

当魏巍从那个一闪即逝的境地中清醒过来时，觉得心中有一种激情和冲动，一种难以名状的压抑不吐不快，他推开窗户，任春风吹进郁闷的小屋，他眺望绿葱葱的山野，一阵沁人肺腑的槐花馨香，浸入他的心田。就在眼前不远的地方，房屋的正门前，两棵高大苍劲的槐树，盛开着满树淡黄色的花朵，一串一串，像玉石片般的玲珑，风吹来时，稀稀落落地飘落下缤纷的花瓣。一种灵感触动了魏巍的心，他下意识地打开一个本子，嘴里喃喃地念道：

　　　早晨，黄槐花飘落的时候，
　　　我们的战士战死了……

　　这样的开头，诗要有形象，要有色彩和声音。黄花飘落就是战士牺牲的暗喻。接着，乡亲们悼念王振海烈士的感人情景，涌在他的笔端：

　　　群众们，
　　　围着他那经红色的血洗过的
　　　　长大的身体，
　　　看着他那经红色的血洗过的
　　　　绿色的军衣，
　　　那粗壮的手还紧握着的
　　　　发热的枪筒，
　　　他们眼里露出的是怎样的情感呀！
　　　悲痛的人群呵！
　　　愤怒的人群呵！

　　于是，他看到了人民对待战士的一颗慈母般的心：

呵呵，只有农民才有的淳朴的

　圆大而温暖的泪珠，

在晨光的明灿里，

闪落在他们还没有停止跳动的胸口——

战士的心为群众的泪所温暖了。

　　魏巍的心颤抖了，情绪更加激奋，他以诗的语言喊出
了人民对战士感激的心声：

　　——他是为我们死的！

　一个农民说；

　他抖动着悲痛的手，

　群众的头渐渐地、渐渐地垂下……

　　战士的牺牲，战士对祖国的奉献，就像花开花谢那样
自然。魏巍想到中华民族的苦难，更想到作为祖国的儿子
的士兵，他有责任以牺牲去换取祖国母亲的解放。魏巍的
思想得到了升华，激奋的情绪又平复下来，心里像湖水般
清静，又似大海般深沉：

　　风吹着，

　像种子默默地归还大地，

　黄槐花又无声地飘落了。

战争的黑翅膀向四处延伸着，大龙华一仗，虽然给日军以迎头痛击，歼灭了日军包括桑木中队在内的四百余人，缴获了许多枪支、弹药，但敌人并没有改变吞并根据地的计划，反而愈发疯狂起来，蜷缩在城里的敌人蠢蠢欲动，准备对我一团进行报复。机灵的魏巍想到，战场变化莫测，趁田间、邵子南都在易县时，何不将诗稿送给他们看看呢？要知道，田间、邵子南可是当时声名显赫的大文人啊！

于是，他怀着诗情的冲动，决定去找他俩。

敢于敲门的人，他已踏上了成功的第一步。

天气不热，习习的东南风从窗口吹进来，魏巍把《黄槐花飘落的时候》诗稿递到田间手上，田间翻动着诗页，一行一行默读着。开始，田间眉头紧皱着，一双深陷的眼睛阅读着诗稿，不苟言笑的脸颊阴沉着，半张开的嘴唇翕动着，仔细听时，可以听到读诗的声音。田间反复看了两遍，又交给邵子南看。

魏巍沉下心，静静地等待。

完全是诗情的打动和感染，田间那严肃的脸上绽开了喜悦的笑容。他点了一支烟，大口地吸起来，嘴里竟高声地朗诵起来：

早晨，黄槐花飘落的时候，

我们的战士战死了……

风吹着，

像种子默默地归还大地，

黄槐花又无声地飘落了。

田间那温热的眼神盯着魏巍那略带稚气的脸，高兴地说：

"你这首诗写得妙哇！这是一个真实的事情吧？"

魏巍那忐忑不安的心情，从田间的笑脸得到了缓解，爽快地回答说："是个真人真事，这个战士叫王振海，攻打大龙华战斗时牺牲了。"

"王振海？"田间稍加思索后说："听说过，他很英勇，亲手打死了五六个敌人，后来为了掩护别人牺牲了。"

"他的遗体被老乡抬到村口，很多人都哭了！"

"写诗就应当捕捉这样的感人的形象，这就是生活，生活是诗的土壤，没土壤就长不成诗的参天大树。"

田间又非常感兴趣地问道："你怎么想到将黄槐花飘落和战士的牺牲连在一起的呢？"

魏巍不假思索地说："这首诗的构思是一种巧合，王振海的遗体停在村口上的时候，正是黄槐花盛开的时候。我想到，人死了是生命的终结，花谢了也是生命的终结，所以就……"

"所以就产生了诗的灵感，随之，一个美好的意境也产生了，对吗？"

"是的！"魏巍又坐回自己的位置上，此时，他尝到了成功的甜蜜。

田间又说："你这首诗的价值提高了，比以前写的大有进步。记住，我们只要把战争当成诗，投入火线中去，就有写不尽的诗。"

田间的兴头来了，毫不顾及旁人，他好像忘掉了旁边的邵子南同志。他们谈得热烈投机时，邵子南几欲插话都没有机会。当田间顾盼周围时，才恍然发现了自己的"过失"，热情地向邵子南打了招呼："老邵，我看这首诗可以发表在《诗建设》上，你说呢？"

"对，回去就发，我写评论！"

魏巍满怀诗的激情，全身心地投入战争中去，因为他认识到，诗是属于战争的。

他不想坐在安乐椅上写作，其实，现实生活不允许他那样，他也不愿意那样。他心甘情愿地到烽火硝烟中去，从枪和枪的撞击中、刀和刀的拼杀中，寻找诗的灵感和旋律。

在著名的雁宿崖战斗中，他以一位持枪战士的身份，冲上了阵地，他的呐喊与战士的呐喊融为一体了，他的心与战士的心，跳在一条生命线上。

月亮高高地挂在天上，山峰投下黑黑的阴影，全副武装的队伍向雁宿崖行进，魏巍身在机枪连的队列里，脚下却有一股强大的力量。

战士们沉默着，像在思索什么。

◎ 魏巍（中）与八路军一分区政治部同志在开荒

魏巍沉默着，像在思索什么。

沙沙的脚步声惊起夜宿的鸟儿。

枪与水壶的撞击声打破了队伍的沉寂。

远处，天地相接的地方，大炮轰隆轰隆地响起来，还可以看到一片红红的火光。这时，战士们纷纷叫嚷起来："这回不会白来了！"

一时间，几发炮弹从空中嗖嗖地飞过去，在不远的山头上爆炸了，在连长的指挥下，队伍立即做好了战斗准备。魏巍的心顿时紧张起来，这是他参加八路军以来，第一次经受真枪实弹的考验。

连长和支部书记在前边领着，魏巍和战士们用小跑步跟紧。

山路上的石头踢翻了，荆棘踏倒了，扬起一阵阵尘土，队伍像一阵风一样，卷进一条长满树木的山沟。不知啥时候，黑夜退去，黎明到来，凝重的山野露出了轮廓。敌我双方接火了。这时，只听机枪和大炮的射击声响成一片，部队从山沟开上去，占领了前面的山头。魏巍爬在山梁上，极力向对面的山上瞭望，想为部队观察敌情，当他还没有看清楚的时候，支部书记便大声喊起来：

"哎呀，上去了5个小日本，瞄准！快！"

这个支部书记是长征路上参军的红小鬼，年轻帅气，性格活泼，一笑一口白牙，大家都很喜欢他。又因他是四川人，都开玩笑叫他"锤子"。魏巍从心里佩服他。

当红小鬼支部书记发出命令后，只见班长韩士林迅速端起机枪，嗒嗒嗒一阵扫射，那几个日本鬼子抱着枪滚下山去。

"好哇！打得好哇！"大家叫着好，魏巍也跟着喊起来。

红小鬼支部书记还是一个劲地嚷着：

"你们注意呀，哎呀，小鬼子又出来啦，顺着河坝正往上爬呢，打！打！"

于是，又有五挺机枪推上阵地，在英勇的战士手下，沉重的"马克沁"也嗒嗒嗒地咆哮起来，草屑和烟尘弥漫在灰蒙蒙的山野当中。

魏巍亲眼看到，受到沉重打击的敌人，为了逃命，拼命往山上爬，像被撵的鸭子，连滚带爬。可是，敌人们已经陷入天罗地网,四处的山上全是八路军的队伍,在阳光里,刺刀闪着异常明亮的光辉。

就在这一瞬间,魏巍眺望到了东边的长城,一种强烈的民族自豪感油然升起。那长城蜿蜒的腰身上,此刻弥漫着一带紫色的云雾,笼罩着炮楼和村寨,更显出这场景的无限悲壮。

血与火的战斗中,熔铸出无数英雄。魏巍懂得了一个个共产党员的无悔选择,一颗颗赤红的为民族而战的心!

在这次战斗中,魏巍意外地遇到了一个日本伤兵,令他难以忘怀。

部队正搜索敌人曾占据的山沟,魏巍发现在冰冷的岩石上,横躺着一个日本伤兵,身上满是血污,绿色的穿了洞的钢盔滚在一边。日本伤兵那两条粗壮的腿在痛苦地战抖,冷风吹动着他蓬乱的头发。

魏巍用几句机械的日语向他问话,他不理,后来就把刚缴获来的日本罐头让他吃,他却意外地用中国话开口了:

"不怨你的!"说着,日本伤兵哆嗦着手从口袋里摸出一张相片递给魏巍。

这是一张用镜框装着的小照,是他参战前的纪念照,可能在他的家乡日本,一位姑娘的手里也有相同的一张。可是,他们哪曾想到,幸福的生活美梦,随着他们的侵略野心,一同化为异国的尘土了。也许这就是一切侵略者的下场,在正义的人民面前,这个日本伤兵爱情幻想的破灭正说明了一切。

魏巍跟随着士兵的队伍，跟随着战争的步伐。

黄土岭战斗的枪声还在远山稀稀落落地响着，那炮火硝烟还未散去，魏巍来不及掸掉身上的灰尘草屑，就投入了这次难忘的战斗。夜间，雁宿崖敌人的炮兵阵地最后被占领，日寇第二混成旅团辻村大队完全被歼灭，战斗就结束了。而搜索残敌的零落的枪声还在四外继续着。夜已经很深了，魏巍就在集结归来的队伍当中。

队伍前面走着很多骡子，都驮着战利品。深夜，狭谷中的小河，水声越来越清脆，牲口疲倦的蹄声溶进水声里流走，在山径的乱石上，不断看到它们的蹄子溅出星星点点的火花。战士们经过一天的激战，显然有点儿疲劳，但他们仍然兴致很高，一面嚼着日本人的皮糖和饼干，一面津津有味地谈笑着。

夜，是那样的浓黑与安静，只有灿烂的星辰，亲昵地凝望着这胜利的土地、胜利的人们，倾听着我们的刺刀与水壶磕碰的悦耳的声音。仿佛刚才残酷的战争已很遥远，而感到一种和谐与静美。

翻过一道山梁，便回到驻地了。因为不少队伍都在这个村庄宿营，管理员们正为分配房子而忙碌着。

魏巍和一个班分在一个又空又冷的大房子里，房东大嫂过意不去，要把热炕腾出来让他们睡。魏巍说："你们不睡吗？天还没明呢？"

"不睡了，我们听说你们把鬼子都打死了，乐得不瞌睡了。"

她说着，把小孩子们都喊起来烤火。战士们把东西放下，衣服也不脱，就枕着缴获来的牛皮背包呼呼入睡了。

魏巍还没睡，他打开一大瓶日本酒，请房东大嫂喝。大嫂接过酒瓶，倒在一个小的杯子里，用嘴唇舔着、品尝着，一直到魏巍快睡着的时候，还隐隐约约听见她说："日本酒就这个味道吗？难喝死了！"

在梦中，魏巍似乎还能听到大嫂的声音。

天不明，战士们就吃饭完毕，准备今天开始总攻。

天落着小雨，山顶和山谷都弥漫着白雾。战士们非常有精神地在村口集合了。他们背着三八大盖，戴着缴获的日本钢盔，背着牛皮背包，很是精神。

魏巍随同三连进了一条山沟，他像一名战斗员一样，和大家一起行动着。这时，连长选拔了一个班和一挺轻机枪，先行上山占领阵地。他们刚爬上山，轻机枪就像流水一样地打了一梭子。很快敌人的炮弹就在离我们不远的山坡炸开了，一团很浓的蓝烟缓缓升起，渐渐和浓重的雨云混成了一片。接着又是几颗炮弹飞了过来。魏巍正招呼战士们注意隐蔽，只听山头上机枪班长兴奋地叫喊：

"好！打得好！那个敌人炮手完蛋了！"

"打死了吗？"魏巍兴奋地问。

"打死了，动也不动了。"

"谁打死的？"

"副班长。"

大家拍手笑着，对面的敌人大炮果然不响了。

魏巍和另一队战士上了山。山上，雾气虽然小了，但是灰蒙蒙的还是看不清楚。魏巍就把前天缴获的日本官的眼镜戴上了。战士们看他戴上了眼镜，都笑了起来。

在阵地上，魏巍问机枪副班长，是怎么把敌人那个炮手打死的，机枪副班长说："一上来，我就看见黄土岭的敌人集合在村外，先头部队已经向东出动，老后面停着很多骡子，我就向敌人密集的地方打了一梭子，敌人一下就乱了，有的向山上爬，有的向大石头下藏，有的向村子里跑。牲口驮子也乱成一锅粥了。正在高兴，敌人的炮已经打了过来，我用眼一瞥，发现上庄子村西有个家伙正用小炮向我瞄准，我就瞄准了那家伙，只一枪就把他打了个仰面朝天，完蛋了……"

说到这儿，副班长笑嘻嘻地朝下一指：

"你看，现在敌人不是还乱着呢吗！"

刚说到这里，他突然停住，伏下身子对准机枪的枪尾，脚尖用力地蹬着一块石头，那石头滚下山，砸向乱糟糟的敌人。

魏巍越着急越看不见，他取下眼镜，才发现眼镜上面洒满了雨点。他连忙擦了擦又赶紧戴上，才看见困窘的敌人乱跑乱窜，这一下又打死了不少。而另一部分敌人已经上了北面的黑山。接着，敌人的机枪也开火了，子弹在头上嗖嗖地飞过。河坝里的敌人也向我方阵地开始冲锋了。一个战士喊道：

"来啦！来啦！快打吧！"

"不慌！"机枪班长沉着地回答。

等敌人成密集队形冲得很近时，机枪班长才咬着牙大喊一声："打！"接着哗哗哗地把敌人打倒了二三十个，其余的败下阵去。副班长因为身子探出太多，被黑山上射来的子弹打伤了，脸上流着血，滴到了机枪的枪尾上。

敌人又接连冲了几次，都被战士们打回去了。一堆死尸遗留在山坡上，没死的还在悲哀地号叫，声音清晰可闻。天上虽然有五架飞机助战，但因为雾气很大，也无济于事。对面的黑山在雨雾中显出了深沉的哀愁，飞机在空中只是徒然地悲鸣。

下午，在敌人向我南山阵地拼命猛攻的时候，魏巍看到有几个战士从前面的小山头上气喘吁吁地跑回来，心里为他们着急。原来他们的手榴弹都打光了，机枪班长崔发叫他们先下去，他们叫班长先下去，崔发坚决不肯，仍然坚守在阵地上。崔发是陕北红军，一名优秀的共产党员。当敌人攻到半山腰时，只剩下崔发一个人，他还是沉着不动，直到子弹打光，又打死了十几个敌人，才抱着机枪滚下山来。

魏巍凝望着崔发黑黢黢、瘦巴巴的脸，感动地问：

"你是怎么啦，崔发？多悬乎哇！"

"怎么啦，多打死几个不好吗？再说我丢了命也不丢这挺机枪，我背着它三四年了。"他嘻嘻一笑。从他身上，魏巍看到了力量之所在。

整整一天，敌人在我军的包围圈中狼奔豕突，想冲开一个口子，都失败了，只好困守在几座高山上。然而，黑夜已经降临，进攻的时机到了。魏巍坐在一块石头上，听着——

先是团里吹起了冲锋号，接着营里的冲锋号也响起来。宣传员们鼓动着，指战员们立刻像战马扬起了长鬃似的精神抖擞，准备进攻。魏巍抓紧整理自己的行囊，为下面的战斗做好准备。

天黑极了，没有星光，阴森而且寒冷。因为下了一天雨，全身衣服都弄湿了，但也影响不了大家的情绪。魏巍朝四处一看，在浓墨一般的天幕下，巍峨的大山屹立着一动不动，显出无限的生命力和战斗力。

这时，四面八方都响起了冲锋号声。部队已经整顿好装备向前开进。顷刻，敌人据守的山头上，响起了我军的手榴弹爆炸声和敌人还击的枪声，枪声比白天还要繁密。敌人白天攻占的南山和北山都起了火光。大家知道友邻部队也都摸上去了，心中更为之兴奋。但谁也不放一声枪，只是一个劲儿地往山上摸去，直到离敌人很近的时候，才把手榴弹甩出去，接着，敌人便哀号着像石头一样滚下去了。

这时，三连和兄弟部队已接连夺下了几个阵地，最后只剩下一个最高的大黑山了。魏巍觉得那个大黑山，在群山的火光与繁密的枪声中，似乎在微微颤抖……

"我们今天的任务是继续攻击敌人阵地，夺下那个大黑山！"连长下达着战斗命令。

出发前，战士们抢着拿手榴弹，魏巍也拿了几个小的装在口袋里。在一个小山庄上，魏巍和战士们挤在一块儿烤火，因为战斗还未打响，大家东躺一个、西歪两个，魏巍就利用谈话的方式鼓舞战士。

优秀的机枪射手孟宪荣，戴了一顶日本军官的黄五星呢子帽，显得滑稽可爱，魏巍与他交谈时了解到，他是冀中河间人，不仅射击技术全团闻名，而且非常有才学，能编剧本、会耍刀，是文化娱乐工作的能手。魏巍很喜欢他。

"听说，一二师把涞源县城占领了？"

"谁说的？"

"大家都这么说。"孟宪荣很有把握地说。

越是胜利的时候，好消息也越多，有时候把希望也传成了新闻。显然，人们太兴奋了。

消息乘着寒风传来，攻打大黑山的战斗即将开始了。战士们摩拳擦掌，准备一举歼灭凶狠的敌人。大家都轻装了，把妨碍冲锋的东西都放下来，一个个背包堆放在村头的墙壁下，谁也顾不得脏啊臭的。魏巍也放下自己的大衣、皮包、一些文件和诗稿——那是他在战火中写下的，一字一句浸染着他的汗水和心血啊！

魏巍心里念叨着："诗啊！等着我，我会回来的！"

部队向前开进了，魏巍随三连上了一座高山，又进到一线阵地。后面的大山上飘着白云，那里设有团的指挥所和炮兵阵地。他不断听到从白云中发出的炮弹出口声，接着嗖嗖地从头上飞过，随后就在大黑山上冒起了一团团白烟。不久，白烟就把大黑山的山头笼罩住了。

大家正在为迫击炮手叫好时，魏巍看见上庄子附近的一座房子里走出几个鬼子来，在那里指画着，很像是一群指挥官的样子。一个战士大声地向魏巍喊着："我们的迫击炮，要是能朝那里放它几炮才好呢！"魏巍也应和着："是呀！"

说话之间，果然有几发炮弹就接二连三地在那里爆炸了。浓烟过后，眼看倒下了好几具敌人的尸体，其余的都跑到屋子里去了。战士们欢呼着："打得好！狗日的被打死了！没跑了！没跑了！"

过了几天，传来了胜利的大好消息，魏巍兴奋得一夜没睡。就在大黑山战斗中，被称为日本"山地战专家"和"名将之花"的旅团长阿部规秀中将，在上庄子附近被我军迫击炮弹击中毙命了。没几天，日本报纸发表了《名将之花凋谢在太行山上》的文章。

魏巍奋笔疾书，连夜写出我军击毙阿部规秀中将的文章，此次，他是以杨成武的名义写的通讯报道，刊在《晋察冀日报》上，给敌人以无情的打击。

这个胜利，震惊了敌人，震动了全国，因为击毙日军中将，这在全国抗日历史上是独一无二的战例。为此，晋察冀军民是何等的高兴啊！

青春，在战火中闪亮，魏巍觉得有一股冲天的豪情，激荡着他的胸膛。

在惊心动魄的斗争中，人民所显示的威力，不能不震动着诗人的心，那新的生活的魅力，也不能不吸引着诗人的心，在这多彩的现实土壤上，又怎能不产生出他自己的诗歌？"诗就是我，我就是诗，我爱诗，诗爱我。我没死，诗就不会死。"魏巍决心做一棵"红杨树"，在风雨中，为战斗和自由而歌唱。

　　"我，一颗小小的种子，被党的手投向了燃烧着的土地。然而，这块土是党的土，人民的土，是以毫不吝惜的精力养育了我的这一块土。是她，让我认识了敌人，认识了斗争；特别是，是她让我认识了人民，爱了人民，我永远感念这一块土。"

- -

探索成长之路，解读智慧人生，
本章内容，扫码收听。

第四章

俱是英雄血染成

燃烧的大地上，奔走的"红杨树"

青纱帐笼罩着广袤的田野，夏风吹来，起起伏伏的绿波摇曳，是一片绿色的海。魏巍以战士的心声，这样低声回环地唱着：

高粱长起来吧，

高粱长起来吧，

我们要去铁路东

那大平原上逛一逛呀！

大平原，

一眼望不到边的

绿汪汪的海呵！

我们去随便地逛逛，

背起我的小马枪，

看谁能拦挡！

顺便到保定城也遛一趟吧，

好久不见的城，

好久不见的街道，

好久不见的生意呀！

跟好久不见的老乡

见一见面，我敢说：

那儿的老头儿、小兄弟、姑娘们，

在合着嘴巴想我们哩。

呵呵，山哪！

不管你用多少野花

都留不住我；

放过夏天，

就是放过游击队最好的年成呵！

高粱长起来吧……

　　正当魏巍以诗唱出对战斗的向往时，日寇以七万兵力对晋察冀根据地的"铁壁合围"开始了。

　　1940 年 8 月至 1941 年 1 月，为了粉碎日军对敌后抗日根据地的"扫荡"和封锁，振奋抗战军民士气，八路军总部在彭德怀指挥下，组织 100 多个团，在华北广阔的地域，对日军发动了一场大规模进攻，史称"百团大战"。1941年 5 月，日军在中条山战役中击溃了国民党军队 20 多万人，抽调部分兵力用于华北敌后作战；6 月，又爆发了苏德战争；日本帝国主义为发动太平洋战争，急待肃清八路军，以便使它有一个稳定的后方……所以，日军就越来越急迫向我方举行空前规模的"扫荡"。

敌军华北派遣军总司令多田骏，因"囚笼政策"的失败被撤了职，由冈村宁次继任总司令。就是这个"日本军阀三杰之一"的冈村宁次，这个屠杀我东北同胞的刽子手，到华北一上任，便提出了"治安强化运动"，对各根据地实行野蛮而残酷的"三光政策"，他已集中了 7 万兵力，首先向我北岳区举行空前规模的大"扫荡"，敌人用"铁壁合围""梳篦式清剿""马蹄形堡垒线""鱼鳞式包围阵"等战术，企图消灭边区和各分区党政军民领导机关和主力部队。根据地的斗争，进入更加激烈、更加残酷的岁月。为了粉碎敌人的阴谋，军区首长指示，机关分散行动，实行灵活机动的穿插，巧妙地打击敌人。

策略的改变，随之带来各个部门的变化，也就有了文化深入到穷乡僻壤的口号。作战部队离开交通干线、较大的城市，到利于隐蔽的地方去，同疯狂的敌人"打转转"，部队的行动愈加频繁。

这时，魏巍已调到军区一分区政治部任通讯干事，他

◎ 1944年秋，调往冀中时魏巍（右四）与一分区战友合影

夹起蜡版，跟部队钻起山里山外。部队有时晓行夜宿，有时夜间行军，他都步步紧跟，只要部队停下来，他就立即投入编小报的工作，用自己的精神武器同部队一起作战。

8月的易县，天气热得烤脸了，魏巍跟着一个团队出发，在山峦中行进。途中得知敌人要合击易县北部，队伍赶紧缩回来。为了不暴露目标，在路边的深坎下隐蔽起来，有的趴在草丛里，有的蹲在岩石后，鸦雀无声地等到太阳偏西，等进犯的敌人走远了，部队又开始行动。

队伍像长蛇一样，蜿蜒在山峰之间、大岭之下，汗水湿透了衣衫，战士们一个个摘掉帽子，脱掉上衣，艰难地迈着步伐。不巧的是，这时魏巍得了疟疾，浑身冷得打哆嗦，他的脚步不得不停下来。在一条小溪边，他把身子扑在岩石上，喝了清凉的溪水。也许，正是这一口口甘甜清凉的山泉，唤起了他对山中泉水的深情，酝酿出那么多讴歌晋察冀的诗篇。可是，他掉队了，旋风般的队伍丢下了他，在部队首长的关照下，魏巍暂时住在途中的一个小山村里，等待部队再转回来。

这个小山村，坐落在一座大山下，百十户人家，风景秀丽，村里的群众也好。房东大嫂是个孩子母亲，30岁出头，人长得秀气，干活也很麻利，她把魏巍安顿在热炕头上，盖上被子，安慰着说道：

"小同志，趁敌人没'扫荡'，你就睡一觉吧，有了情况我叫你！"

魏巍哪里睡得着，身上寒冷不说，他担心自己跟不上队伍，心中非常不安和焦躁。刚迷迷糊糊地睡了一会儿，忽然听到房东大嫂急促的喊声：

"快醒醒，小同志，鬼子来了，快走！"

魏巍一下子跳下炕，拿上携带的一个挎包——那是他的文具包，跑出门去。这时，全村的男女老幼都跑出来了，牛呀、羊呀、猪呀，也跟着主人逃，都挤在一条大川里，像洪水一样，闹闹嚷嚷地朝前滚动。

魏巍怕给大嫂添麻烦，决定自己走，说不定半路上还可能碰上部队呢，他朝大嫂喊着：

"大嫂，不要管我，下次见！"

大嫂很留恋又担心：

"小同志，往南跑，那边有山洞！"

"是咧！"

魏巍走出很远了，还听见房东大嫂嘱咐的声音在耳边呼唤着，回荡着。

奔跑的路上，魏巍意外地遇到了四个战士，其中有一位小战士叫东祥，是分区卫生部的，河间人，十五六岁的样子，显然，他们也是掉队的。魏巍是机关干部，善于组织和集中，他马上把他们叫到一块儿，说："我是分区政治部的，跟我走吧！"

这时，新的战斗集体诞生了。

在魏巍的带领下，他们离开大川，爬上一座峭壁，找了个背阴的地方隐蔽起来。魏巍的疟疾病还没发过去，浑身难受，战争中治疗这种病没什么特效药，连最普通的奎宁药也没有，只有边区自己生产的疟疾丸。他从口袋里掏出来，没水吃药，他只好一扬脖子把药丸吞进去，过了半天，那药丸还粘在喉咙里呢！

天黑沉了，他们背靠着岩壁，望着云彩间的星群拉着话，渐渐睡去。他们多么想就这样安安静静地熬到天明啊……

突然，山顶上骤然响起炒豆般的枪声，从山下传来人群吵嚷声，子弹从头顶上嗖嗖嗖地飞过去，远处山坡上燃亮一团团火光。一个战士惊叫着：

"鬼子搜山了！快起来！"

黑暗里，他们手忙脚乱，寻找下山的方向。

魏巍把他们喊住："不要乱跑，小心跑进鬼子的包围圈里。来，这边是山坡，一滑就下去了！"

魏巍先让其他战士下，东祥第四个下，他最后下。这些战士们什么也顾不得了，滑那么高的陡坡，身子一仰，双腿一伸，像坐滑梯似的，嗖的一下，便稀里哗啦地滚到山下。轮到东祥时却出了麻烦，滑到山脚时，胳膊脱臼了，他疼得"哎哟、哎哟"直叫。魏巍好不容易把东祥的胳膊恢复到原位。可是，当他们这么一折腾，耽误了时间，先滑坡下山的那三个战士跑远了，魏巍和东祥又成了新的掉队者，只好相依为伴了。

枪声不知啥时停息了。

东方露出了鱼肚白，小鸟从巢里扑打出来，跳到树枝上，啼鸣着一支晨歌，草叶上的晨露打闪了，湿漉漉的草地透发着一股清香，清香里掺杂着硝烟味。

弹飞炮鸣的年代，有些人是不能在光天化日之下活动的，这些人要隐蔽起来，钻进草丛里，藏在岩缝间，保护自己。魏巍和东祥从大路边找了条进山的小路，在一个大石缝里安了"家"。魏巍的病也好些了，又有了精神，他幽默地说：

"东祥，咱们到'家'了，你拔些草来，盖在身上，好好睡一觉。"

"是！"

东祥答应着，拔来一捆茅草，放在岩壁下。魏巍把草铺在地上，毛茸茸的像一床大毛毯，又搬来好几块石头，垒在洞口，以便有情况时，用它消灭敌人。

"床"铺好了，魏巍拿出随身带的窝窝头和炒的黄豆，分给东祥一半，说：

"吃吧，饿了吧？吃了睡一觉，看情况，咱们再想法找部队去。"

东祥大口大口地吃着，黄豆在嘴里发出嘎巴嘎巴的响声，比吃猪肉还香。吃罢饭，魏巍叫东祥睡下，又在他身上盖上茅草，他嘿嘿地笑着，也许是第一次以草当被，觉得怪新鲜的。魏巍也躺下，又把另一堆草压在自己身上，每人枕着一块石头，躺下了。

魏巍说："东祥，你听说过有一首这样的红军歌谣吗？"

"啥歌谣？"

"稻草被，金丝黄，

红军哥哥盖身上，不怕天寒和地冻，

一觉睡到大天光！"

说罢，两个人转身面对面一起偷偷地笑起来，那笑声竟惹来一阵山风，几乎掀掉他们身上的"被子"。

在惊心动魄的斗争中，人民群众展现的凝聚力，不能不震动着诗人的心，那新的生活的魅力，也不能不吸引着诗人的心，在这多彩的现实土壤上，又怎么能不产生出他自己的诗歌？写诗的冲动，令魏巍惴惴不安，他仰卧在新奇的天地间，睁大眼睛，观察着硝烟与战火弥漫的天空——

远山，不是晋察冀挺起的坚实的脊梁吗？

白云，让它捎去对家乡亲人的问候吧！

苍松，多像扛枪挺拔的边区自卫军！

野菊，是山中大嫂打柴丢下的吧！

飞鸟，哪里是你安稳的巢哟！

田野，应是农民耕作的一首绿色诗哩！

魏巍遐想着，思索着，自问着，他干脆坐起来，以膝盖作桌，匆匆写下心中的诗行：

当我突出了重围，

重又拿起了诗笔，

诗，我的诗呀，

我像遇见千里外的亲人了，

我们分别了几多岁！

我喜爱的，我的诗呀，

我的奔放的马，

你永远和工农一起，

欢腾跳跃的马，

今天啊，我挽着你的绳缰，

想去踏遍那山峦上的云霞。

马呀，我知道你为什么

跟我这样亲近，

竖起长耳，

发出欢叫的声音：

这是因为我眼望着死亡，

傲慢地将它跨过；

我没有动摇，

真理没有离开我。

而假若面对着刺刀，

我的意志堕落了，

诗，我的诗呵，

你不过像一片败叶，

死于污泥，

你叫谁人去哭你！

呵，马，

让一看到你狂奔就快乐的驭手，

我用大手掌

来理理你的鬃毛吧。

宽阔的秋风吹哟，

我要跨上马，

奔驰过苦痛的大地，

跃上那山峦上的云霞！

才思敏捷，诗情奔涌，魏巍几乎是一口气写完了这首诗。这既是他诗情的倾吐，又是对现实的礼赞。那诗情冲开胸壁，像脱缰的马，出闸的洪水，奔泻向前。

写完一首，拟个什么题目呢？

"诗就是我，我就是诗，我爱诗，诗爱我，我没死，诗就不会死，就叫《诗没有死》吧！"

魏巍落下诗的题目后，心中有说不出的激动。是陶醉？是憧憬？是胜利后的喜悦？是攀登后的追求？

他抬起头，以骄傲的目光审视着苍茫的远天阔野，蓦然间，他望到一棵高大的白杨树，在山坡上屹立，在风里哗哗作响。一种新的向往和冲动袭击着他的心头，他产生了起个笔名的念头。他看中了杨树，心中默默想着：

杨树，歌唱的树，红色代表革命，红杨树，就是为革命而歌唱。他动情地喊道："对，红杨树！"他几乎高声喊起来："红——杨——树！"

他已听到远山的回声了。

魏巍决心做一棵红杨树，在风雨中，为战斗和自由而歌唱。

魏巍继续奔驰在诗的原野。他悄悄把诗页翻过，又开始了《在石缝里，我笑着……》的写作。那火热的、真挚的、自信的诗情，从他的笔端泻出：

　　在石缝里，
　　冷杀害着我；
　　黑云像江流一样，
　　从远山涌到头顶，
　　大风好似故意地，
　　扫走我辛勤拔来用以遮身的秋草。

　　我忧愁了，但我并不慌乱，
　　只是平平静静地思索，
　　我知道我是谁，什么在支持我……

　　我端坐在石缝里，
　　我想着，今天该有一件什么事要结束了，
　　我望望又宽又大的天空，
　　望望又宽又大的土地，
　　忽然觉得我还没有出够力量呢！
　　但是我望望脚下的石头，
　　想起它随时都可发出仇恨的吼声，
　　在石缝里，我又微笑了……

　　这是一首即兴诗篇，魏巍放下笔时，心中充满了无限的自信和骄傲。诗中散发出来的一种不可战胜的、支持诗人的精神是什么呢？那就是正义战争的神圣、民族解放的希望和战士崇高而顽强的精神，无情地蔑视残暴敌人的无能，唱出了战士的骄傲！晋察冀的骄傲！中华民族的骄傲！

> 诗呵，游击去吧，
> 永远不要叛变；
>
> 游击去吧，诗呵，
> 时时刻刻想着
> 怎样去报答人民。

诗呵，游击去吧，眼前是硝烟未散的村庄，脚下是血迹斑斑的田野。敌人丢掉的钢盔，跑散扔下的绑腿布，被敌人炮火炸死的小猪，逃难人丢下的鞋袜，一件一件、一幕一幕从魏巍眼前闪过，这情景像一把火，燎烧他的心，让他不时感到阵阵酸楚。

此时，魏巍以战场记者的身份，深入岳北地区采访。路上，他想起司令员的话，琢磨久了，就变成了几句诗，在他的脑海里萦回着：

> 战争，难解难分的复杂的风暴，

又飞旋在晋察冀。

"红杨树①呵，"司令员说，
"给你十几个同志，
带着你的诗游击去吧！"

此时的魏巍，他的感情纯粹是战士的感情，他的每一
首诗都献给了战士，刻画了革命战士美好的心灵：

你可曾看见，在他们的梦里：
手榴弹开花是多么美丽，
战马奔回失去的故乡时怎样欢腾，
烧焦的土地上，有多少蝴蝶又飞上花丛！

啊，蝈蝈，你喊起他们吧！
在升起笔直的青烟那边，
早饭已经熟了。

他就是怀揣这样的嘱托，以一种革命的神圣感上路的。
在狼牙山的小路上行走着，他谛听着，刚刚爆炸过的
山石的撕裂声，是怎样隐隐散去的，又是怎样远远传回来

———
①红杨树：作者当时的笔名。

的；在凄冷悲怆的山村里，他审视着，以爱怜的目光，炊烟是怎样熄灭的，几家点燃了夜灯，又是那样浑浊不明；在拄着拐杖双目失明的大娘、穿着露出脚趾头鞋的大爷面前，他静听着……

狼牙山啊，你从造山运动的轰鸣中走来，横亘千里，问世万载，可曾经历过"五一大扫荡"这样灭绝人性的屠杀吗？可曾见过连续三个月的"拉网、掳掠"吗？

晋察冀啊，血火中的"孤舟"。

在那些日日夜夜里，魏巍带着对人民的极大同情，怀着对敌人的切齿大恨，走了一个村庄又一个村庄，用他那颗温热的心，那双发颤的手，敲开一扇扇紧闭的门。他的采访就是对苦难同胞的抚慰和鼓励啊！他倾听了无数人的哭诉，他的眼睛流了一次次的泪水，滴湿了手里的采访本。

于是，又一颗诗的种子深深埋进他的心里。

易县，张官铺村。

四月的天气，午暖还寒。魏巍住在村南的一户农民家里，这里是鬼子"拉网过"的地方，到处笼罩着战争的阴霾，人们惊悸未定地生活着，准备对付敌人的二次、三次"扫荡"。

魏巍从一个村干部的口中，了解到许多敌人残害人民群众的罪行。一个农村妇女的悲惨遭遇，就这样一问一答地开始了。

"同志，你听说过农村妇女被逼着跳舞吗？唉！这些狗日的，啥样丧尽天良的事都干得出来呀！"

“他叫我们为他们修炮楼、挖战壕、当炮灰，末了，还拿中国人开心哪！”

“那……那位农村妇女怎么样了？”

“无巧不成书，咱八路军的便衣队来了，叭叭几枪撂倒了三个日本鬼子，其余的一看不好，扔下那女人，撒腿就跑了。”

“那女人是哪个村的？”

“也是附近庄上的，常给八路军办一些事情。自打那以后，听说她入伍挎上枪了，也许就在聂司令的手下干事哩！”

这位农村干部的谈话，为魏巍带来一个不眠之夜。

黑油灯爆着火花，吱吱地燃烧着。四月的南风不时摇响低矮的窗户，房子里很静，但却翻腾着无声的画面。冒着硝烟的村庄，河里飘浮的小孩儿，机智勇敢的游击队员，还有那盘血炕，竟在眼前烧成一团火。他又仿佛听到了那位被敌人逼迫跳舞的女人的控诉了。此时，魏巍又有了创作诗的灵感。他伏下身去，沙沙地写起来。

他正写作一首《好夫妻歌》，男主人和女主人的原型已从真实的现实生活中找到了，他本着这样的创作信条：“当你研究生活的时候，要有最大的老实，而当你结构作品的时候，却又要有最大的‘不老实’。”从而，魏巍构思了这样一个回肠荡气的情节：

朋友呵，你给我挑了一挑儿甜泉水，
大嫂呵，你抓把山茶放到开水里。

当我说声谢谢你，
脸红了呵，你们还是一对小夫妻！

而今死在狼山里……

三年前，当我负伤在狼山里，
昏沉沉，又遇见你们这对小夫妻。

朋友呵，是你把我背回你的家，
大嫂呵，是你把紫葡萄一颗颗放到我嘴里！

如今呵，你们遭难我不在，
今天惨死在狼山里……

几个月前，当魏巍第三次见到这对小夫妻时，他们已
生下可爱的孩子，过着甜蜜的日子：

大哥呵，你那天到山里采药去，
大嫂呵，你在家流汗蹬着织布机。

眼看着正要把荒年度过去，
可是呵，被敌人打死在深山里！

你们的幼儿哪里去了？
对我说呀，你们这对好夫妻！

可是，当魏巍最后见到这对好夫妻时，他们已双双被
敌人杀害了：

敌尸里，我发现了你，
狼山上，你们一对好夫妻。

朋友呵，你死了怎么还睁着眼，
大嫂呵，怎么掉了一半头发在污泥里！

大嫂呵，你的衣裳怎么撕得这样烂，
朋友啊，你手里怎么还握着荆条子！

呵，你们纯洁的血液流一起，
狼山里，倒下一对好夫妻！

诗的结尾，魏巍以如雷的铿锵语言，发出了击裂山石
的喊声：

好夫妻，好夫妻！
狼山里，你们这对好夫妻！

枪在我的手里直发烧，
热泪滚到我心里！

要不用敌人的头来祭你，
我情愿死在狼山里……

这首诗，简直是一气呵成。激动时，魏巍的手都发抖了，眼泪几次模糊了他的近视镜。魏巍不得不取下来，用手抹一抹，又继续写下去。

就是在那个夜晚，他忘掉了周围的一切，只将那些富有韵律的词汇，随着脑海中的情节，不断地摆到合适的位置上。诗情的涌动，构成一声声音响，连成一个个节拍，在春夜的小屋里振荡着、回响着。以至，他的帽檐被油灯跳荡的火苗烧了个窟窿还不知晓呢！

我，一颗小小的种子，被党的手投向了燃烧着的土地。然而，这块土是党的土，人民的土，是以毫不吝惜的精力养育了我的这一块土。是她，让我认识了敌人，认识了斗争；特别是，是她让我认识了人民，爱了人民。

我永远感念这一块土。

一颗新星，升起在高山之巅。
它在晋察冀的无数星群里，受着光辉的映射……

创作《黎明风景》，眺望胜利曙光

战争，给魏巍播下钢铁般的信念，只要你怀着黎明的信念，向前走去，太阳啊，它愿和勇士携手同行！

1942年，晋察冀根据地的斗争进入了空前艰苦的阶段：

——敌人用蚕食的手段，吃掉了一半的抗日根据地，制造了许多无人区；

——春天没下雨，发生了罕见的大旱灾，许多地方的群众因饥饿开始吃树皮、树叶；

——疟疾、痢疾、回归热等多种疾病，在许多地方蔓延流行；

——八路军将士们拖着染病的身体、饥饿的肚子同气焰嚣张的日军作战……

乌云压暗了天空。

大地发出了悲鸣。

在易县岭东村的一个农家小屋里，魏巍听到了党的号召：

"咬紧牙关，渡过困难！" "战胜黎明前的黑暗！" 此刻，面对眼前的稿纸，魏巍的脑海里涌现出这样的情景：在易县五回岭的山岭上，有一个用席子搭成的哨所，一个连队守卫在那里，这里是希望的所在，胜利的曙光正在这里升腾、蔓延……

魏巍似乎听到连长对他说的话：

"你写吧，我们保护你！"

指导员也对他说："给你一盏煤油灯，夜里也能写到天明。早饭我叫你！"

这是魏巍读了《晋察冀日报》上关于五回岭上的一个哨所坚守岗位、保卫根据地的事迹后，脑子里产生的意象。

魏巍从心中发出感激。

他以诗人的眼睛观察现实：

苦战的季节呵，
七月里，山还不曾绿。

茅屋盖着悲叹，
晋察冀多石的山路上，
开始倒下饥饿的人了。

破犁耙躺在田园，

◎ 1942年魏巍在河北省易县狼牙山岭东村

野菜也将枯死，

沙滩在干涸的河边叹息，

太阳烧焦了树林。

人们，

眼里燃起红色的云翳，

泪也流不出，

太阳呵，

也在折磨我们苦难的民族。

他又以战士的责任感，肩起诗笔、战刀，冲上对敌斗争的阵地。

于是，魏巍的全身心置于这个席棚哨所之中了，他也成了这个连队中的一员了。就在这一个冷静的世界里，一个狭窄的小屋里，魏巍放开了他诗的骏马的缰绳，驰骋在星光下。

温热的夏风，呼呼地吹来，梳理他稍显宽大的额头。魏巍坐在土炕上，陪着他的是两扇挂起的窗户，和一张农家吃饭的饭桌。他并不寂寞，晋察冀的干部战士和他做伴。在黑云压城的氛围里，魏巍眺望到一种奇特的景色，它绚丽多彩、美丽无比，那是即将到来的——"黎明风景"。

魏巍看到：它就在漆黑的边缘，遥远的地平线上，正踏着沉重的脚步，朝着苦战中的人们走来。在枪声、炮声、人声混杂的声响中，他听到一种鸟——夜莺的叫声，每当天将破晓时，树林里便发出一阵阵叽叽喳喳的、动人心魄的合鸣，那样高亢而悠扬，那样动听而醉人，魏巍将它比作"黎明鸟"，正在沉睡的暗夜里呼唤黎明：

> 有一种鸟，
> 我不知道她的名字；
> 当我听到她的鸣声，
> 大地就降落了黎明。

> 苦战的人们呵，
> 你来听听，
> 她此刻正放出快活的鸣声……

　　在这个农家小院里，魏巍和战士们一同生活着，同他们一起警惕日军的突袭，一同挖野菜，分享战争的艰苦滋味。苦难中，魏巍和战士们也有尝不尽的欢乐。以往的生活图景化为诗的构思，浮现在眼前：每当傍晚，日落西山时，连长、指导员这两位充满乐观情绪的江西老表，便来找魏巍，和他到山下看风景。

　　"魏干事，出来走走，看那树上有只美丽的鸟儿！"连长又来"邀请"了。

　　"啥鸟？是不是叽叽叫的？"

魏巍放下笔，走出席棚，出来看稀罕。

"你看，它飞了，还有一条长尾巴呢！"

"噢！那是野鸡吧！公的漂亮，尾巴像孔雀。"

"走，咱们到山下看看，也许那里的苦麻菜长出来了。"指导员催促着。

魏巍和他俩沿着小路向山下走去。

那是一条石头路，路边野花盛开着，长满了一丛丛的野茅草，在晚风中摇曳着，山野里散发着一股野花草的清香味。这条路，魏巍和连长、指导员不止一次地走过，他们谈长征路上的雪山草地、晋察冀的"大扫荡"，更多的是"我们无时不把黎明想起"。

每当踏上这条石头路，魏巍洋溢在胸中的诗情便澎湃起来。他已清晰地看到，就在这晋察冀的石头路上，将要铺上银色黎明的晨曦。而为了黎明的到来，为了等待这神秘的日子，多少生命，带着美丽的梦幻，舍身战死。

在朦胧的夜色里，在这条弯弯的山路上，魏巍将自己的亲身感受立刻写成了诗：

少年时，
我爱过邻家的一个女工。

夜夜，
我守着困倦的人儿，

用我的诗句呼唤黎明。

诗呵，我痛苦地鞭打它，
我那抒情的野马，
滴着泪，它也不愿前进。

汽笛又响了，
我知道把她累死，
痛苦也不会饶恕穷人。

我喊：
"起来吧，起来吧，
汽笛响了，
你快醒一醒！"

困倦的人儿呵，
没有回应，
只有凄厉的汽笛
叩着窗棂。
我狠心推醒她：
"拢拢头发，
装起这块冷窝窝你就走吧！"

我送我的瘦女工，

走向街道，

只有老树在夜风里喧哗。

……星星落了，

一丝淡青的黎明，

落上了她的乱发。

说什么黎明呵，

这不过是又一天

地狱的生涯！

透过这几节诗，魏巍恍惚看到了豫丰纱厂当工人的邻家姑娘的形象：她散乱的头发，疲惫不堪的面容，每天 14 个钟头的艰苦劳作，才换得两毛钱的工钱。在机器的隆隆声中，她耗尽了少女的青春。

连长曾是个红军战士，他曾丈量过那段令人嗟叹的路程，眼前的光景，自然使他想起往事。

"你听说过红军长征吧，过草地可艰苦呢！"连长的思绪又飞回那片潮湿、寒冷、饥饿的土地。

"连长，听说草地里到处是陷阱，人如果掉进去就没法活命，对吗？"

"我算是拣了一条命回来的，没想到还来到了晋察冀，战斗在五回岭哩！"

"那时，你在干什么？"

"干共产主义呗！和现在一样啊！"

"在草地里，你们遇到那么大的困难，是怎么过来的呀？"

"一步一步走过来的呀！说起过草地，我真不知道怎么有那么一股劲儿，硬是从泥潭里爬出来了。当时，我什么也没想，就想着一句话：'走出草地就是胜利！'尽管我饱受风雨、泥泞、寒冷、饥饿的折磨，但我还是一步一步走出来了！"

因此，诗里有一个连长过草地的经历：

那时我
露营在草地的河边，
等候黎明。

夜就这么黑，
暴雨又来了，
大风怒号……

支着小雨布，
红色战士们，
怎能度过整宵！

渡河了，人们背起枪，
背起小麦口袋和麦草，
雨又打湿了麦草，
我们背起全部战斗的家。

说起那条河并不宽，
比不上易水、唐河，
更比不上大沙河。

急也急不过滹沱河，
你知道
滹沱河的水流，
有着黄河的性格。

但数不清的同志呵，
跨过千重山万重水，
却跨不过这条激流。

黑沉沉的波浪呵，
我看见
露出水面的手，
还握着他们的枪呀！

跟我一起渡河的小鬼，

他紧紧拉住马尾，

到中流，水流又推开他的肩膀，

也被卷到雾气森森的远方……

你知道，

我们怎么过不去那条河？

那是我们饥饿呀，

又吃不到盐，

身上总发软；

同志，我不像你，

我是这样走向黎明的。

在这个由红军改编而成的八路军部队里，有许多令人喜欢的人物，他们给了魏巍欢乐，甚至给了他诗的灵感。涞源汉牛二虎，就是其中的代表。

牛二虎是个放羊娃，为了有口饭吃，他15岁就给有钱人家放百十只羊，风寒雨冷，他都不怕，一心只顾羊群。单纯的劳动磨炼了他单纯的性格。当八路军打到他的家乡涞源时，他看到队伍里有许多小兵，互称对方为"同志"，互相敬礼，一样的穿戴，一样的威武，他羡慕极了。牛二虎干脆扔掉羊鞭，立志当公家的人。在连队里，只要说为公家办事，他二话不说，要山也能扛来。一次，老兵跟他故意开玩笑，说："二虎，你怎么搞的？枪上的来复线怎么丢了？"牛二虎果然当真，急得他团团转，眼睛红红的要掉出泪来。

那老兵说："莫急，莫急，你看，来复线不是刻在枪膛里吗？"

牛二虎知道自己上当了，破涕为笑："好你个臭小子，敢跟我开玩笑。"说着，牛二虎给了那老兵一拳。

魏巍非常喜爱这个放羊娃出身的战士，从他身上，魏巍看到了我们民族的自强精神和质朴可爱的品质。

在诗中，魏巍塑造的这个人物，质朴、可爱的性格跃然纸上。

魏巍将思想的触角，深深地扎进生活的土层里，探求那一片美丽、圣洁的心灵世界。向他扑来的，是何等激动人心的场景啊！

连队的夜啊，实在不安宁。这里是一片梦的海洋，时时泛起波澜。魏巍在他诗的世界里畅游着，好似和连长巡察在月下的席棚里，偷听到很多战士们的梦呓。

忽然，谁在喊："我记住了，我们的祖国，是个半殖民地半封建的国家……"这是一个枕着野菜睡觉的小战士的梦话，白天的政治学习，还萦绕在他的梦里。他那一张

◎ 1943年魏巍（左一）与战友邢程光（左二）、
刘峰（左三）在慈家台

稚气的脸上淌着汗珠，野菜的芳香回荡在他的鼻腔里，完
全沉浸在一个美好的世界里了。他是打着赤脚从滹沱河畔
走来的吧，忍着春荒的饥饿，怀着父亲被杀的仇恨来到八
路军队伍的。你听，刚刚背过政治课本，又投入临战训练
之中，梦里，他又喊起来："前进！直刺！……这样准……
准能刺死敌人！"

　　谁能猜想到，这么小小的年纪，在他水晶般晶莹、春
花般烂漫的心里，有什么火星在飞腾？

　　在另一组生活画面里，魏巍观察到其他战士心里的真
实想法。

那是二班长的梦呓，令人心灵震颤。

"我不该因为一个……一个女人的饥饿……向困难低头。我不该挂念……耽误……工作，连长呵，处分我吧；我相信党的话……黎明不远了，革命战士不该低头……"

这是一位襟怀坦白的战士心里的声音。

在朦胧的诗情里，夜退去了，黎明到来了，魏巍和他诗中的人物——连长走出屋外，发现对面的厨房里，燃亮的一盏灯突然熄灭了。当他俩走近时，里面发出一阵哧哧的笑声。连长划着一根火柴，亮光里隐现出一对人影，原来是两个炊事兵，坐在草堆上，手捧着识字课本在读："解放……自由……解放……自由……"两个人拿着菜油灯嘻嘻地笑着，连长假装发脾气："你们这是捣的什么鬼？净浪费灯油……"

魏巍心里感叹着，悠扬的韵律编织成诗：

　　　　兵营的夜呵，
　　　　平静也不平静；

　　　　战士的梦呵，
　　　　痛苦的，甜蜜的，
　　　　都在进行。

　　　　呓语的小河，

流转来，
又流转去；

站在门外，
你听吧，
高音的低音的像在论争。

同志呵，勇敢地向前走吧，
我们攻击黑夜，
也向自己开拓美丽的世界；

勇敢地改造世界，
也勇敢地改造自己。
才能叩开历史最壮丽的大门。

我们的心不是荒芜的田亩，
它激荡着痛苦的海水，
它生长着仇恨的树呀；

而地狱底层的砖石，
也压着
我们智慧善良的心。

我们敢于掀去它呀，
同志，这也是
世界上最珍贵的勇敢；

需要这样的勇敢，
对待它，残酷和无情，
也像对付敌人！

不要怕，
我们掀去它时，
痛苦像撕裂着魂灵；

革命给每个战士
准备好的伟大的人格，
都要在痛苦里来完成！

在这个普通的农家小屋里，魏巍虽是坐在炕上写作，但他的心和战士的心跳荡在一起，和战争的脉搏跳荡在一起，这里发生的一切，深深地牵动他的心弦。

太行山怀抱的五回岭，洒一片淡淡的月辉，起伏的山梁镶嵌在灰蒙蒙的天幕上，此时静静地安睡了。山石铺就的小路，像一条银色的链子，从山顶抛到山下，穿林过岗，隐隐约约地划出一条沟来。夜风跑进风窝，停止了对山草树木的摇摆；歌唱了一天的鸟儿也进入了美丽的梦乡。警戒线上，一片宁静，只有哨兵听得见在这万籁俱寂的世界里，哪里有一声响动，哪里有一闪火光。

在那条山石铺就的山路上，沙沙地走来一位衣衫褴褛的中年妇女，瘦弱的背上背着一个破包袱，手上牵着一个骨瘦如柴的小孩。

"大嫂，你从哪里来？到哪里去呀？"哨兵问话了。

"同志，我哪儿也不去，专程到这儿来的。同志，你们可要为我报仇啊！"

中年妇女支持不住瘦弱的身子，一屁股坐在哨位的草地上。

魏巍听到了那妇女向哨兵哭诉的声音，她也是生在晋察冀，为了混口饭吃，她和8岁的孩子逃荒到这里。谁知，丈夫被鬼子抓去当劳工了，家里没有一粒谷子；娘家父亲被敌人杀害了，母亲疯了……她只有找八路军了，那是世上顶好的人啊！

"同志啊，快给我报仇吧，我永远忘不了你们，我死也死在晋察冀，死在咱们的边区……"

这女人的哭诉，令人肝肠寸断。夜色渐退了，五回岭露出刀鞘般的山脊。围拢来的战士一个个眼里喷着火，钢枪在手里发出咔咔的声响。复仇的力在上升，它将化作一颗颗手榴弹，呼啸着飞向敌群。

魏巍从每个战士那复仇的眼神里，看到了晋察冀的黎

1987 年，全军换发新式军装时，留下的一张照片，也是他满意的一张。在魏巍居住的小院里，树木葱郁，天清气朗。此时，正是他的长篇小说《地球的红飘带》完稿的时候，他特意叮嘱拍照的人："好好照一下，给我留个纪念！"从他入伍的第一天，为自己是一名军人而自豪，军装是他人生记忆的底色。

1987 年魏巍换新军装时留念

◎ 1943年抗日战争中，魏巍在晋察冀根据地慰问
　日寇"大扫荡"后的受难群众，其中的婴儿被
　日本鬼子用刺刀刺伤

明，正从山崖上冉冉升腾……

　　一场与敌人殊死的搏斗，在晋察冀广袤的土地上，在黎明前的黑暗岁月里展开。它是那样壮烈，又是那样神勇，魏巍在农舍里坐不住了，他要走出去，拿起枪，和战士们一同冲进阵地，以自己的血和汗迎接晋察冀的黎明。

　　　　席篷帐空了，
　　　　人带走了深广的梦；

　　　　乌黑的枪支，
　　　　在早晨的白雾里，
　　　　一支跟着一支在迅疾地飞行。

　　　　呵，走呵，走呵，
　　　　朝着那飞来战斗的黎明的路；

　　　　呵，走呵，走呵，
　　　　你不了解革命，不了解战争，
　　　　你就听听战士此刻的步伐声……

　　感人至深的英雄行为，在魏巍身边发生了，在他多情的笔端流淌着：他熟悉的牛二虎，足智多谋的侦察员老韩，为解放而战的二班长、三班长，在同敌人的战斗中，都表现出无比的神勇。战士一个个进攻的神态，拼刺刀的呐喊，布满夜空的炮火，组成一幅幅战神塑像，屹立在他的脑海里，汇集成一股股冲击波，闪现在他的眼前。当他进一步理解到这场战争的意义时，当他眺望到民族解放的黎明曙光时，他的内心沸腾了，激动了，他全身心地投入了一项伟大而艰巨的工程——那就是《黎明风景》这一鸿篇巨制的写作。

蚊虫嗡鸣的农家房舍里，他的诗笔引来一声声"黎明鸟"的歌唱。

笔端，倾泻了朝霞的绚丽；

笔端，洒下了星月的银辉；

笔端，放奔了激情的骏马；

笔端，升腾着美丽的缪斯……

战争，人；复仇，血恨；冲杀，反戈；占领，争夺；胜利，呐喊……都变成魏巍笔下铿锵的音符、闪动的意念、飘升的意象群。

诗人激动了，他觉得，对诗意的把握，在这部长诗里，太自如了，几乎达到了"自由飞翔"的程度。他超俗了，艺术领引他到了另一个王国里了。

当霞光在五回岭那奇伟的山巅溅落时，"黎明鸟"果然歌唱了。魏巍放下写完的诗稿，推开两扇沉重的房门，胸中的激动依然涌动。在通红的太阳光里，情不自禁地朗读起来：

在天将黎明的时分，
我想，
你听过这种鸟的欢唱；

她年年月月，
迎送着我们，
到处的山岩都是家乡。

她不像白鹤，
飞到天外，
还恋念着一池静水；

也不像紫燕，
为了小小的窝巢，
一生奔忙。

她不像黄莺，
只在春暖花开时，
才歪着脖儿谈长论短；

也不像八月的雁群，
还没有细听霜风起，
就一路悲啼着斜向南方。

她呀，更不像巧嘴鹦鹉，
穿着花衣，
只在富丽的庭院卖唱；

也不像娇贵的凤凰，
在海外仙山里，
误尽了青春的时光。

她呀，
她只爱那走向黎明的队伍，
她是一只黎明的鸟；

哪怕走到天边，
她也要跟着我们，
把黑夜叫亮。

　　魏巍曾对他的朋友深情地说："这是我的'生命之子'，如果我熬不过黑暗，看不到咱晋察冀的黎明，就是我留给大家的最后一首诗了。"

　　不久，《黎明风景》这部长达两千行的叙事长诗在《诗建设》上发表了。当时活跃在延安、晋察冀文坛上的作家孙犁、邵子南，都相继为这首诗写了评论，高度赞扬了这部长诗的思想意义和艺术价值。1942 年魏巍创作的长诗《黎明风景》获得了晋察冀边区"鲁迅文艺奖"。这些，在战争年代，又发生在一位青年诗人身上，是令人瞩目的。

在晋察冀的烽火大道上，魏巍和大家一样，度过了艰难黑暗的岁月，迎来了抗战的新阶段，又背起背包，走向了新的山巅。

暖和的村庄叫人依恋

生活的浪花一波波涌来，激活内心的细胞，一圈圈往外扩展开来，走向一个新的天地。

冀中大平原，就在魏巍的脚下了。

那些早就从《晋察冀日报》上熟悉的富有诗意的名词：青纱帐、地道战、荷花淀、雁翎队，今天竟出现在眼前了。

作为冀中军区政治部宣传部的部员，魏巍去阜平县参加晋察冀边区第二届群英会。一路上同行的还有石少华，他高高的个头，留一头长发，身背一架照相机，准备为群英会的英模们留影照相。还有一些大会工作人员。一路上，大家说说笑笑，一边欣赏初冬的景色，一边赶路。

魏巍是怀着收获的心情来的。他想象着那些为建立晋察冀根据地而立下功劳的英模们的形象，想象着即将结识的新朋友，想象着大会的盛况，心中无限欢悦。他在田野中行走，高昂着头，让浩荡的风吹进胸膛，尽情享受那丽

◎ 魏巍（左一）在河北容城拥军模范刘大娟家

日下的初冬景色，一派诗情又在他的心中涌动了。

"过河喽！"不知谁先喊了一声，于是，大家各自脱鞋卷裤腿，准备蹚过大沙河。此时，虽已入冬天，寒水刺骨，可谁也不惧怕，一个个喊叫着，准备过河。这时，正好有几位大娘从沙坡上走下来，望着寒冷的河水，踌躇不安、不知所措，魏巍、石少华他们赶快走过去，热情地说：

"大娘，我背你！"

"大娘，我背你！"

就这样，几位大娘毫不费事地越过了冬水粼粼的大沙河。

"嘿！'官大妈'真有福气，滴水未沾就过河了！"一个头扎羊肚毛巾的青年农民嬉笑着。

"啊，你就是那个'官大妈'？"魏巍惊奇地问。

"对哟，俺也是你的大妈呢！"

见到"官大妈"，魏巍就像见到母亲那样亲切。

魏巍的记忆里，早有"官大妈"的事迹传说。她的真名叫刘大娟，是河北容城县小先王村的拥军模范。人们把她说得挺神的，说她是一个很有性格的人，她同冀中一般穷苦妇女温存含蓄的性格不同，既敢说敢道，又机敏果断。在敌情紧张的时候，刘大娟竟能和那些游击队长、政治委员、县委书记在一起，在煤油灯下共商大事；她敞披着夹袄，挥动着烟袋锅子，勇敢地拿出自己的意见，很有一种指挥员的英武气概，就连她的女儿也有这样那样的说法。

在此之前，魏巍从一个村干部嘴里听到这样一件事：有一回，敌人来抓"官大妈"和她的子女，"官大妈"没在家，她女儿正好在院里干活，敌人已进院了，她女儿看见同院一个妇女在洗衣裳，立刻灵机一动，跑过去叫道："妈，我饿了，给我块饽饽！"敌人以为找错了门，一场被抓的危险，被"官大妈"的女儿机警地躲了过去。当魏巍知道眼前这位笑吟吟的大娘就是"官大妈"时，犹如故人重逢，一会儿便亲热起来。

　　"来，大娘，我来帮你拿着吧！"魏巍从"官大妈"手里抢过一个花布包袱，边走边打量起来。

　　"官大妈"是一个典型的北方农村妇女打扮：上身，是一件斜对襟，缀了布扣门的蓝布衫；下身，是一条黑裤子，裤角扎着条黑布带，裹了的小脚，穿一双尖尖的黑布鞋。黑黑的头发挽在后脑勺上，用一个黑色线网罩住，一边别着一支簪子，在阳光里一闪一闪地发亮。她长得很俊俏，圆圆的眼睛，慈祥里透着威严；高高的鼻子，长得很适中；不薄不厚的嘴唇，有一种东方女人的美。整个脸庞的布局非常匀称。从外貌上看，她不单是个农村妇女，还兼有独属于她身上的果断与智慧。魏巍一见到"官大妈"就产生了无比敬佩之情。

　　去往阜平的大路上，魏巍时不时从路边用手折一根草秆，抽打着对面迎风吹来的蓬草团，一会儿又采一片树叶，放在嘴唇上吹个响声，显得活泼又可爱。"官大妈"看到他这个样子，又懂礼法，又会说话，和他开起玩笑来：

"小魏同志，就做我的干儿子吧，我要了！"

旁边的人插话了："还是'官大妈'有远见，要认八路军干亲了！"

这话惹得大家一场哄笑。

"官大妈"心直嘴快，马上说："八路军和咱是一家，认干儿子有啥不对的？你眼热，也认干妈好了！"

"官大妈"这几句话，唤起了大家的情绪，哄嚷着，欢笑着。魏巍没一点儿准备，白嫩的脸上泛起一阵红，顿觉和这里的农民生活在一起有一种一家人的亲切感。他偷偷地笑了，把"官大妈"放在母亲的位置上，心里美美的。

"群英大会"上，魏巍作为冀中军区代表团的工作人员，积极热情地忙碌在各位代表之间。令他激动鼓舞的是，他结识了不少传奇式的人物，听到了不少闻所未闻的打击敌人的故事。"燕嘎子"这个人物就是在会上认识的。

燕秀峰，22岁，冀中任丘县人，外号叫"燕嘎子"。他14岁参加了八路军，16岁加入了共产党。经他活捉的伪军特务不计其数，单说那人民最痛恨的汉奸特务，被他亲手斩杀的就有一百多人。

关于他的传闻多着呢！有一回，郑州的敌人强迫老百姓去开会，嘎子等四人化了装，天刚黑也赶到郑州去了……走着，走着，看见一个站岗的"白脖儿"正在门前走来走去。白脖儿大声地问："谁？"嘎子答道："自家人！"说着，就扣了火。只听枪兵的一声——子弹臭了。伪军马上端起枪对着他，大声骂道："自己人为什么扣枪机？"嘎子笑嘻嘻地说："我试试你的胆量，跟你闹着玩呢！"

敌伪把燕嘎子当成"活阎王"，当成神奇的人物。可是人民却把他看作最可爱、最朴实的孩子。这一带人民是那么疼爱他，只要晚上他叫门说是"嘎子"，老百姓的门便呀的一声为他开了。

很快，"燕嘎子"便成了魏巍采访的"意中人物"。

采访是在欢快的气氛中进行的。

充满烟草味的一间平房里，那是代表们的宿舍，魏巍坐在火炕的东头，手里拿着一个本子，另一只手掐着纸卷儿的烟卷儿，眼睛望着对方，笑眯眯的。而燕嘎子坐在火炕的西头，他穿一身便衣，头上戴个小帽盔，吸着和魏巍一样的烟卷儿，一双机灵的大眼睛，滚动着他的"嘎"劲。

采访的程式是一问一答的。

"燕同志，人家都说你'嘎'，你怎么个'嘎'法？"魏巍已把握住这篇文章的特色了。

"这个么，也算不上'嘎'，就是做事要有窍门。比方说，我们区小队住在老百姓家里，十几个人睡一条炕，就像贴'白菜帮儿'似的，挤得翻不过身来。谁要出去解手，回来就没你的地方了。"

"那你怎么办？"

"有办法。我就故意亮开大嗓门，说声'有情况！'等人们慌忙爬起来，我就就势躺进去了！"

"哈哈哈！是有点'嘎'劲。你说说打梁召集的事吧。"

燕嘎子掐灭烟头儿，慢声细语地讲起来。

"政委指示我们六个人，到梁召集上干掉炮楼上的大队长。我们买了些葱、筷子，乱七八糟地插到口袋里，装作老百姓赶集的样子。在街上果然遇到了那个大队长，还有四个护兵。我正要躲闪，大个子护兵一把抓住了我的胳膊，问我：'你来干什么？'没容分说，打了我两嘴巴。伪军们喊着：'捆起他吧！这就是嘎子。'"

"怎么让敌人发现了？"

"汉奸偷偷送的信呗！但也不能慌。我装作不是嘎子的样子，大声央告说：'老爷，谁是嘎子呀，在村里，我就怕你们，这回赶集，妈还嘱咐我，说不要碰上你们……'就在央告的时候，我渐渐猫下腰，冷不防地掏出盒子，'砰'的一枪，就把大个子护兵仰背摔倒了下去，又砰砰打完一梭子，那几个拔腿就跑了。哈哈哈！……"

燕嘎子风趣地讲着他的故事，魏巍入神地听着，真像听了一场评书一样带劲、过瘾。

在这次群英会上，魏巍还有幸认识了又一位"冀中子弟兵的母亲"李杏阁大娘。

主席台上，当李杏阁在暴风雨般的掌声中接过聂荣臻司令员颁发的奖品时，魏巍的心中对她充满了崇敬之情；当李杏阁在饭堂为各位代表殷勤地盛饭、盛汤时，魏巍发

◎ 1945年春，魏巍（后排中）与"冀中子弟兵的母亲"李杏阁合影

现这位母亲有一副慈善的心肠；当李杏阁在大会讨论会上代表妇女发言时，魏巍又几次为她对党的忠诚、对战士的热爱、对敌人的憎恨报以热烈的掌声。

他决心去李杏阁的家乡，采访这位备受八路军指战员爱戴的母亲。

晋察冀边区第二届群英会结束后，魏巍又回到分区政治部所在地羽林村。

政治部的房子里，李志民主任带领几个人忙着做一面锦旗，地上零乱地扔着一些纸屑，通讯员正手握剪刀，细心地剪着字，还有一位女干部在一边用针缝着什么。一面镶着锯齿形黄边的锦旗做好了，李志民伏在桌子上，将一行用剪刀剪好了的字，细心地贴在锦旗上，他用糨糊一个个贴好，嘴里不停地念着："冀——中——子——弟——兵——的——母——亲——"

魏巍走过去，悄悄地向通讯员问道："送给谁的？"

通讯员自豪地说："李杏阁大娘！"

魏巍知道了："就是报子营的那位李大娘吧？"

"对喽！明天咱们敲锣打鼓送去，你也去吧！"李志民主任对魏巍说着，双手叉腰，歪着脑袋，笑眯眯地端详着旗上的字，表示十分满意。

魏巍终于来到了李杏阁的家——报子营。自此后，魏巍的心一直没离开过这个地方。

这是安平县境内的一个小村庄，它距离冀中军区政治部所在地羽林村只几里路。茂密的树木里，坐落着一幢幢泥坯砌成的房子，家家户户的屋檐下，都爱挂一串鲜红的辣椒，一嘟噜一嘟噜玉米棒子，院子里拴几条麻绳，上面挂满了半湿不干的小白菜。秫秸秆架的篱笆墙上爬满了豆角蔓、南瓜藤。每到烧火做饭的时候，全村弥漫着蒿草香。虽是战争年月，兵荒马乱的，但生活在这里的群众却充满了乐观精神，日子过得有条有理的。

在李杏阁大娘的家里，魏巍喝着大娘亲手烧的开水，吃着大娘递过来的花生，和大娘唠着家常。

"大娘，你为啥待咱子弟兵那么好？群英会上，我遇到不少战士，他们都夸你，感谢你呀！"魏巍和大娘拉着话。

杏阁大娘心地善良，口也快当，停住手里的活计，说道："咱子弟兵为了啥？山南海北地来到晋察冀，来到咱冀中军区，脑袋别在裤腰带上，还不是为的咱老百姓。我是个妇道人家，大本事没有，照看照看伤员，为过路的同志们烧口水喝，是应该的。"

魏巍忽然想起大娘的儿子，问道："你儿子做啥去了？咋没见他？"

"到东头他大伯家借油去了，一袋烟工夫就回来。今个晌午在我家吃，大娘给你包饺子，爱吃不？"

"爱吃！"魏巍又接上话茬说："他现在不和我们争亲娘了吧？"

"以前他不懂事，看我对同志们那样好，就不高兴，怕把他娘夺了去，现在不了，倒是长大了，还帮着我为同志们办事哩！"

说话间，大娘的儿子回来了。魏巍故意逗他，说："你娘是谁的亲娘啊？"

"谁打鬼子，就是谁的亲娘呗！"

这小子的话，把屋里的人都逗笑了。魏巍说："走，领我看看你家的地道去！"

在屋子的后山墙下边，魏巍打开一个伪装好的木盖，只见一条一米宽的壕沟斜向地下，他们一步一步走下去，十米以后便是个屋子那样大的洞，里面铺了许多麦草，土墙壁上有一盏灯，靠墙脚放一个缸，这都是大娘一家为掩护八路军而挖的。就是在这个地道里，大娘亲手掩护了多少八路军的伤病员啊。魏巍用手摸着，一股股热泪涌上眼角，心里念叨着：真是咱子弟兵的好母亲哪！

等魏巍他们看完地道回来，杏阁大娘已包好了饺子，正拉风箱烧开水锅呢。魏巍看那篦帘上摆满的精致的小饺子，顺嘴夸奖起来："大娘，你的手艺真巧，看你包的这小饺子，真像初五的新月哩！"

"听你说的，多好听，包得不好，你就凑合着吃吧！"从此后，魏巍成了报子营的常客。到连队了解情况，到农村各户搞宣传，魏巍经常到李杏阁家落脚。趟数多了，感情也深了，他再和大娘说话时，就干脆把"大"字去掉了，开口闭口地喊"娘"了。

处久了，李杏阁大娘还关心起魏巍的身边事，给他补衣服，做鞋垫，进而关心起他的婚事来。每次魏巍来，她总偷偷端详：高高的个儿，白净的脸儿，一双大眼睛，眉毛浓浓的，说话甜甜的。多好的青年哟！咱报子营的哪位姑娘才能配上他呢？

李杏阁有个孙女，叫刘秋华，19岁了，在村里当妇女自卫队指导员，长得俊气不算，还能说会道的，和魏巍很般配。杏阁大娘虽然没和魏巍说破，但刘秋华的影子已印入魏巍的脑海里了。也就是在这时，一个动人的影子，逐渐地在他的脑海里清晰起来，在他的心里亲切起来。

◎ 李杏阁正在往掩护伤病员的地洞放食物

魏巍在妇女自卫队的集会上见过她：她留一头短发，身穿农家纺织的蓝色布衫，腰间扎一条皮带，脖子上围一条白毛巾。对姐妹们说起话来，干干脆脆，真像部队打过仗的女指挥员。

魏巍在担水的井台上见到过她：她泼辣、能干，一只手摇摆着挂在扁担钩上的水桶，在深井口边，很准确地将一桶水打满，双手倒换着、利索地将满满一桶水从深深的井里提上来，肩膀挑起，稳健地迈着步伐，大地发出有节奏的响声。

魏巍在织布机旁见过她：她端坐在织布机上，挺直着苗条的腰身，一手扳机，一手穿梭，一双水汪汪的眼睛随着双手流转着，双脚踏着机板，发出有节奏的响声，在布梭不断地穿来穿去之间，美丽的花缕图案诞生了……

时间长了，魏巍对刘秋华有了更进一步的了解，这使她在他的心里有了一定的位置。

刘秋华祖辈是穷苦人出身，自她记事儿起，刘家没有一个念大书的，也没有一个是当大官的，虽然报子营这片土地是个古战场，千百年来，这里是居兵屯粮之地，战争给这里带来无数灾难，却没有诞生一个将军。

她祖父是个木匠，父亲刘小友是个老实巴交的庄稼人。1942 年五一"大扫荡"中，刘小友被日本鬼子杀害了。母亲戎秀云是地道的农家妇女，她深深地爱着共产党、八路军。家庭的教育和冷酷的现实，让刘秋华对这场战争更加关注，对共产党、八路军一腔深厚的感情。

魏巍又来到报子营了。

这是第几次？说不清楚。不过，每次来到这个小村庄，他心里总怀着一种美好的冲动，是为乡村晚照中那一缕缕散着蒿草香的炊烟吗？是为村头硝烟散去后妇女们操练的口号声吗？是为爬满篱笆互相缠绕然而谁也不甘寂寞的喇叭花吗？……

他是多么憧憬这里的生活啊！

"来了，同志！"这是刘秋华的母亲戎大娘的声音。每回魏巍来到家里，她总是最先迎出来，等魏巍坐下后，就将农家的稀罕物拿出来，什么花生、核桃、枣儿，一下子撒到炕上，催促着：

"吃吧，吃吧，还是秋华留下的呢！"

魏巍也挺随便，他抓挠着吃着，嘻嘻地笑着，一边问长问短，和戎大娘搭讪着，谈话的内容都是眼前的事，但却津津有味。

而每当这时，秋华总是躲到外屋去，抱来一捆柴火，坐在过道屋里的锅灶前，为魏巍烧火做饭。那柴火噼噼啪啪的燃爆声，衬托着她喜悦的心声。

"对个火！"魏巍将卷好的烟卷儿，叼在嘴上，走到灶火前，蹲下身子，伸手向灶膛里取火，还没拿到，秋华故意吓唬他说："等等，烧了你的手！"

魏巍嘿嘿一笑，停住手，坐在门槛上。这时，秋华从灶膛里抽出一根秫秸，那火苗还窜着呢，举到魏巍的面前。于是，魏巍凑向前，吸着烟卷儿。也只有在这时，秋华才得以清清楚楚地看一看魏巍的长相，而魏巍也只有在这时，才有机会和秋华说上一句话，看清秋华那俊俏的面庞。那是一张多么美丽动人的面孔啊！它有着夏季田野的庄重，秋花般的俊逸，山泉般的灵气，朝霞般的明丽。在她柳叶似的眉毛之间，凝结着农村姑娘的骁勇与机智，尤其是战争岁月为那一代青年熔铸的刚强、自信、向上的性格，在她的言谈举止中，更有明显的表露。这些，在魏巍的心目中，渐渐萌生了一种敬慕和倾心。

魏巍每当见到秋华时，心里总是有一种不平静，那种甜蜜的波澜总是和着秋华的行为起伏不平，他知道，眼前这位纯朴、秀气、爽朗、大方的农村姑娘，在战争的严峻考验面前是怎样的一个人。

……敌人包围了村庄。喊声，枪声，驴叫声混作一团。刘秋华的母亲、弟弟、妹妹都不在家，只剩下她一个人。她灵机一动，跑到李杏阁奶奶家，穿上大棉袄，脸上抹上黑烟子，弄乱了头发，装扮成邋遢的样子。李杏阁奶奶和刘秋华被鬼子兵圈到村东头的一个大院子里，那里已有了很多妇女，正为敌人做饭呢。刘秋华死死跟在李杏阁奶奶的身边，不让鬼子有下手的机会。她一边用菜刀剁馅，一边动脑筋，如何摆脱这个不祥之地。这时，有人喊："没盆子了，谁家有啊？"

秋华灵机一动，高声答道："我借去！"于是，她给了李杏阁奶奶一个暗示后，乘机溜出来。她迈开灵活的腿脚，闪进一户人家，纵身越过一道墙，顺手撤掉墙上的跳板，躲进篱笆厕所里，直到鬼子吃了饭，吹响集合哨走了，她才出来。秋华的聪敏，很受同伴们的赞赏。

刘秋华对革命的忠心，也使魏巍钦佩。

……"快！下地道！"当敌人扑进报子营村时，刘秋华掩护一位妇救会女干部，迅速转移到自家后院的地道里。可是，由于敌情来得突然，那位女干部的一个装有机密的文件包丢在屋里，那可是生命攸关的大事，怎么办？敌人追捕人的喊声、脚步声，还响在院子里，狗叫着，鸡飞着，情势非常紧张。这时，刘秋华想到外边去将文件包拿回来，又被女干部一把拽住了："不行，太危险了，等一等再说！"地道外边稍事安静了，刘秋华一把将地道盖掀开，蹿出去，一路小跑，将文件包取回来，又躲进地道里，这才避免了一场危险。

刘秋华就是这样的一位女子，她对革命、对同志，有一颗忠贞不渝的心，在大敌当前的凶险时刻，又显示出不凡的镇定和机智。在她任村妇女自卫队队长兼指导员时，姐妹们都很拥戴她、信任她，她像一盆火一样聚拢着一颗颗女人的心。一颗心向秋华靠拢了，当然，另一颗心也向魏巍靠拢了。

刘秋华也说不上，当初是怎样又是为什么亲近了他。她只知道，一个头蒙白羊肚毛巾、身穿粗布衣衫的八路军小伙子，经常出入报子营村，他还会写一手好毛笔字，写过街头诗，还为村民们写过春联。有时在会场上碰见过，有时在大街上走路碰见过，有时还坐在一个炕上开过座谈会，但从来没说过两句话。他很腼腆，一说话就脸红，在这方面还不如她呢！但是，她的心里却有了他，她织布时，常常探出头向窗外眺望，盼望他走进篱笆小院里。几天不见，心里总描绘起他的形象，一阵阵初恋的激情涌上心头，竟使她寝食不安。他们彼此之间没有什么信物，一个个胜利重逢，一次次无言的离别，却日益加深着他们的爱情。

爱情就是这么一个奇怪的东西，它偷偷来，又偷偷去，偷偷地萌生了，又偷偷地成熟了。

他走出秋华家的小院时，有一种依恋之感，那开着的南瓜花，那仰脸笑颜的向日葵，那屋檐下悬挂着的锄头，此时，都明晰生动、亲切依恋起来，他默默念道：等参加子牙河东战斗回来，怕这花也谢了，不知是冬还是春啊！

"再见！"魏巍第一次向秋华母女招手，第一次说出这样的语言，心里热辣辣的。

"再来！"戎大妈嘱咐着，声音里有几分难舍。

秋华躲到妈妈的身后，没说话，没招手，只是用一双大眼睛默默地瞅着他，一直送他消失在看不到的地方……

爱情之花战地开

树叶，在不知不觉中，绿了；春天，在悄无声息中，来了。无边的原野，一草，一叶，都是美好的记忆，也撩拨着一个青年人的心扉。

当朦胧的爱情，刚刚潜入魏巍那25岁的心灵，还尚不分明清晰时，他又马上从静谧的港湾抽出身来，挤进子牙河东战役、大清河北战役的进军队伍的行列里。

那充满硝烟、炮声、枪声的日日夜夜里，魏巍身穿农家纺织的花布衣衫，蒙一条白羊肚手巾，腰间掖着手枪，随游击队出没在青纱帐里，穿行在炮火之中。他铁了心要把自己当作战斗的一员了。

冀中平原，青纱帐里，一场攻打敌人碉堡的战斗正在准备阶段。在密集的炮火下，他和战士们一样，抢着铁锹，朝敌人炮楼的方向挖堑壕。一只只上下挥动的铁锹，一个个流着汗水、带着枪伤的脊背，霎时间将一条堑壕从战士

◎ 1944年魏巍与战友平陵（左）在冀中合影

的脚底下，挖到敌炮楼跟前；又用一根竹竿子，将一束手榴弹送进敌炮楼的心脏，立时，在一阵轰轰的响声中，敌人的炮楼飞上了天。

令魏巍感动的是：无论敌人多么凶恶，无论敌军的碉堡多么坚固，我们的战士和游击队员始终保持着勇敢坚韧的精神。他眼瞅着战士们发明的"土坦克"——把泡湿的棉被盖在八仙桌上，由一人头顶着，冲过敌人射过来的"弹雨"，一步一步接近碉堡，然后猛地脱身，神速地将炸药包投进敌人的枪眼里……

魏巍简直被那火热的战斗生活所陶醉了。

这是冀中区全面大恢复的时期，每天都会听到胜利的消息：完县的鬼子逃跑了，涞源的敌炮楼上天了，白洋淀的民兵活捉了一队鬼子兵，容城的八路军便衣队缴了敌人一个连的枪。敌占区一天天在缩小，解放区一天天在扩大。军民们团结一致，迎接抗日的胜利曙光。

今天，当魏巍决定和河间支队一起攻打沙河桥镇鬼子据点时，创作激情涌上心头，眼前动人的场景立刻化作这样的歌词：

> 手榴弹机枪掷弹筒，
>
> 地雷抬杆朝前涌，
>
> 部队民兵妇救会，
>
> 杀向鬼子，轰！轰！轰！

当他冒着八月的骄阳，行进在战士的行列，亲耳听到过路的部队也唱着这支歌时，心里的战斗火焰更旺盛了。

沙河桥镇，坐落在河间县城东约 20 华里的地方，辽阔的庄稼地里，鬼子的据点兀然而立，俯视着大沙河两岸，它扼守要害位置，易守难攻。鬼子的机枪从炮楼里伸出来，可以打到任何一个地方，而进攻的战士，则常常受阻而死于敌人的枪下。

攻坚战是很艰苦的。

"同志们快吃呀，等吃饱了，接着往上攻！"

支队长手里抓着饽饽，大口大口地吃着，催促着大家。这时，战士们跳下壕沟，放下枪支，有的扔掉衣服，找到背阴的地方，坐下来吃着，已经苦战六天了，炮楼的敌人就是不出来。战士们一边吃着饽饽，那喷火的眼睛还一直在瞅着鬼子的炮楼。

"给，'投弹元帅'！"支队长将一个白面饽饽扔给一位穿背心的战士，那战士伸手接过，像球场上接传递来的篮球。他乐观地说道："不能白吃咱群众的饽饽，下午，就看咱'投弹元帅'的了！"

魏巍特别喜爱这位外号叫"投弹元帅"的战士，那天在挖壕沟时，一见到他，两人就熟悉了。魏巍停住手里的铁锹想喘口气，"投弹元帅"一把接过来："你休息会儿，看我的。"说着，噌噌地挖起来，只几锹，就挖出一米多深。魏巍亲昵地看着他，打心眼儿里喜欢。

"他们都叫你'投弹元帅'，来，考考你，到底能投多远？"休息时，魏巍打趣地看着他。

"没多远，四五十米吧！"说着，那战士挺起魁伟的身躯，右手抓起一颗手榴弹，又往手掌里唾了一口唾沫，抡起胳膊，向前一个冲刺，嗖的一声，手榴弹便飞出去，像天上飞翔的一只鸽子，悠哉，悠哉，落到很远很远的高粱地里。等另一位战士跑着取回时，竟呼哧呼哧出了一身汗。

别人告诉魏巍，"投弹元帅"不仅投得远，而且还投得快、投得多、投得准。战斗最激烈的时候，全班的手榴弹都给他，他能不失时机地将敌人炸得鬼哭狼嚎的。

又一次发起攻击了。

远远的炮楼里，敌人的歪把子机枪哒哒地响着，子弹从隐蔽在青纱帐里战士的头顶飞过，扯起一声声鸣响，子弹落处腾起一团团烟尘，打得战士们睁不开眼睛、抬不起头。支队长急得没办法，一个个冲上去的战士，都因敌人射击密集，而又一个个退回来。怎么办？

正在这时，叫"投弹元帅"的那位战士，收集起五六颗手榴弹，捆在腰里，一手又握着一颗，高门大嗓地向支队长请战："队长，我上！"

黄昏里，他的脸颊淌着汗珠，眼睛喷着火，牙齿咬着下嘴唇，低姿向敌炮楼接近。他小跑的步伐，溅起一朵朵烟花，足音踏响在每一个等待战友的心里。不料，敌人的机枪早从高高的炮楼枪眼里瞄准了他，哒哒哒，"投弹元帅"一下子扑倒在炮楼下的堑壕里。

霎时，阵地上死一般宁静，支队长的心快要碎了。这时，魏巍猛然想起一位战斗英雄向他讲过火烧炮楼的故事，火攻可以取胜。他立刻对支队长说："快抱柴火，烧狗日的！"

"好！烧狗日的！"一声令下，大家从远远近近的地方抱来一捆捆秫秸，冒着敌人的枪弹，巧妙地将柴火一层层堆到炮楼底下。魏巍心里想，这是一堆堆仇恨的火呀，这是一堆堆为"投弹元帅"复仇的火呀！火点着了，你看

◎ 1944年整风四班开思想鉴定会以后，魏巍（前右一）
与全班其他战友合影

吧，那炮楼立时变成了一个大烟囱，烟夹着火，火卷着烟，
从枪眼里呼呼往里抽。随着火烟的蔓延，炮楼里的鬼子一
层一层往上退，尽管枪声乱响，也无济于事。等退到最上层，
火越烧越大，简直把炮楼烧成个红铁筒，鬼子兵招架不住了，
哇哇叫出声来。

　　这时，等在炮楼下面的魏巍和同志们心花怒放，有的
拍手叫起来："瞧好吧！"

　　不一会儿工夫，只见从炮楼里钻出一个鬼子来，身子
一纵，扑通一声，跳下来了，接着，又是一个，又是一个。

敌人无一生还，战士们高兴地鼓起掌来。

"好啊，再来一个！再来一个！"

几天的攻坚战不成，一把火解决了问题，往日盛气凌人的日本兵全部葬身在火海中。在渐渐黑下来的天幕上，一柱大火升腾着，像一座通天的火塔，映红了半壁天空。

战斗结束了。在黎明的霞光里，当他和战友们将"投弹元帅"的遗体抬回来，掩埋在平原的怀抱时，魏巍又一次受到心灵的震撼。多好的战士呀，就这样为民族的解放牺牲了，唯一能安慰死者的是心灵上流出来的泪水，还有静静流淌的大沙河的低鸣。

目睹战争的大沙河呀！你奔腾千年万载，可曾见过这样英勇可爱的战士？可曾见过如此壮烈的杀敌场面？为我们的民族、为我们的战士，唱一支赞歌吧！

魏巍不能平静了，他终于写出了一支赞歌——《平原雷火》。在这篇通讯里，魏巍倾注了对冀中军民的深情厚谊，真实地记下了平原之上烈火的强大阵势。其中，对"投弹元帅"专门写了一段，以此寄托他对战友的哀思。

1945 年的 8 月，是不断传来胜利消息的 8 月，是从魏巍的一片无限美好的憧憬中走来的。大清河北战役胜利结束了，他染一身战斗的烟尘，冒着酷热，向冀中军区所在地安平县出发了。

此行就他一个人。他多么喜欢独自一人行走哇！尤其是今天，他要回到阔别的军区机关了，就要见到那些朝夕

◎ 1945年抗战胜利河北饶阳解放，魏巍（左三）
与平陵（左二）合影

相处的战友们了，谈火烧炮楼的欢乐，谈地道战的胜利，谈冀中大娘对子弟兵的疼爱。

最重要的是，魏巍一闭上眼睛，就想到、就看到的报子营，那座屋檐下挂着一串串茄子干、红辣椒的房子里，正坐着一位姑娘，也许正掐着手指头思念他哩！刘秋华，这位自信俊美的自卫队指导员，虽然他俩交往不多，但彼此的倾慕却深深烙印在魏巍的心里，每当想起，心里都有一种爱情的甜蜜。

心里想着，脚步一步比一步加快起来。他从荷塘里摘下一片硕大的像草帽似的荷叶，顶在头上，那轻快的脚步声，不时惊飞一只只野鸟，心里欢腾一阵，又匆匆赶路。他真像一位凯旋的将士，一路巡视战后的田园景色，心中充满了欢欣与自豪。

太阳落山了，他身后拖下长长的影子，炊烟渐渐被夏风吹散，变成一家家、一户户的灯火，一亮一灭的，在远处向他打着招呼。当夜幕降临时，魏巍正走在长长的千里堤上，此时此刻，此情此景，他是向往已久的，尽管战争环境里这种机会很少。还是在少年时代，魏巍就总是爱一个人寻觅，在黄河边上，耳边听着脚下踏响着的黄土地的回音，两眼眺望着两岸的景色，心中不断涌起无限欣喜之情。而每每这时，魏巍想象的翅膀便飞升起来，作诗的情绪也在涌动，美好的意境随之诞生，诗的女神也就来敲门了。

这是多么美好、圣洁、高尚的享受啊！

千里堤上的夜景足够他享受的了。此夜，魏巍要尽情欣赏和重新认识一下，根据地河堤上渐渐恢复了繁荣，也渐渐恢复了往日百姓们欢快的笑声，因为在这儿，也洒过他辛勤战斗的汗水啊！

远处的村庄里，时明时灭的灯火透过暗夜，闪闪眨眨；

凉风阵阵吹来，偶尔夹杂着烧玉米的香味。那悦耳的二胡声、锣鼓声，时时打破夜空的寂静，村剧团演出的《穷人乐》《翻了身的万年穷》的河北民歌唱词，一句句，一声声，不断在魏巍心中激起动情的浪花，他若不是赶路，真想坐在土戏台子下边，美美地看上一出呢！

就在一天的早上，魏巍蹚了满身露水，沾了满鞋的泥巴，在炊烟袅袅升起时，回到了饶阳县境内的一个村庄——冀中军区政治部创办的前线报社所在地。

几个月不见，这里发生了很大变化，人们对胜利的信心更足了，大清河北战役和子牙河东战役的胜利，正鼓舞激励着这里的群众。农民们正恢复生产，秋收的镰刀声响彻田野，大小车辆在田间的土路上运行着，鞭鞘儿抽得叭叭响。八路军战士们唱着杀敌战歌，操练着手中的步枪，准备打击进犯的敌人。这些情景，在一个从前线归来的战士的眼里，更加真切动人。

事情总是来得突然，又非常奇妙地摆在人们的面前，令人一点儿准备也没有，叫你顿时兴奋起来，跌入幸福的窝里。

这样的情景，来到了魏巍的身边。在一群女兵的队伍里，魏巍突然发现了一个身影，军帽罩着一头齐肩短发，苗条的身材穿一身灰色军装，显得更精明干练。当魏巍从旁边走过时，她那双明亮的眼睛故意瞅了瞅他，魏巍心头一热，差一点儿喊出声来。这个美丽的身影，不就是日夜思念的她吗？可是，如今的现实，连做梦都没想到哇……

刘秋华入伍了，在前线报社做收发工作，这在魏巍离开时，一点儿消息的影子也没有。可是现在，刘秋华真的成为八路军的一员了。

"你怎么来了？"还是在别人不注意时，魏巍悄悄问她。

"只许你当兵，就不兴人家？"秋华故意逗他。其实，为啥当兵，这个简单的道理连秋华自己也说不清。八路军在冀中打了几仗后，在村里要扩兵，村上的大娘大婶们都说，秋华当兵吧，跟部队走吧，兴许有好日子过，在家也是东跑西颠的，没个安生日子，倒不如到部队闯荡闯荡。体察秋华心理的姐妹们则这样说：秋华当兵吧，跟他一块儿工作去，不然，人家离开家门口到了江南塞北，你找也找不到了……

不知谁劝说得有理，反正秋华入伍了，她不但报名参了军，连她的弟弟刘玉振也报名参了军。也许她是为父亲的仇恨而来的，她父亲被日本鬼子杀害的情景，她永生难忘。村头大槐树下的那一片血迹呀，就是从父亲身上流下来的，父亲的坟上还洒着母亲的眼泪哩！也许她是为爱情而来的，在这支报效人民的队伍里，有她爱慕的人，有她最信赖的人，入了伍，穿上军装，就能和他走到一块儿了。

她憧憬着一个"神秘的未来"。

"你晒黑了，前边辛苦吗？"秋华看着魏巍，上下打量起来。

他是黑了，白皙的脸上好似涂了一层黑锅烟子，有的地方竟晒脱了一层皮。眼睛也熬红了，头发压住了耳根。看着看着，刘秋华哧哧地笑了起来。

"笑啥？这么高兴！"魏巍问道。

"看你的衣服，活像炸油条掌柜的！"

"这有啥奇怪的，滚了几个月的地道，能不脏吗？"

是啊，从春到秋，魏巍投身游击队员、八路军战士之中，挖地道、攻炮楼、住土炕、宿地窖，有时，连洗把脸的工夫都没有，更顾不得讲究干净了。但刘秋华发现，他的精神蛮好，眉眼飞扬，笑声朗朗，胸中鼓荡着一股朝气。她暗暗猜测，那鼓鼓囊囊的挎包里，一定装着他在战火硝烟中写的诗稿。

日军侵略者无条件投降的胜利消息，像一声春雷，震撼着战云笼罩的神州大地。硝烟卷着胜利的喜讯，飞越无际的青纱帐，飞越太行山、长白山，飞越大沙漠、古长城，为吃尽战争之苦的劳苦大众带来了笑颜。人们从低矮的茅屋里探出瘦弱的身子，用惊喜的眼光询问着；人们从高粱地里直起腰身，望着浓云渐渐散去的天空；人们聚拢在街头巷尾，悄悄议论着这惊天动地的喜讯。

晋察冀啊，从战争的愁云中醒来，无限欢欣；神州大地啊，张开战争加给的沉重翅膀，向自由而神圣飞翔……

魏巍被提升为七分区政治部宣传科长的命令与这胜利的消息同时到达，杨成武司令员和李志民副政委通知了他，并叫他连夜出发到七分区报到，并传达日本侵略者无条件投降的特大消息。

是有意的安排，还是巧合，上级批准刘秋华探家，她的家乡报子营与魏巍要去的七分区驻地——安平县满子村不仅是一个方向，而且距离不远。两人怀着激动喜悦的心情，趁太阳未落，就匆匆上路了。

在深深的长满秋庄稼的田野上，他们像大海里的两只小船，一会儿冒出小帆，一会又隐进苍苍的绿海里。长满蒿草、野蒺藜、蒲公英的土路上，荡起阵阵尘土，惊起大肚子蚂蚱。日本投降的喜讯，为硝烟里成熟的田野带来喜庆的气氛，晚风中摇摆的高粱、玉米，叶柄摩擦，发出哗啦哗啦的响声，啄食的野鸟飞来飞去，这些自然现象，无不牵动魏巍的心。此刻，他在思索什么呢？

是未写完的诗？

是胜利后的革命进程？

刘秋华也想这些，但她更想趁此次同行的机会，和他袒露心中的情思。他们自认识以来，除在公开场合说过一些话之外，还没有机会将心中的真情长谈过，她多想趁这难得的机会和他表白自己的心声啊！

可是，当她要开口时，又不知怎么说好，只是埋头走路，心却咚咚地跳着，找不到一句合适的话。有时，她趁梳理头发的机会偷看魏巍一眼，当和对方的目光相遇时又赶紧躲开了。魏巍心里也为此刻的机会而激动着，但他表面不

◎ 1946年魏巍与刘秋华在张家口的合影

动声色，尽管走自己的路，不时倒换着肩上的包袱。就这样，两人相伴走在路上。

爱情的路呀，此时显得遥远又亲近。

太阳隐进庄稼地里了，黑天幕从天边扯过来，高高矮矮的秋庄稼已分不清高粱玉米，变成黑乎乎的一片。赶牛声，叫鸡声，打水声，渐渐隐去，旷野陷入一片沉静。两个人此起彼伏地在路上发出吧嗒吧嗒的响声，这脚步声虽然秋华听起来格外亲切，但更爱听魏巍那幽默风趣的"河南腔"。

最后，秋华说话了："怎么，你哑巴了？你的话哪里去了？"

魏巍哧哧地笑了："这不说着吗？我问你，秋华，你想家了吧？"

"还用问，谁还不想自己的妈妈呀！"

"小鬼子投降了，你妈肯定高兴，准会给你做好吃的。"

秋华想起了最爱的饭食，兴冲冲地说："秫面饼煎小鱼儿、烙饼裹小葱儿，你去我家也给你做着吃。"

魏巍有所触动，一闪念想起了自己已故的母亲，沉吟着说："若我的妈妈还在，听到这胜利的消息，准会为我买条大鲤鱼吃，可惜她死得早哇！"

"那你爸爸呢？他老挺好吧？"

魏巍有些悲怆地说："唉，他比妈妈死得早，苦吃苦做的，没有过上一天好日子……"

秋华沉默了，为魏巍的遭遇心疼起来。

三言两语的对话，秋华第一次弄清楚了魏巍的身世，知道他郑州城里有个家，父母不在了，但还有养育他的二哥二嫂，"平民小学"是他读书的地方，黄河岸上有他吟诗的足迹，西安八路军办事处曾指点他心向革命的道路。秋华对魏巍更加尊敬与爱怜。

秋华真诚地说："你父母不在了，还有我娘哩！"

这一动情而饱含分量的话，出自一位少女之口，魏巍觉得有一股热血涌上来，从心灵深处体会到一种爱的真诚与温暖。

月亮不知何时升起来了，星星不知何时落下去了，两人边说边走，竟不知黑夜将尽，黎明降临。

那时的爱情就是这样的，在心里很浓稠，搅不动化不开的，但在行动言语上，绝不直白显露，一个动作、一句普通的话，就代表了心中的爱意，它是一股独特的电流，直达双方的灵犀。

刘秋华忽然想起一件事，问魏巍："你知道吧，有一个掉队的战士被敌人杀死在山坡上，家人找了几年才知道他死了！"

"知道！他死时，孩子还没有出生，是一个无名英雄！"

当他们走到岔路口分手时，秋华首先站住了，说："快到我家了，往南走，过一道坡，穿过一片小树林，就是满子村。给你……"

说着，将包袱递给魏巍。魏巍缓过神来，接包袱，背在肩上，痴痴地望着刘秋华。

她还不走，也痴痴地站在那儿，灰蒙蒙的天色中，镶嵌着一个俊俏的影子。

魏巍说："你走吧，到了家代我向你妈问个好，过几天我就去看她老人家。"

"你走吧，我路熟，一会儿就到家了，不要忘了，假若部队有行动，来我家告诉我一声。"

"中！你走吧！"

"不，你先走！"

魏巍知道女人的心细，感情脆弱，再推让下去会引来秋华的更加不快，就转身径直向前走去。

刘秋华站在那里，满怀深情地凝望着冥冥夜色中的背影，心头有一股无名的惆怅，她的身体顿时松软下来，好像失去了什么，心中一阵空寂。当那宽大的背影消失在远处时，她才缓慢地迈开沉重的双脚，缓缓地向报子营村走去。

当魏巍转身再看路边的刘秋华身影时，已是一片晨光了，只有几棵树远远地立在那里。魏巍心中一阵惆怅，忽然想起刘禹锡的几句诗来，顺口吟出："常恨言语浅，不如人意深。今朝两相视，脉脉万重心。"

怀着爱情的人，脚下的路是短的。当魏巍敲开满子村七分区首长的房门时，黎明也落进了村庄的怀抱，山川大地涂上了一层亮色。

南征北战奔赴解放曙光

艰苦卓绝的抗日战争，以摧枯拉朽之势，将日本侵略者葬于人民战争的汪洋大海之中，中国人民终于高昂头颅，守卫住自己古老的家园。

1945 年 8 月 15 日，随着一声"日本帝国主义宣布投降了！"的喊声，那面可憎的太阳旗，被中国人民骄傲地踩在了脚下。饱受外辱的一页翻过去了，曙光渐渐升起。

可是，内战又爆发了。蒋介石施展阴谋，以反革命的两手对付我党我军。一方面装出笑脸，与我们进行和平谈判；另一方面发出"剿共"密令，由美帝国主义帮助，急如星火地向东北、华北、华东、中原各地运送军队，抢占主要城市、战略要点和交通干线，企图独占胜利果实。

战争的落日还悬在山巅，阴云又笼罩着全国。

这时，已任七分区政治部宣传科长的魏巍，执行配合部队接收城市的任务，更加忙碌起来。七分区的任务是接收保定，政治工作提出用歌声占领城市的口号。在分区首长的指示下，剧社、报纸、摄影、诗歌、绘画，全部动员起来，配合部队开展工作。

魏巍率领全科人员跟进在向保定进发的队伍里。可是，队伍到了保定城西，几天的大雨，使这里的一条河泛滥，洪水翻卷着，打着旋涡，茫茫一片，阻止了行进的队伍。好不容易从村里找了两条船，等乘船驶近河岸时，又靠不了岸。魏巍带着他的宣传队员们在河边水中走了几里路，才到达一个村子里。

队伍抵达北大冉村，还没摸到保定的城边，从村里出来四五百敌人，就和接收部队接火了，敌我双方各自凭险抵抗，直打了一天，敌人也不退缩。保定接收不成，中途又折回来。遵照上级指示，冀中部队改装，全部穿灰军衣，转向张家口。

当时，部队的思想有些乱。冀中部队大部分是北方人，不愿离开家乡，到处有"死在口外，魂回不来"的说法。

此时，魏巍虽然是个年轻人，但革命的理想使他振作起来。魏巍根据部队面临的问题，深入了解情况，写出政治思想动员报告。这时，魏巍以一个"政治家"的气度，又以一个"军事家"的口吻，分析国内矛盾的新变化——由民族矛盾转为阶级矛盾。这份报告，在千人大会上讲，在各连队里传阅，魏巍看到自己心血凝成的文字，发挥着那么大的作用，很是欣慰。

◎ 1947年魏巍（右）在晋察冀野战军第三纵队
政治部任职时与战友丁国才合影

面对无休无止的战争，魏巍的思绪也很沉重，他思索着民族的命运，在危难中更看到了中国共产党坚强的领导，看到了中华民族潜在的伟力，看到了这支队伍不可战胜的精神。他对取得胜利充满了信心。

在风雪弥漫的进军路上，魏巍不无激动地看到如潮奔涌的负重的队伍，像滚雷烈火一般追歼敌人；在黑色沉沉的夜间，扛着炮弹背着枪的士兵，偷偷摸向敌人的前沿。那气势、那壮烈、那英勇，撞击起他的心灵之火。魏巍以诗歌发出了呐喊，鼓动继续夺取战争胜利的队伍：

敌人来了，
战争来了；

开上前线
快开上前去吧，
看我们的四外，
烟火滚滚……

开上前线去吧！
带着沉重的马克沁②，
暴躁的歪把子③，

---

②马克沁：重机枪之一种。
③歪把子：日本式轻机枪。

清脆激烈的毕丝尼④；

带上重炮
燃烧弹，
和那明晃晃的刺刀！
我们的子弹，
每一粒都闪耀着
民主的光，
和平的光，
都带着人民的仇恨和希望；

让它向前飞去吧，
炸开黑暗，
呼啸着解放的风声，
必胜的风声！

这些充满激情的诗句，和着风风火火的大军，同敌人
展开了一场场决战。

魏巍的战斗诗篇，不仅鼓舞着为和平而战的士兵，同
时也激励、感召着深受战争之苦的人民。八月间，大同附
近的白窑子战斗打响了，我们的一个连队以劣势装备歼灭

④毕丝尼：轻机枪之一种。

了国民党军队的"洋坦克",喜讯在阵地上传扬着。魏巍连夜写了《开上前线》一诗,发表在《晋察冀日报》上。

诗的翅膀飞进张家口的中学里,一位女学生被深深感动了,满怀深情地给诗中歌颂的这位英雄写来一封长信,并赠送一块手表,表示对这位英雄战士的尊崇。那位女学生在信中用激昂的调子写道:"让这块手表给我们的英雄指示胜利的时刻吧,它比在我的手里更有用。"

在这个时期,部队活动频繁,由于国民党傅作义的顽固抵抗,我军决定撤离张家口。张家口这朵"塞上之花",决定着我军能否在北线战场站稳脚跟,尽快夺取全国的胜利。

张家口啊,牵动着诗人的深沉的感情。

张家口失守了,魏巍所在的部队,也离开了这座城市。他以深沉的感情、亲人般的感情,描述了子弟兵离去的情景:

那时,硝烟弥漫的千百个窗口里,家家户户关着忧愁;战士走了,挣脱家里老人的手;在黑夜呼呼的风声里,战士们掩泪而去,不忍回头。那时,诗人自信地断定:战士的走,是为了来;战士卧薪尝胆,是准备把大报仇的战鼓擂响。

谁知,经过一段时间的征战,这支部队又回到了张家口。战事无常,却编织着胜利的乐章。魏巍站在张家口的大街上,擂响诗人的战鼓,高声唱道:

张家口，

我们回来了；

人民呵，

请让我握握你

久别的手。

　　是啊，在这南北征战的岁月里，我们这支部队，还有我们在战火中成长着的诗人——魏巍，顶着漫天风沙，披着满身战尘，从张家口，打到集宁市，又到绥远城。而每到一地，战士们进行休整、争着用热水烫脚的时候，魏巍就找个地方——伏在老百姓的炕沿上，匆匆记下他的诗行。

　　魏巍以豪放的激情，讴歌了人民军队的野战远征，辗转奔波的宏大气势：

大报仇的战鼓呵，

引来关内外会师的兵马，

接天盖地，

盘山绕岭；

大报仇的战鼓呵，

使得几千里战线

号音齐鸣。

大报仇的战鼓呵，

使得千万挺英俊的"加拿大"⑤，

叉开两腿，

只等着一声信号。

那真是一场艰苦卓绝的征战啊！为了取得内战的胜利，魏巍和作战部队一起行动，吞食着充满硝烟味的尘土，行进在沙漠山岭之中。他曾重返易县平原，在敌人的鼻子底下参加军民破袭铁路的战斗，写下《人民要翻身，铁路也翻身》的通讯。他曾跟随部队沿着"百团大战"的熟路，冒着炮火穿过碉堡地带，一气攻占雪花山。诗人用诗歌颂了、记录了这段艰苦转战的艰难岁月。

在繁忙的军旅中，对着朗朗的星月，魏巍也思念着他的女友刘秋华，想起两人相亲相爱的时日，想象着今后的幸福生活。但他的这种思念是同对晋察冀人民的思念联系在一起、融为一体的。魏巍的爱情诗既不像裴多菲的《我愿意是急流》，也不像歌德的《对月》；既不像普希金的《致凯恩》，也不像莎士比亚的《十四行诗》，而是摆脱了生理的感情羁绊，上升到一个高亢的、纯洁无瑕的高度。

魏巍是在部队驻扎的绥远城外一个农屋里写下《塞北

---

⑤ "加拿大"：指加拿大式机枪。

晚歌》的，标题下行有一个特别的小序："如果战友允许——我要寄一支歌，给一个淳朴的乡村的女儿。"

他在诗中这样写道：

我们的部队，
来到塞外；

原谅我，
在千里之外，
我才向你告别。

月亮照着战壕，
忍不住
将你思念；

谁叫我
在织布机旁，
将你碰见，
谁叫那琐碎的日子，
在我们的身边流连！

我埋怨，
我在千里外，

就看见了你秋收的镰刀；

我埋怨，
在哗哗的水声里，
听见你赤着脚，
从河那边走到这边。

我埋怨，
不知埋怨我，
还是怨你；

它要侵占
一个战士防卫的时间。

可爱的人哟，
最后请你
捎给我一个信息：

在胜利的日子，
我那游击组的兄弟，
是否有些麻痹?

假若麻痹，

你就要警惕他，

叫他们

枪不要生锈，

地雷也不要受潮湿！

当魏巍在纸上落下"1945 年 11 月 21 日"的字样时，他的心几乎要长出双翼，越过塞上古长城，跨过莽莽太行山，飞到她的身边。

不久，这首诗在《晋察冀日报》上意外地发表了，这在根据地文化界是个不小的震动，在我党我军的报纸上，发表这样的"爱情诗"，还属少见。

诗如长了翅膀的春鸟，扑棱棱，暖融融，飞到刘秋华企盼的心里。

女同志们议论了："魏巍这首诗是给谁的呀？谁是他的可爱的人呀？"

男同志们议论了："魏巍思念的女友，一定是个农村姑娘，而且是个挎枪的。"

也许是纯属不了解事情的真相，也许是明知故问，但刘秋华心里最清楚，随便人们怎么去猜测。她从这首诗中，得到了一个确凿无疑的信号——魏巍将爱情奉献给她了。真是"山川几千里，惟有两心同"，他们的爱情之花是在民族解放的炮声中盛开的，是在战争的烈火中培育的呀！

就在写作《塞北晚歌》的第二年初春，魏巍改任第十一旅宣传科长时，刘秋华跟随一队女兵们也来到了塞外，她在军政干部训练班学习。是年 3 月 19 日，他俩结了婚。

爱情的清泉边，他只轻轻地逗留了一下，便随部队奔上了转战的征途。

转战途中，在奔突的行军路上，不断传出令人高兴的消息。

"傅作义缴械了！"

"听说咱们要到傅作义部队，执行改造任务去！"

人们兴奋地议论着，分享着战斗的胜利和快乐。

在我强大的军事压力下，傅作义率部起义了，我方要派出强有力的政工干部到那支部队去，做说服改造工作。魏巍搞政治工作多年，曾亲手写过几大本部队政治工作总结，又曾当过模范工作者，在上级物色人选时，魏巍理所当然地被看中了。从军区首长到机关干部，都赞赏魏巍"土生土长"的理论水平，他以部队战士们出现的思想波动为依据，悉心写作的《职业的革命家》曾作为党员教材下发给部队战士们；他写的《克服家庭观念》《连队的思想动向》两本教材，在部队战士中广泛传阅，起到了春风化雨的作用。

魏巍写的政治教材、报纸社论，不是空洞的说教，不是理论词句的堆砌，而是靠大量的事实感染人、理解人，进而达到说理育人的目的。魏巍对材料的选取、语言的运用、章法的布局，都达到了炉火纯青的地步；而他写起诗歌、做起文章来，又可以运用形象思维展开想象，他联想万物，心游万仞，含蓄而生动。

不久，魏巍被选派到傅作义的一个骑兵团当政治委员了。

到一个曾经兵戎相见的部队里工作，魏巍肯定会存有顾虑。临行前，魏巍做了充分准备，如何说服教育士兵们追求正义、服务人民，他想得很细致、很周全。

临行前，他把用心血浇灌的、诞生于战火之中的诗歌，如《寄张家口》《塞北晚歌》《三合村》《开上前线》《一个战士的赞歌》《好兄弟歌》《黄牛还家》《秋千歌辞》《两年》《英雄的防线》等，整理好装进一个纸袋里，交给当时在晋察冀工作的孙犁同志代为保管，这是魏巍心血的结晶啊！

魏巍毅然住进了骑兵团的营房里。

他看到杂乱的宿舍里，零乱地堆满了东西，墙壁上贴着女人海报，下流小曲时有所闻；三人一群，两人一伙，打牌的、说笑的、骂人的、打架的，撒酒疯的……腐败阴暗的气氛笼罩着这支旧军队。

魏巍心想：这样的兵怎么能打胜仗哟！于是，他立即投入改造旧军队的繁忙工作之中。他首先团结了一批骨干，上政治课、开诉苦会、揭发反动军队的罪恶。浓厚的政治空气、人民军队的正义感，让旧军队的士兵们渐渐明辨了是非，和旧"我"渐渐拉开了距离。这段不平凡的经历，对一个作家、诗人来说，是多么难得呀！

不久，魏巍又走马上任十九兵团骑兵六师的一个团的

◎ 1949年魏巍任十九兵团骑兵第六师第十六骑兵团政委时留影

政委，参加解放大西北的战斗。他的诗从冀中平原又做到戈壁草原。此行，他的爱人刘秋华本也想去的，但她已怀了第二胎，实在经不起马背上的颠簸、夏季风雨的吹打，就留在咸阳做妇联主任工作了。

魏巍率领他的团队，驻防在宁夏灵武县城。他身穿马裤、腰佩马刀，一副军事指挥员的威仪。灵武这一带，自古发生了不少征战，是兵家必争之地。安史之乱时，大诗人杜甫曾来过这一带，写下了描述塞外风光的诗篇。过去的征战，都是武官领兵击退外敌，而文官率兵打仗还是第一次，魏巍以自己的经历补写了这一笔。

上级的紧急命令，突然来到魏巍面前：土匪张廷芝率几百名骑兵流窜灵武，命令你团马上围剿。

这一天，团长到稻田地种稻子去了，魏巍立马率兵，集合了三个连队的骑兵，向敌兵欲经过的地点出发了。他骑着一匹枣红马，奔跑起来。沙漠上，响起阵阵的马蹄声，扬起一股股烟尘，好不威风。在奔腾的马队中，魏巍大声地向连长们下达战斗任务：

"一连向西边包抄，二连向东边包抄，掐断敌人的后路！三连跟我来，正面迎击他！"

任务明确，骑兵们似离弦的箭，呼啸着向前飞驰而去。

在茫茫的大沙漠戈壁上，他们奔驰了几百里，在韦州的王胡子台遭遇了敌人。一座无名山下，敌人放马草野，正打火做饭，沿山坡布满了杂乱的人马。魏巍见敌人"马放南山，刀枪入库"，正是围歼的好机会，他把枪一挥，大喊一声："冲啊！"首先闯入敌阵。

我军骑兵身在马上，刀枪并用，而敌人仓皇应战，直打得敌兵狼哭鬼嚎。枪击声，刀碰声，人喊声，马嘶声，乱作一团。一阵激战，敌人留下了六十来具尸体，逃向沙漠深处。

在大西北的战斗取得节节胜利的时候，我解放大军在东北、华北、华南等地也连奏捷报。敌人的丧钟敲响了，笼罩在华夏上空的乌云散去了。

这时的魏巍精神更加振作，他看到了一片光明正从东方升起来，照亮自己的全身。西北的战事平缓了，魏巍随军来到北平，他被调到总政治部宣传部，为战士们编写教材。无疑，这又是他一个不凡的履历。

在坑洼不平的街道上，他看到一个卖报的小孩儿，衣衫破烂，但水灵灵的大眼睛、清脆的卖报声，传递着我军胜利的喜讯。

他感到一股春风，从战争的边缘吹来，在人们的心里雀跃、展姿，共和国新生的日子不远了。

那样的时刻，那样的心情，魏巍忽然想起了杜甫的诗，便轻轻地低吟起来：

> 剑外忽传收蓟北，初闻涕泪满衣裳。
> 却看妻子愁何在，漫卷诗书喜欲狂。

白日放歌须纵酒，青春作伴好还乡。

即从巴峡穿巫峡，便下襄阳向洛阳。

是啊！解放的曙光已照耀北京的城头，难怪诗人联想得如此动情啊！

魏巍有一种推卸不掉的，神圣的，然而又是沉重的责任感。他的心头顿时像注入了一股新的血液、新的氧气，在流淌，在升腾。自然而然他想到了自己手中的笔。是的，应当把志愿军在朝鲜抗击美帝国主义的情况，告诉祖国各族人民，尽管不能确定写出惊天动地的不朽之作，但捎个信儿，让战士的父母们放心，这点儿总是可以办到的。

探索成长之路，解读智慧人生，本章内容，扫码收听。

第五章

谁是最可爱的人

落笔《谁是最可爱的人》

文学就是在生活的积淀中，从庞杂的事物中提取的那一缕光芒。他的脑子里翻腾着鸭绿江的浪花，演绎着朝鲜战场上志愿军趴冰卧雪的情景，又联想到人们经常说的亲爱的人、可爱的人，两相对照，他想到，我们的战士才是最可爱的人呀！

时间到了 1950 年，中华人民共和国诞生不久、百废待兴的时刻，一个不平常的严冬来了。雪花在另一个世界、另一片国土、另一番战火中飘落……

在抗美援朝的伟大壮举中，魏巍被中国人民志愿军可歌可泣的英雄事迹所感动，他决心为志愿军立传，掷地有声地喊出"谁是最可爱的人"。

《谁是最可爱的人》这篇文章的历史价值和深远影响是万众瞩目的，是感天动地的。

这是一个交织着大爱大恨却又严酷寒冷的冬天。

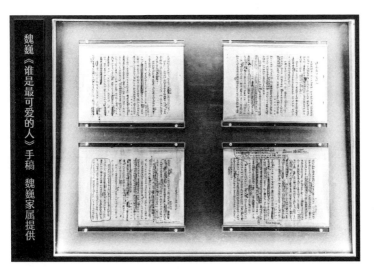

◎ 魏巍《谁是最可爱的人》手稿

东方，那个金达莱盛开的美丽的地方，美帝国主义的魔掌伸进去了，朝鲜战争爆发，战火烧到了鸭绿江边。不满一周岁的新中国，刚刚在摇篮里发出欢笑，就面临着被侵略的危险。

党中央做出果断抉择：抗美援朝，保家卫国！

那些腿上的泥土还没有洗净的农家子弟，那些衣服上满是油泥的普通工人，那些来不及收拾书包、留了"解放式"头发的青年男女学生，那些参加十四年抗日战争、三年解放战争的解放军老战士，背着他们的步枪和手榴弹，背着他们的母亲赶着送来的布鞋，带着破旧的电话机和刚刚发下来的朝鲜地图，拉着擦去红锈的老式山炮和野炮，布袋里装着还温热的炒面……

就是这样，英勇的中华儿女们，跨过了鸭绿江，展开了一场艰苦卓绝的战争。这时的魏巍已被调入中国人民解放军总政治部学校教育科任副科长。

美帝侵朝的消息传来，魏巍战斗的激情翻腾起来。他又想起晋察冀、西北战场上的岁月，那是在昨天刚刚发生又逝去的一幕哇！他很向往那样的战斗岁月。

寂静的北京城，在夜梦中睡去，一炷灯火燃亮在市中心的一座普通的小平房里，魏巍没有睡，他有熬夜的习惯，可是今夜夜已很深了。他催促爱人哄孩子先睡，自己却坐在木桌前，翻看当天的《人民日报》，那上面有朝鲜战况的最新报道。

这一年，他们的二女儿也来到人间，他们已是四口之家了。

那几天，爱人刘秋华看到魏巍的情绪很激愤，很少说话，眉头皱着，烟吸得也多起来。她已猜到是朝鲜战争触动了他，所以，她也不去干扰他，在魏巍哗哗翻纸的声中睡去了。等她早晨起来，刘秋华看到桌上摊着这样的诗稿：

> 当成吨的烧夷弹，
>
> 在朝鲜
>
> 飞腾起无边大火的时候，

同志们，
不要忘记——
朝鲜人和你蹲在一个战壕里
吃苦菜的那些日子。

你，听到炮声了吗？
青年人！

不要光知道幸福
不知道仇恨。

一颗美国子弹，
到今天，还包在我的血肉里呀！

我要带着它，
到鸭绿江的那岸去。

亲爱的志愿军，
要打，就要狠！

请用俘虏数字，
回答麦克阿瑟的野心。

瞄准！——

那些从华尔街来的

下流无耻的流氓们。

看，

他们正把火举向房檐，

刀上滴落着我们邻邦的血⋯⋯

　　刘秋华顿时体会到了一种情感，隐藏在一个人心中的、还没说出的情感，然而这种情感是强烈的。魏巍把这件事想得很强烈、很用心啦！

　　预料中的事情终于来了。

　　1950 年 12 月中旬，一天，魏巍回到他的半壁街家里，一改往日的沉郁，兴冲冲地对爱人说："我要赴朝了，后天就走。"

　　放下文件包、报纸，魏巍就去抱他的大姑娘魏欣，在屋子里来回转圈，高兴地说："爸爸是志愿军喽！到朝鲜打美国鬼子去喽！"

　　魏巍小声告诉刘秋华，这次出国除他外，还有新华社的同志、英国共产党的夏庇若同志。魏巍告别家人，匆匆登上北去的列车。

◎ 1950 年魏巍第一次入朝

1988 年 8 月，受黑龙江省国营农场总局的邀请，魏巍访问北大荒，这是他向往已久的土地。从北大荒到绥芬河的路途中，当魏巍看到眼前这片金黄的麦田时，他让司机停车，走向麦浪中间，笑容满面，亲吻着这片热土，心中怀有无限的豪情。

去往朝鲜的一路上，魏巍的心境总是那么不平静，想到新生的祖国，想到已突破"三八线"的侵略军，想到被敌人轰炸、备受欺凌的朝鲜人民，想到拿着旧式武器作战的志愿军战士……

魏巍深情地回忆起抗日战争中，与一位姓金的朝鲜战友在一起的时光。为了生活，他和金同志一起爬上悬崖挖野菜，在黑夜里手牵手互相搀扶着，走出死亡的影子，在危险的时刻金同志缠着白布袋、拿着手榴弹保护着自己。特别是金同志叫他懂得了什么是世界上最珍贵的东西。想到两个人相处的日子，又想着两个人相逢的幸福时刻，魏巍在心中情不自禁地喊着："老金，我同艰苦、共患难的战友，请你等着我吧！在不久的时候，鸭绿江就会看见你的老战友和你并着肩站在那燃烧着火光的地方！"

而夏庇若，充满了乐观，一路上说说笑笑，自称是"英国人民的志愿军"。正好，魏巍主动提出向夏庇若学习英语的请求，也许，到了朝鲜同美帝国主义打交道有用处。就这样，魏巍认真地学了一路，还从老夏那里，得到了一些国际知识。

经过几天的颠簸，魏巍一行怀着如火的心情，踏上了朝鲜的土地。那里已是寒风凌厉、战火纷飞的样子。他们每个人都想到最前线去看看，体验一下这不同于国内战争的新生活。于是，他们乘了一辆大卡车，向汉江奔驰而去。

为了更多地了解俘虏的情况，魏巍他们来到俘虏住的地方进行调查。这些俘虏当中，有些还是很反动的，手里虽然没有了武器，但思想仍然顽固不化。会议正在进行时，一个美军俘虏竟然当众解开了裤子，耍起赖来，发泄对志愿军的不满和抗议。魏巍看到这种现象，非常恼火，怒视着那个美国兵，大声呵斥道：

"把裤子系好！"

美国兵两眼直直地望着，被魏巍威严的气度震慑了，开始慢慢地往上拉裤子。

"这里不是你们美国，可以为所欲为；这里是文明的东方，是你们已成为中朝人民的俘虏的地方，你们要老老实实，不然，没有你们的好下场！"

魏巍以激愤的言辞，把那个耍赖的美国兵训斥了一顿，他老实了，乖乖地提好裤子，呆呆地坐在地上了，这绝对是一场无声的战斗，中国人的威严压倒了顽劣的敌人。

在完成对美军情况调查报告后，他们乘了一辆大卡车，向汉江奔驰而去。

寒冷的冬天，为汉江披上了冰衣，上面还洒上了一层白雪，前面的车开过去了，压碎了冰面，江水漫上冰层，遇到了危险。大家为司机出主意：加足马力，冲过去！在没有任何援助的情况下，只好"拼"一下。司机将车倒退十来米，"嗡——"加足了油，猛地一下像老虎下山一样，靠一股冲劲，过了汉江，只见车后的冰水卷起老高老高，江上的冰面裂开一道更大的口子。人们提到嗓子眼的心，一下子落了地。

　　到了汉城，魏巍一行人小憩一下，又往前开。中途遭特务暗算，当汽车后面着火时，魏巍和同行的同志竟然不知道，路旁的人发现了，朝他们鸣枪报警，才停下来，七手八脚地扑灭了火。原来是特务偷偷在他们的汽车屁股上放了柴草，又放了火。

　　"这狗日的，让我抓住非枪毙他不可！"

　　夜幕降临了，眼前一片黑暗。

　　曲折不平的山路，颠颠簸簸，战场上行车是不准开灯的，只有慢慢朝前摸。但汽车的声音在夜间格外响，嗡嗡地令人提心吊胆。魏巍和同行的人还说着笑话："若发明个不响的汽车就好了！"

　　汽车往前行驶着，方向对不对，谁也说不清。要知道，在这个陌生国土的漆黑的夜里，在这片战火烧焦的废墟上，根本找不到什么向导，只能凭借自己的经验分析路况。

　　魏巍越来越感到不对劲了，跑这么长时间怎么不见自己军队的监护哨呢？

　　"停一停，这里有块路标！"

　　魏巍首先跳下了车，走到路标前，打开手电筒一看是曲里拐弯的外国字，就喊同行的人仔细翻译。同行的翻译俯下身去一看，惊叫了一声："啊呀，糟了，是美军的路标，我们快到敌人的阵地上了。"

　　"刚才过来的地方，好像有条绳子，是不是就是一条界线？被咱们闯过来了。"

司机立马倒车，掉头往回开，边走边找，在不远的路上，果然有一条绳子，那就是两军阵地的界线。

魏巍既感慨又惊愕地说："呀！竟是一线之隔哟！危险！危险！本来是来了解敌军俘虏情况的，差点儿自己也当了俘虏，真悬哪！"

他们总算摸到了汉江南岸的阵地上，我军的一个师的指挥机关设在那里。

在汉江前线的日日夜夜里，魏巍每时每刻都处于昂奋、激动之中。不要说一场动人心魄的两军厮杀，艰苦卓绝的攻坚战，使他夜不能寐、辗转思忖，就是阵地上的一个弹壳、茅屋里的一声婴儿的哭声，也令他久久不能平静。他思索着眼前发生的这场战争的意义：

朝鲜是一个新生不久的国家，是我们的友邦。当他们受到外辱时，我们不怕打破自己的坛坛罐罐，毅然伸出友谊之手，这是何等伟大的胸怀和气概啊！国家要建设，朝鲜要援助，一方面抢锤头，一方面拼刺刀，两个战场的情景是何等的壮丽啊！这不正是新时代所需要的共产主义精神吗？

是啊，今天的东方，的的确确进行着一场前所未有的战争。在汉江南岸，魏巍亲眼看到，美帝国主义以20天的时间、9个多师的兵力，把山岭上的雪涂成了红色的，把树林变成高粱茬子一样的树桩，把长着茂草的原野烧得一

◎ 1952年魏巍在朝鲜战场和朝鲜儿童在一起　新华社发

片片乌黑，但却没有攻破汉城。原因何在？因为在敌人的面前，在汉江南岸的狭小的滩头阵地上，还有世界上勇敢无畏的人民军队，还有一批具有优秀品质、优良战术素养的英雄的战士们！

魏巍一次又一次地被我们的战士感动着，久久徘徊在阵地上，寻觅那壮烈的场景，寻回那震天的呐喊……

战斗是何等的激烈而艰苦啊！这儿的每一寸土地，都在反复地争夺。这儿的战士，嘴唇干裂了，耳朵震聋了，眼睛熬红了。然而，他们用干焦的嘴唇吞一口干炒面，咽一口雪；耳朵听不见，就用结满红丝的眼睛，在滚腾的硝烟里，不住地向前凝视。必要时，他们必须用被炮火损坏的枪把、刺刀、石头，把敌人打下去。这里的团、师的指挥员们，有时不得不在烧着大火的房子里，卷起地图转到另一间房子里去。这儿的电话员，每天几十次地去接被炮火击断的电话线。这里每一个指挥员的手表，不是一分钟一分钟地过，而是一秒钟一秒钟地度过。

在前沿一个掩蔽部里，寒风撕扯着墙壁，远方传来隐隐的枪声，魏巍坐在桌子前，访问一位刚刚从阵地上撤下来的战士辛九思。

前方的炮声还轰隆轰隆地响着，远处的山头上冒着硝烟，他们的谈话不时被炮声打断。

魏巍用手抚摸他受伤的肩膀，非常心疼这位只有22岁的英俊而可爱的战士，辛九思给他讲述着刚刚结束的一幕。

……傍晚，当他到前哨阵地反击敌人回来以后，回到自己排的阵地上，一场死亡的景象把他惊呆了。原来刚刚发生了一场反击战斗，那些战士还保持着投弹射击的姿势，但是，当他向战友们打招呼时，没有人回应。整个阵地只剩下王治成一个人。

那是一场多么残酷的战斗啊！敌人封锁了山下，断绝了我方的运输道路，饿了，就吃一口炒面；渴了，吃一口雪；子弹不多，就一个目标一个目标地打，直到坚守到敌人撤退……

说着，辛九思话题一转，说："这不算啥，我们排长王立春才是英雄哪，人家对祖国贡献有多大！他是立过5个大功的战斗英雄。这次，当他扑到敌人阵地上的时候，他看到有4个美国兵都把下半截身子装进睡袋里。他来不及等后面的同志，先打死了一个，用脚踏住了一个，两只手抓住另外两个家伙的头发，按了个嘴啃泥，一边狠狠地说：'中国人过去总是在你们的脚底下，今天，你们该低低头了！'两个家伙不懂他的话，只是翻着白眼……你看看咱们的同志，哪个不像小老虎呢？"

魏巍也跟着辛九思笑起来，笑声里自然饱含着对战士的颂扬，也有对敌人的蔑视。

"来，抽着！"辛九思吸着魏巍亲手为他点着的香烟，又说起了心中话。他说，他是最不爱流眼泪的人，小时候母亲把他卖给别人家，母亲哭成了泪人，可是他没掉一滴眼泪。这次到了朝鲜，他哭了，他为一个孩子失去了母亲哭，他为朝鲜的房屋被烧成灰烬哭。他想，要是美国鬼子打过鸭绿江，像这样地炸，像这样地烧，我们不也同样受苦吗？

辛九思结束他的谈话时，严肃地说："所以，当我们的部队一听说去反击敌人的时候，你不知道从哪里来的那股劲儿，就像春天头一回放青的马子一样，连缰绳都拉不住了，一个劲地往前蹿哪！"

辛九思，这位普通战士的谈话，久久在魏巍的脑子里回荡着，发酵着，甚至是燃烧着。像辛九思一样的战士们离开了自己的家乡，甘愿到朝鲜的国土上，潮湿的坑道里，炮火纷飞的阵地上，吃苦，煎熬，它说明了什么呢？自己作为党的宣传干部，称得上"人类灵魂的工程师"的作家，应该做点什么呢？

在路过一个团指挥所时，一位团长在和前沿阵地的哨所通电话，那电话里的内容，像磁石一样吸引住他，像电流一样触动了他。魏巍伫立在用木板支撑的简陋的透着大缝隙的指挥所外边，听着——

"你再说一遍，消灭了多少？120个敌人，嗯，还有3挺美式卡宾枪，一门炮，好啊！打得好啊！祝你们胜利！"

"团长，我们的粮食没有啦，只有炒面，还有阵地上的雪。但是，请首长放心，我们一定坚守到底，迎接大反击的到来！"

"知道啦！你们的精神可嘉，我一定通知保障分队，设法给你们送饭、送水去。"

"团长，你说，我们在这儿为国争光，祖国人民知道吗？"

"知道的，祖国人民会知道我们是怎样战胜敌人的，你们放心吧！"

大大小小浸着泪、黏着血的感人事件，时时刻刻都在感动着一颗心。

魏巍有一种推卸不掉的，神圣的，然而又是沉重的责任感。他的心头顿时像注入了一股新的血液、新的氧气，在流淌，在升腾。自然而然他想到了自己手中的笔。是的，应当把志愿军在朝鲜抗击美帝国主义的情况，告诉祖国各族人民，尽管不能确定写出惊天动地的不朽之作，但捎个信儿，让战士的父母们放心，这点儿总是可以办到的。

天上的一只鸿雁飞过去了，又一只鸿雁从汉江北岸飞过来，它那悠扬的鸣唱声，飞越密布的云层，穿过浓烈的硝烟，响彻峡谷田野，天下所有的人都能听见！

于是，魏巍深入前线，采访英雄，以一颗真诚的心，倾听着每一位战士的心声。

这时，同行的同志有事先回国了。魏巍独自进行他的采访活动，像在晋察冀战场、西北战场上一样，他的精神格外饱满，他走访了一个军又一个军，一个连队又一个连队。有多少感人的事迹呀，一次又一次使魏巍彻夜难眠。

在谈到为什么到朝鲜来时，一位来自城市的志愿军战士告诉魏巍说："我要是留恋后方生活，我就不出来。咱们的祖国如果也变成朝鲜这样子，一个村，一堆灰，平坦的马路不能走，把脸贴到地皮上钻洞、吃雪，我能忍心么？

我出国作战，就是为了我们的祖国能天天像赶集那么热闹，扭秧歌，打腰鼓，种田，唱歌，学文化，在马路上随便走！"

在前沿阵地的防空洞里，魏巍见到战士们吃一口炒面，就一口雪，就问他们："你不觉得苦吗？"那个战士乐观并且真诚地说："怎么不觉得呀，我们又不是神仙。不过，咱的光荣也就在这儿。"

魏巍从这些普通战士的谈话中，捕捉到了一种思想的光芒，一种精神的存在。他所要找的答案，正被回答着。

松骨峰战斗刚刚打过不久，或许，炮火的灰烬还未全消失，魏巍赶到这支英雄的部队。该营的营长以缓慢的声调、沉重的感情、含着泪水的语言，向他讲述了战斗的经过：

"……我军向敌后猛插，去切断军隅里敌人的逃路，恰在这时，我军与敌军在书堂站遭遇了，立即展开一场壮烈的搏斗。敌人的飞机和坦克都出动了。整个山顶被敌人的炮火掀翻了。我们的部队处于火海的包围之中，但我们的战士没有后退一步，子弹打光了，他们把枪往地下一摔，带着一身火向敌人扑去，把敌人死死抱住，让身上的火，也把占领阵地的敌人烧死。就这样，这场激战整整持续了八个小时。等战斗结束时，满山冈扔着机枪的零件。烈士们的遗体还保留着各种各样的作战姿势，其中有一个战士，嘴里还咬着敌人的半块耳朵……"

这是一场你死我活的决斗，只要有一口气，就要和敌人斗到底！

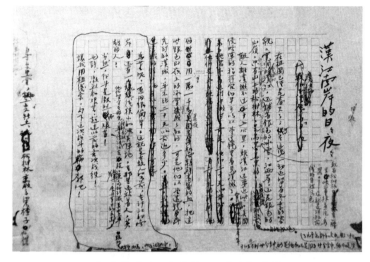

◎ 魏巍《汉江南岸的日日夜夜》手稿

魏巍还从一位叫马玉祥的战士坐在一起，听他讲了一段勇救朝鲜小孩的真实故事：一天，敌人的燃烧弹把阿妈妮的草房打着了，火又烈，烟又大，房子里传出一个小孩哇哇的哭叫声。马玉祥刚从阵地上下来，路过时遇上了，他像在祖国遇到险情一样，毫不犹豫地冲进房子里，大人已躺在血泊里。他踹开门，冒着满屋子的浓烟，忍着烈火灼烧的疼痛，抱起小孩就往外跑，救出了这个刚刚失去父母的小孩……

夜里，魏巍辗转难眠迷迷糊糊睡着了，他梦见了一场战斗，他大喊着："机枪手，快打！打！敌人冲上来了！打得好！你们才是最勇敢的人！"当他缓过神来，窗外月光在松树上摇曳着，那月光正映照在哨兵的背影上……

他一直在思索一个问题，这些冲锋陷阵的英雄战士是怎样的人啊？一些战斗的细节、一些战士的谈话总在脑海里盘旋，心里自己问自己：假若写不好他们，对得起那些吃一口炒面、吃一口雪的战友们吗？

当魏巍带着满身征尘，从朝鲜返回祖国时，已是1951年的岁首了。北京，这个刚刚震响过毛泽东主席"中国人民从此站起来了"的时代强音的城市，已处处弥漫着暖暖的春意了。

就在魏巍回国之后，他知道自己被调到解放军文艺社工作了，任副主编。这意味着他今后，就由业余写作转为专业写作了，又一个文学高峰等待着他攀登。

魏巍匆匆报了到，安置了一下，就一头扎进写不尽的素材里。北京城半壁店的小平房里，晚间的灯火总是那么明亮，白天，窗外的小鸟也不来打扰，魏巍像"钉"在凳子上一样，利用点滴时间赶写他的朝鲜见闻。

这时，朝鲜战场经历的那些事情又重新涌现在脑海里，较之以前有了明晰的顺序，重要的提问"他们是怎样的人"汇集成一种声音在耳边响起来。

文学就是积淀后从庞杂的事物中提取的那一缕光芒。魏巍的脑子里翻腾着鸭绿江的浪花，演绎着朝鲜战场上志愿军爬冰卧雪的情景，又联想到人们经常说的亲爱的人、可爱的人。魏巍想到：我们的战士才是最可爱的人呀！

一个久而未结的命题，瞬间定格了。

像婴儿落地那么自然，像旭日东升那么合理，又像大河归海那么顺畅。是灵感的一闪吗？不是，它是千千万万中国人心中共同的呼唤呀！

在稿纸上，他激动地写下"谁是最可爱的人"，随之，闸门打开了，涛飞浪涌般倾泻下来，流成一条色彩斑斓的大河。在那一瞬间，他找到了生命怒放的感觉，他的血脉偾张了，冲向无边的理想王国。

《谁是最可爱的人》这篇报告文学的诞生，魏巍几乎是一气呵成，他无须查阅材料，所有的情节都刻在脑子里，像一股激情冲击着他的心灵，传导到他的笔端，真是不吐不快呀！

他放下手中微微颤抖的笔时，心中无限清爽、愉悦，浑身像卸掉几十斤重的大石那样轻松，有一种从来未有的成就感。

是的，作者的自我感觉是正确的，没有一点儿夸大和虚设。在这里，所有的情节都来自火热的战争，所有的文字都是自然的流淌。那些文字站立着，呼喊着，是虹，是火，是雷，在眼前，奔泻向前！

第二天一大早，魏巍怀着激动又忐忑的心情，把文稿交到社长宋之的手上。

社长兼总编的宋之的，是位文学老将，他早年求学于北平大学法学院。1932 年，宋之的参加中国左翼戏剧家联

◎ 魏巍亲笔写下《谁是最可爱的人》

盟并领导新地剧社、大地剧社。在抗日战争期间，宋之的率领剧社赴战区演出，创作了《黄浦江边》《国家至上》《八百壮士》等剧目，曾受到周恩来总理的器重。宋之的在当时的文学界、戏剧界有很广泛的影响。

他几乎一口气就读完了这篇文章，看得出他一脸的喜色，又是满怀的激动。他兴奋地说："这篇稿子写得好！尤其是标题'谁是最可爱的人'回答了全国人民的心声，情节也非常生动感人！快送出去！"

很快，由他转给了《人民日报》。

送走这篇文章后，魏巍天天怀着一种不安的心绪。尽管不像初学写作的人那样，对"处女作"万分珍惜，但毕竟是他精心创作的产儿。谁知道《人民日报》的编辑们怎么看呢？

三天后的4月11日下午，人们像往常一样上班工作，魏巍并没有发现有大事要发生。就在大家忙碌的时候，通讯员走进来，兴奋地喊道：

"快看啊！《人民日报》上有大文章！头版的位置……"

人们拥上前，翻开报纸时，首先看到了这篇文章。有的人喊出"魏巍《谁是最可爱的人》发表了！"

同事们争相传看，不同的是，这篇文章破天荒地放在了第一版，以往发社论的位置。魏巍完全出乎意料，没有想到这样的结果，脸上有些害羞，更多的是激动。

事后有人告诉魏巍，是邓拓决定这么发的，他看了文章很激动，说好几年没见着这样的好文章了。

是的，《人民日报》是党中央的机关报，一般的作品不会刊登在第一版，《谁是最可爱的人》刊在一版头条的位置，说明它不是一般的重要，是重中之重！决定人邓拓，也绝对是具有独特政治眼光的人。

邓拓可是位响当当的重量级人物，他是杰出的新闻工作者、政论家、杂文家、诗人。1944 年 5 月，邓拓曾主持编辑历史上第一部《毛泽东选集》；1949 年 2 月，他曾协助彭真、赵毅敏等人一起审定《人民日报》（北平版）创刊号。受到邓拓的肯定和推荐，魏巍觉得是一件很荣耀的事情。

这个简直是爆炸性的新闻传遍角角落落。《谁是最可爱的人》几乎在同一个时间里，平平展展地放在千百万读者面前，又几乎在同一个时间里，千百万读者都在传递一句话："谁是最可爱的人？"如果说"魏巍"这个名字，

◎ 1951 年 4 月 11 日《谁是最可爱的人》发表在
《人民日报》的头版位置

最早被晋察冀人民所知，此时，"魏巍"这个名字可以说蜚声文坛，乃至全国。

在这个轰动全国的事情面前，魏巍本人一直认为：不是我的文章写得多么好、艺术水平多么高，是文章说出了人民想要说的话罢了。

犹如春雷炸开的声音，响彻家家户户。

作家丁玲看到了，她马上写文章，推崇《谁是最可爱的人》。她说："魏巍是钻进了这些可尊敬的人们的灵魂里面，并且同自己的灵魂融合在一块，以无穷的感动与爱，娓娓地道出这灵魂深处所包含的一切感觉。因此，他所歌颂的人，就非常清晰、亲切地贴在人心上，使人兴起，使人上进，使人愿意把自己的思想感情提高一步，向着这些最可爱的人们靠近。这就是有教育意义的好作品，这就是有'思想性'的好作品。"

丁玲还说："魏巍同志给了我和许多人以喜悦，但更多的喜悦将源源而来，我们的文艺创作将成为春天花园中的茂盛的花朵，充分地带着新鲜的气象和战斗的精神。"丁玲在文章的结尾，一再强调说明："《谁是最可爱的人》和魏巍的另一篇《冬天和春天》，这是好的，是好的里面的两篇。既然是好的，我就全部拥护它。"

随着《谁是最可爱的人》发表，魏巍迎来了一个好消息，在北京王府井，《人民日报》编辑部的会议室里，专门为《谁是最可爱的人》发表召开了座谈会，以特殊的方式款待了魏巍。社长邓拓亲自主持了会议。邓拓特别高兴，兴奋里夹带着掩饰不住的喜悦。他用眼睛扫视着来自各个报刊的记者和专家们，好似要向大家揭示一个秘密。邓拓首先朗诵起来：

在朝鲜的每一天，我都被一些东西感动着；我的思想感情的潮水，在放纵奔流着；我想把一切东西都告诉给我祖国的朋友们。但我最急于告诉你们的，是我思想感情的一段重要经历，这就是：我越来越深刻地感觉到谁是我们最可爱的人！

谁是我们最可爱的人呢？我们的战士，我感到他们是最可爱的人。

读到这里，邓拓收住了。大家发现，在他多皱的眼角上含着闪闪的泪花。

邓拓放下手中的报纸，对在座的同志们说："这篇文章写得很好，这个稿子我第一次读时，一下子就抓住了我。我说它好，是它喊出了抗美援朝战争中最能震撼人们心灵的最强音——'谁是最可爱的人'，它表达了我们这个时代对志愿军战士最崇高的奖赏，表达出广大人民，包括我们在座的对志愿军战士最热烈、最恰如其分的赞誉。"

接着，邓拓又将魏巍介绍给大家。

几十双眼睛同时扫视过来，在大家面前站起来的竟是戴了一副近视镜、个头适中、穿着一身草绿色军装的、31岁的青年军人。此时，魏巍有些不好意思，双手不知往何处放，同志们向他投来了赞许的目光，他顿时感觉脸上热辣辣的，白皙的脸上腾起两片火烧云。

邓拓说："我们是老相识了。魏巍在晋察冀时就写过很多作品，长诗《黎明风景》曾得过鲁迅文艺奖，对了，他写诗的笔名叫'红杨树'，'红杨树'就是魏巍同志！"

此时，邓拓提高嗓音说："下面，先请魏巍同志介绍写作体会！大家欢迎！"

说实话，魏巍不愿意说些什么，他觉得写出这篇文章对他来说，是件简单的事情，不可多加张扬。但既然上讲台了，也不得不将心里话、真实的话吐露出来。他用浓重的河南家乡口音，和大家倾谈起来：

"'谁是最可爱的人'这个主题，是我很久以来就在脑子里翻腾着的一个主题。也就是说，是我内心感情的长期积累。我在部队里时间比较长，对战士有这样一种感情，觉得我们的战士是最可爱的人。每当我和他们坐在一起，不知道为什么，我就觉得满心眼儿地高兴。

"那么，该怎样表现这一主题呢？首先，我希图追求最具本质的东西。在朝鲜，我脑子里经常想着一个问题：我们的战士，为什么那样英勇呢？就硬是不怕死呵！那种高度的英雄气概是从什么地方来的呢？为了找答案，我谈了好多话，开了好多座谈会。我细细跟他们谈，让他们把心里的话谈出来。……我了解到，他们由于锻炼与认识的不同，虽然有些差异，但是都有着共同的一点，即对于伟大祖国的爱，对朝鲜人民深刻的同情，和在这个思想基础上产生的革命英雄主义。于是，我了解了在党的教育下这种伟大深厚的爱国主义与国际主义的思想感情，就是我们战士英勇无畏的最基本的动力。我想，这不是最具本质的东西吗？……我肯定了它。我一定要反映它。我毫不怀疑。一切其他枝节性的、片面性的、偶然性的东西，都不能改变我对这个问题的认识。"

随着魏巍的知名度和影响力不断扩大，他更加繁忙起来，很多人请他作报告、演讲，中山公园还召开了四五千人的群众大会，请他讲朝鲜见闻，讲"最可爱的人"的故事，一时，魏巍成了"最可爱的人"的化身了，请他签名的、给他赠诗赠礼物的，每到一地，应接不暇。可以这样说，在祖国的各地掀起了一阵"魏巍热"。

4月下旬，《谁是最可爱的人》传到朝鲜整个战场，某部的前线快报上头版转载了它，战士们在坑道里、掩蔽部里、指挥所里，争相传阅。"最可爱的人"的呼唤沸腾在朝鲜战场的每个角落。战士们说，这五个字是我们这个时代所创造的所有新名词、新成语中最美丽的一个。

《谁是最可爱的人》的发表，瞬间轰动了全国，自然也传到了中南海。宋之的同志为魏巍带来了喜讯，他说，朱总司令看过了，说："写得好！很好！"毛泽东主席看后，指示印发全军！

这是何等的喜讯啊！一篇青年作者的文章，竟然得到伟大领袖毛主席的首肯，这是多么大的荣耀。魏巍热泪盈眶，他握紧拳头，准备向更高的文学高峰冲刺！

让魏巍没想到的是，又一个惊喜朝他走来。

不久，第二届全国文代会在北京人民大会堂隆重举行。魏巍作为代表就坐在台下，他在聚精会神聆听周恩来总理的报告，周总理大声告诫广大文艺工作者说："我们就是要写工农兵中的优秀人物，写他们中间的理想人物。魏巍同志所写的《谁是最可爱的人》，就是这种类型的歌颂。它感动了千百万读者，鼓舞了前方的战士。我们就是要刻画这些典型的人物来推动社会前进。同时，我们的理想主义，应该是现实主义的理想主义；我们的现实主义，是理想的现实主义。革命的现实主义和革命的理想主义结合起来，就是社会主义现实主义。"

这时，周总理停下大声问道："魏巍同志来了没有？请站起来，我要认识一下这位朋友！"大家的目光聚焦在一位青年军官的身上，魏巍从沉醉中惊醒，他肃然起立，向大家致意，一身军装衬托着他青春的面容，更显得英武潇洒。

周总理接着说："我感谢你为我们子弟兵取了个'最可爱的人'这样一个称号！"

《谁是最可爱的人》为什么赢得了广泛的赞誉呢？我

◎ 《谁是最可爱的人》不同版本

以为，作者长期坚持创作，忠实地遵循生活原型，真挚地诉说感人的故事，找到了社会人心所向的共鸣点，从而，文艺作品传承的精神成为一个时代的符号，被一个时代所记忆。

魏巍自己也说："很多人问我，你是怎么想到'谁是最可爱的人'这个问题的？其实很简单，生活在解放初那个时代的人，平时最时髦的谈吐，就是'亲爱的''可爱的'，是那个时间段的人走出压迫的黑暗，进入光明之后的感情流露，同时，中国人民志愿军正是人们关注的焦点，我把它转移到志愿军身上，就找到了社会主流的本质。"

荣誉与成功，永远是路径的一个记号，未来尚远。

魏巍沐浴着从四面八方吹来的春风，身上感到阵阵的暖意，他迎着太阳向东方走去，走向更广阔的天地。他知道古老的东方有一条巨龙，那条巨龙叫中国。他永远是祖国忠诚的儿子，为东方的未来而献身，是他一生的夙愿！

《东方》史诗，摘取"茅盾文学奖"桂冠

《谁是最可爱的人》像一波铺天盖地的热浪，席卷着每个中国人的心，这发自内心的呼喊声，遍布着角角落落，成了军人们的骄傲，更是中国人的无上光荣。它所包含的内容，是一个民族的意志所向，是一曲国际主义和爱国主义的赞歌。

魏巍没被鲜花和掌声冲昏头脑，他沉下心来研究新的创作，又卷起一股冲天的豪气。

也许是在一个清晨，当春天的鸟儿衔来第一缕阳光时；也许是在一个黄昏，最后一片晚霞在大河中溅落时；也许是在一个星夜，流星划过浩渺的长天时……

魏巍决心创作一个长篇，反映伟大的抗美援朝战争。

最初，魏巍和往常一首诗的警句诞生时一样，情绪的波澜溢于言表，连走路的步子都加快了速度。他先和爱人刘秋华透露了消息，并客气地请她当"参谋"。因为他的

腹稿要涉及浓郁生活气息的河北农村。

他面对摆在桌面上的，已经发表的几篇朝鲜战地通讯，曾自我责备着："光写几篇通讯不够，还有许许多多英雄人物和其他人物没有表现出来，战争的进程也没有表现出来，前方后方的关系、战争本身的意义还没有表现出来，只写这几篇，微不足道啊！"

延安保卫战的历史功绩激发了杜鹏程，诞生了《保卫延安》；土地革命的洪流感奋了周立波，出现了《暴风骤雨》；东北战场的剿匪斗争触动了曲波，《林海雪原》问世；晋察冀土改运动的风云，触发了丁玲的心弦，诞生了《太阳照在桑干河上》。顿时，魏巍脑海里飞升出一团红光，在东边，亚洲的大地上，屹立起一尊英雄雕像，"东方，雄立的东方"，他脱口而出。他暗自叩问自己：难道抗美援朝的伟大斗争，就不能产生《东方》吗？

于是，魏巍加快了脚步。

一天夜里，魏巍迷迷糊糊怎么也睡不着，当他进入睡眠时竟然做了个梦，他钻进火药味十足的坑道里，背枪的李玉安来了，笑着给他递苹果，马玉祥背着一桶水，呼吸急促地哈着热气，站在他面前。这时，只听一声爆炸声"嘭！"，魏巍大喊着"趴下！快趴下！"梦醒了。爱人刘秋华问他："老魏！老魏！怎么啦？"魏巍翻了个身："梦到朝鲜去了……"

1951年10月，魏巍参加了中国作家协会组织的访苏代

◎ 1952年夏，魏巍二次赴朝与战斗英雄合影（自左至右：刘光子、王永章、魏巍、郭恩志、李蕤、李满）

表团，在友谊美好的气氛中，度过了难忘的时光。1952年的春天，魏巍精神十足，做好了准备，决定重访朝鲜，踏上那片热土，寻找英雄的足迹。

他确信："文学是生活的反映，是生活艺术的反映，理论也反映生活，但是手段不一样。没有生活就没有艺术，这个观点什么时候都是正确的。"

他感慨："要写一部长篇，它要容纳多少生活呀，要容纳很多的生活，甚至你这个人一辈子的生活。……要写一部长篇，可以说要动用全部的生活库存。"

这是他第二次到朝鲜，一落脚就感到久违了的亲切。朝鲜的 6 月，大地葱郁，满山遍野的花开了，封冻的水溪也活跃起来，泛着绿浪。他走到溪水边上，伏下身去捧一捧水，喝了起来，一股家乡的味道涌上心头。他高声喊道："阿妈妮，我又回来了……"

他这样写道：

在近一年时间里，我访问了两个军、志愿军总部、兵站、医院、炮兵、工兵、高炮阵地，还在一个营部和连的阵地上住了一个月。此外，还访问了朝鲜人民军和朝鲜人民以及战时的平壤城。我所以进行这样大量的活动，因为我们的文学作品是要具体地描绘生活，作家应当是用语言的画家，像画家那样去写生。

怀着这样一个目的，他义无反顾地走下去，走下去，一口气、一个意志、一个心思，在朝鲜又把自己投入到这片血与火的土地上，与它共欢乐、共甘苦、共分享战火中血色的时光。

在我军的一五五七高地上，魏巍住了一个月，在狭窄的一张床都放不下的掩蔽部里，连队为他腾出铺位，和副连长梁青山住在一块儿。他惊奇地发现坑道口挂着个警铃。战士们神秘地告诉他："敌人如果晚上摸进来，可以用它报警。"

◎ 1952年魏巍（右）在朝鲜三登野战医院访问
志愿军模范护士罗克贤　新华社发

他结识的侦察连长"高标子"，生得虎头虎脑的，有点大大咧咧的性格，一见魏巍就许下愿："首长，下一次行动，我一定给你架照相机。"

要想了解我们的战士，最好到战地医院去，那里的情形，可以说是战场精神的再现。魏巍访问那里时，曾感动得落下泪来。你听吧，一个伤员喊着："指导员，我对不起你呀，阵地我没守住呀……"又一个伤员喊："快冲啊！抓活的，不要让鬼子跑掉。"

而那些女护士的精神，也令人感动。魏巍访问过模范护士刘秀珍、于桂芝、罗克贤。刘秀珍给他讲述了洪水中救伤员的事情。夏天，山洪咆哮着闯进村庄，唯一逃生的方法是上树。就是这些姑娘们，在洪水里一趟又一趟地背伤员，一个推，一个拽。就这样，一百多名轻伤员和九十多名重伤员都送上了树，医疗器材也装上箱子上了树。女护士们在树上给伤员安顿好坐处，箱子什物一嘟噜一串地吊挂着……那情景实在令人心酸呀！

魏巍还听到这些十八九岁的女护士们，是怎样克服羞臊去为伤员接大小便，把伤员冻伤的脚抱进怀里的真实故事。

他躲在堑壕里，仔细观察过炮兵战士打炮的情景，他们打到激烈时，光着膀子，大声喊着："为祖国，开炮！""为祖国，开炮！"声音一个比一个响。喊声中，一发发炮弹飞向敌阵，浓烟遮没了他们的身影，炮身不停地抖动证明他们的存在。

工兵官兵给魏巍的印象是：不大爱说话，但他们的手很巧，把驻地收拾得干干净净、井井有条，打起坑道来，浑身都是劲。工兵常常要在限定的很短的时间内要打通很长的坑道，要和敌人抢时间。一次，在 8 个小时内就打断了 45 根钢钎，可是才打进去 45 公分，战士们手上的虎口都震裂了。

他在朝鲜的首都——平壤，访问了那里的人民。他登上这个城市仅剩下的一幢楼房，眺望了战云笼罩的牡丹峰，那里有我们的高射炮兵守卫着。好端端的平壤城呵，被敌人炸成一片废墟，就在这一片废墟上，魏巍见到了一位勇敢的卫士——姜英子，姑娘的英勇精神给他留下了难忘的印象。当她正执勤时，敌机来轰炸了，她躲也不躲，勇敢地站在岗位上，监视敌机的行动。炸弹在她身边较远的地方爆炸了，气浪把她抛起来，又掉在房上，她一骨碌爬起来，继续在房顶上瞭望。

有一件事，令他终生难忘。就是有机会在朝鲜战场上又遇上他在晋察冀熟悉的一位战斗英雄——邓仕均，可惜，他已长眠在朝鲜的国土上了。有一天，魏巍骑着一匹黑马到一个连队去，饲养员告诉他，这就是老战斗英雄、团长邓仕均同志生前骑的那匹马。这匹黑马跟邓仕均同志好多年了。他骑在这匹马上，思绪万千，想着邓仕均同志战斗的一生，心里阵阵酸楚，对敌人更加仇恨了。

…………

多少可爱的英雄儿女呀！多么动人心魄的英雄事迹呀！多么宏伟的战争画卷哪！

从这些染着硝烟味、浸着血与泪的素材里，魏巍看到了他们的身影：郭祥、杨雪、邓军、周仆、乔大夯、齐堆、王大发、刘大顺、徐芳……

七个月的战地生活后，魏巍回来了。但他紧锁的眉头没有舒展，动手写作《东方》的计划还没有全部把握，虽然已有了粗略的构思，但他并没有一下子扎在桌面上写他的长篇故事，只是又写了《挤垮它》等几篇通讯，就暂时放起来了。他虽然信心满满，但进入宏大叙事，驰骋三千里江山，构建一部气势浩大的长篇小说，心里仍有不少顾虑。

在饭桌上，他曾和爱人刘秋华说起过他的思虑：这么大的战争，没有后方支援是不行的，《东方》必须写前方后方两个战场，齐头并进，互为支援才行。刘秋华也觉得有道理。一切战争若没有后方强大的支援，战争也迈不开脚步。尤其是志愿军，他们身后必然少不了家庭、后方的支持，而这种支持既是爱国的，又有国际的意义。

那阵子，魏巍纠缠在矛盾中。后方写什么？写工厂？写农村？一时拿不定主意。这个问题，日夜围绕着魏巍，他辗转反侧，在脑子里不断思考。

"到地方去！"主意就这么决定了。魏巍觉得小说中要写农民的子弟，写工人的子弟。农民生活可以靠自己的积累，而自己对工人没有更多的了解，作为共产党员对于自己为之奋斗的阶级应当有些感性的了解才对。

下工厂，不为镀金，从铁锤击打的声音里，倾听语言的一种美。

于是，魏巍选定了北京附近的长辛店二七机车车辆厂，在那儿担任了一个车间的党支部副书记。选定这个工厂的原因，还因为副厂长黄英夫同志是晋察冀二分区曾参加过长征的老干部。黄英夫非常热情，专门在工厂集体宿舍的楼角上，腾出一间房，虽然狭小，这里就是一个临时的"家"，他喜欢得不得了。

他知道，在这个拥有一百多年历史，又具有优秀革命

◎ 1954年魏巍在长辛店二七机车车辆厂体验生活,与二七大罢工老工人左士俊(中),钱小惠(左一)合影

斗争传统的工厂里生活,不能说不是一种幸运。他可以和那些亲历过二七大罢工的老工人、当过纠察队员的老革命促膝谈心了;他可以看到那些破旧的火车头经工人智慧的改造,重新跑上闪亮的铁轨了。

魏巍把自己看成了一个真正的工人,他穿着一身工人蓝色工作服,走在那些工人的行列里,与工人们一同上下班;他习惯用胳肢窝里夹个饭碗,与工人一起到食堂吃饭。一有工夫,魏巍还和那些爱玩的青年工人们打把扑克、下盘象棋;工厂里有老工人逝世了,他也一同参加追悼会;工厂里有姑娘小伙儿结婚了,他也赶去送上贺礼,表表自己的心意。很快，魏巍和工人兄弟彻底交上朋友了。

二七大罢工的光辉历史，很快装进了他的脑子，融在他的血液里了。

在这里，魏巍认识了阿英的儿子钱小惠同志，钱小惠对这个工厂的历史十分熟悉，也有创作的冲动。两个人一拍即合，随之也就产生了创作二七大罢工斗争题材作品的打算。魏巍把这一次创作，看作是为写《东方》的一次练兵。因为材料掌握得充分，感性的东西也多，所以两人合作的电影小说《红色的风暴》很快脱稿了。

创作一旦打开闸门，就有出乎意料的好事发生。《红色的风暴》脱稿后，《邓中夏传》也要开始创作了。邓中夏的爱人夏明，几次来找，说写邓中夏的传记"非他莫属"。盛情难却，魏巍只好放下《东方》的写作准备工作。这回，还是和钱小惠同志合作，人民出版社派来女编辑李琪树"督战"，于是，他们打点行装，长驱南下。当然，写邓中夏要涉及中国革命的方方面面，也是对生活的一种积累。

这是一次非常有意义的寻访。他们下武汉，到南昌，走上海，上南京，访问了和邓中夏接触过的近百人，参观了邓中夏当年办夜校的旧址、邓中夏在上海搞工人运动时住过的楼房、关押邓中夏的监狱、邓中夏与爱人夏明对质的法庭、邓中夏当年遇害的雨花台。邓中夏成为魏巍艺术创作中又一个高大威严的人物。

邓中夏这位工人运动的领袖，给魏巍留下了深刻的印象。在黑云压城的革命危急关头，邓中夏曾预言"三十年后，中国革命一定成功"；在敌人严刑拷打的面前，邓中夏义正词严、面不改色："即使把我邓中夏化成灰，我也是一名共产党员！"邓中夏始终坚持共产党人的本色，保持着共产党人的初心使命。

在南方，魏巍与钱小惠东奔西跑了半年，等他们满载而归时，北京已是寒气袭人的隆冬了。

就在这次寻访时，在上海市委档案里发现了一份 20 世纪 20 年代某年的会议记录，其中记载了关于茅盾的、使魏巍很感兴趣的事。回京后，他们决定写信给茅盾，要求接见。茅盾很快应允。当魏巍和钱小惠来到茅盾的家里时，茅盾刚送走一批客人，接着就很高兴地和他们谈话。茅盾坐在沙发上，穿一件黑大衣，戴一顶土耳其式的皮帽子，精力很充沛，不慌不忙地说着话。

开始，魏巍把在上海这件事向茅盾做了汇报，魏巍说："这次收集邓中夏的材料到了上海，看到档案材料上有这样一件事，不知道茅公记得不？"

茅盾说："也许记得，也许忘了，你说说看。"

魏巍继续说下去："当时白色恐怖很厉害，开一次会很困难。有一天，在预定的开会时间，只到了您和中夏两个人，对吧？"

茅盾笑笑说："这件具体的事不记得了，不过我肯定是同他一起开过几次会的。"

"那天的记录上这样写着，"魏巍极力回忆原话："本日因仅到雁冰、中夏两人，无法举行会议，只好改为个别商谈。"

提到邓中夏，茅盾充满赞美地说：

"中夏这人非常能干，很坚强，又很细致，做事从不鲁莽。他是多方面的，不但善于搞工人运动、学生运动，还善于搞统一战线。他的讲话很有鼓动性，还能写东西，新诗旧诗都行，真是多才多艺。"

茅盾又接着说："开会那件事我记不得了，但我还记得这样一件事，有一次他跟我说，要介绍林伯渠入党，说他对林很熟，我说，我只见过一面，既然你熟，你就作介绍人吧！"

说起邓中夏办上海大学来，茅盾更加兴奋，他说："中夏早就跟我熟了，办上海大学，他是总务长，瞿秋白是教务长，我在文学系还兼两个钟头的课。这个大学原先是个野鸡大学，经过中夏和同志们的努力，后来就变成一个革命大学了。"

那天，茅盾同志很高兴，还给他们谈了不少党初期的活动情况。他讲，上海的共产主义小组成立时，他就是小组的成员。党成立后，中央开会多半在他家里。他在商务印书馆编《消息报》，国外来的东西，都由他转给党中央。

和茅盾的见面，魏巍终生难忘。茅盾不仅对《邓中夏传》的写作提供了宝贵的意见，也让魏巍更多地了解到一个作

◎ 1954年魏巍在二七厂与钱小惠（《邓中夏传》《红色的风暴》合作者）合影

家与革命、与党的血肉联系。

《邓中夏传》已经付印了，魏巍和钱小惠商量，书名请茅盾来题，因为他的书法刚劲秀逸，魏巍非常喜欢。茅盾欣然提笔，清秀挺拔的毛笔字落在纸上，在场的人无不内心沸腾。

当魏巍对工人阶级的过去和现在有了底数时，他把思想的触角转向农村，又来到了当年哺育过自己的河北农村，探访他久别的亲人了，这个选择可以说没费多少思索，是自然形成的结果。在离开晋察冀的时日里，他无数次地思念起与他患难与共的穿着破衣烂衫的乡亲，曾经掩护他的生命、隐藏他的身影的青纱帐，给他以诗情文思的青山碧水……

那是 1955 年的初冬，冀中大地银装素裹，凛冽的朔风卷起一团团雪雾，天还下着雪，一朵朵洁白的绒花儿密密匝匝、飘飘洒洒，好似漫天飞舞的玉蝶。魏巍欣赏着，体味着，心中有说不出的惬意。在他的视线里，展开着一幅北方农村的冬景：冰雪掩埋的大道上行走着一辆辆拉货的骡马车，广袤的原野里仍有勤劳的人们在劳动着。在这片古老的土地上，农业合作化的新芽正破土萌发，风雪呼啸声里可以听到那阵春潮般的奔涌，可以看到一股不可抵挡的热气在大地上微微升腾。魏巍按捺不住一阵阵激动。

魏巍这次回"第二故乡"，同行的还有爱人刘秋华，自然，她也是几年没回安平老家了，心情格外激动，随身带的，除了给"官大妈"和乡亲们买的北京糕点等稀罕物之外，还带来一辆自行车——公家发的，当然是破旧的，魏巍将骑着它走访乡邻们。

太阳压山时，他们在固城下了火车，一阵冷风吹来，身上一阵寒噤。没走几步，迎面碰上拉脚的，已有几个提包抱孩子的妇女围在那里向车夫讨价还价。魏巍走过去，问道：

"拉一趟多少钱？"

那个戴着毡帽、袖着双手的车夫说："7 万！"

魏巍笑了笑，推车便走。

"6 万！"那车夫马上降了价。

魏巍回过身来，摆摆手，继续朝前走。

"3万！"车夫没等魏巍还价，大声说："你这脚我拉定了！"说罢，扬鞭调车。

实际上魏巍不是为自己争价，而是为了那几个背大包、抱孩子的妇女，她们一年到头养鸡纺线，攒几个钱不容易呀！

骡车走动了，车上坐着的几个妇女哈哈笑着，掩好衣服，躲避着迎面吹来的冷风，眼光里流露出对魏巍的感激。她们觉得眼前这个戴眼镜的壮实男人不一般，但也不知道叫他什么才好。她们哪里知道，这位戴眼镜的同志就是为她们的家乡解放，曾睡过她们的热土炕，就是写出《谁是最可爱的人》的那位大作家呢！她们哪里知道，那位身穿小翻领制服，留一头短发、为一位大嫂抱着她心爱的孩子的年轻妇女，就是当过家乡妇女自卫队指导员，和她们一同喝大清河水长大的同胞姊妹呢！

赶车的汉子和妇女们说着冬天里的话，什么多冷呀，下雪啦，麦子丰收啦，而魏巍的心里却对故乡描摹起来：以往走过的堤坝还是老样子吧，碧绿的荷塘里种了更多的莲藕吧！藏过身的那个山洞一定还在，说不定头枕睡觉的那块石头还原封不动地在那里呢！一分区的旧房子不知谁住了，那间朝西的厢房里，我曾和多名同志谈过理想、谈过诗，油灯下我们曾油印的小报不知还在吗？

魏巍归乡心切的心情，转到"官大妈"身上，那是一位多好的革命老妈妈啊！这次来，事先没写信，给她个"突然袭击"，她一定高兴呢！

突然，一声鞭响，随着赶车人"吁"的一声，那骡子突然停住了。赶车汉子说："到喽！到家喽！"

人们跳下车，已是掌灯时分，寒风里吹来一股股做饭烧火的蒿草味。

这里还没到魏巍他们要去的小先王村，在一个农村小客店里，两人睡在冰凉的苇席上，凑合了一宿，第二天一早，就奔"官大妈"的家门去了。

秫秸架的篱笆小院里，很安静，只有几只鸡在院子里追逐啄食，不时扑打着翅膀。一进院门，魏巍就看见了门框上贴的关于"合作化"的对联。新时期的步伐已迈进了农家小院里了。

走进几步没有动静，秋华着急，先朝屋里喊了声："大娘，在家吗？"

"官大妈"和孙子、老伴正在屋子里歇着，听到喊声，立马下炕，听声音是来了生人。当魏巍、秋华挑开门帘进了屋子时，"官大妈"高兴得连鞋都忘了穿，一把拉住他俩的手，眼泪汪汪地说："是你们俩呀，真是的，冷不？快上炕暖暖和和。"光说话，"官大妈"却不撒手，"这两天我的眼睛老跳，一早儿门帘还打卷来着，我琢磨着有事，可没想到是你们来呀！"

"娘，您老的身子挺壮实吧？大爷也挺硬朗吧！"魏巍对"官大妈"还是以前的称呼，"娘"字里却满含着一片爱母之情。

"壮实，壮实，解放了，眼下又搞'合作化'，大娘的日子一天天好过了，身子骨儿没病没灾的。"

等人们坐定，大家一起吃着脆香的花生、甜蜜的红枣，还有刚从房顶上取回来的红薯干，唠着家常。"官大妈"又想起了往事。大妈清楚地记得和魏巍最后一次见面的时间，那是1947年夏天，打保（定）北战役时，大妈领着一帮人到前线慰劳部队，在容城还给魏巍留下5个鸡蛋，自打那以后，一别就是五六年。

"官大妈"说："你们刚走那阵儿，心里像缺点什么，连做梦都梦见和同志们钻地道哩！"

大妈说："这回回来了，秋华也到家了，你们就多住几天啊！"

第二天，"官大妈"去赶集，特意买来几条鱼，她看到秋华穿的是皮棉鞋，怕冻脚，又扯了尺半黑鞋布，要亲手为秋华做双布棉鞋。

刚刚翻身的农民，生活还不富裕，中午生火做饭时，"官大妈"贴着心对魏巍说："给你们藏了几斤白面，留了几斤鸡蛋，晌午饭吃烙饼、炒鸡蛋、煎鱼。"

这顿充满喜剧情节的中午饭，给魏巍留下了难以忘怀的印象。当要做鱼时，大家发现鱼竟然被猫叼走了。"官大妈"、儿子、孙子、老伴、媳妇兵分几路追鱼，围追

◎ 1956年魏巍与"官大妈"再次合影

堵截，聚歼顽敌。猫的淘气行为，却给这顿团圆饭增添了乐趣，带来了一股欢乐的气氛。

　　说话间，大家都离不开合作化这个主题。那时，魏巍就对农村合作化满腔热情，想积极参与其中。他想，《东方》的构思离不开它。所以，他自觉地在农村做动员工作，按照党的政策，亲自动手干起来了。"官大妈"自然成了魏巍的得力助手和积极分子。

在小先王村，魏巍本着"先党内后党外，先干部后党员"的原则，一户户说通，一个党员一个党员地做工作，像动员支前一样，跑酸了腿，磨破了嘴，拉着、拽着农民们走向富裕的道路。

群众说支部书记赵锦章"在外是书记，在家是奴隶"，他是个"倒插门的女婿"，阻力主要来自绰号"老国太"的丈母娘。魏巍在他家看到，三间平房墙上的泥皮都掉了，椽子熏得黝黑，家里没啥值钱的玩意儿。盖不起牲口棚，三间房养牛占去一间，老少三辈挤在另一间房里。魏巍知道"病根儿"在那个大娘身上，他多次去劝说，但都碰壁回来了。

"官大妈"说："那老娘子是个'顺毛驴'，你得顺着她说。等明儿黑夜，我陪你一起去。"

那天晚上，魏巍和"官大妈"坐在"老国太"的炕头上，先不提入社的事，先唠了很多家常话。老人家一肚子埋怨，目标主要是赵锦章，她说："你看他在外像个人似的，在家里一针扎不出血来。人家都孝敬丈母娘，可他呀，连个肉包子没吃过他的。叫一声妈，我也高兴啊，可他……"

"官大妈"也就随着她说："是啊，这个赵锦章是嘴硬，本来是丈母娘嘛，叫妈是理所应当的嘛！"

老人家说："有病还抽烟，有那工夫整治整治洼里的地也好啊，可他横竖不摸……他呀……"

有时魏巍也插上几句，就这么一唱一和地说了半天赵锦章的不是。最后，该转入正题了，魏巍说："我看你老家的日子也不富裕，入了合作社，日子会好起来的。你老就带个头吧！"

在党支部的领导下，魏巍协助村里开了几次入社动员大会。功夫不负有心人，百十人的小村总算动员起来了，群众的力量终于拧成一股绳。

在安平县许家庄的这段经历，也令人记忆犹新。许家庄以前是个佃户村，有着良好的群众基础。抗日战争时，魏巍曾几次出入这一带，上了岁数的还认识他。小青年们得知他就是那个写《谁是最可爱的人》的作家，更爱接近他。这个村没有姓魏的，觉得他这个名字很新奇，竟和逗老鹰时喂喂的发声联系起来，见面就开着玩笑呼他"喂老鹰"。百姓那朴素的感情，让魏巍倒觉得很舒坦。

许家庄在魏巍面前展开的，又是一片崭新的天地，他发现一种共产主义精神的萌芽，在一代新农民身上发育着，是那样的鲜活、可爱。

那是一位叫小契的贫农，他热情地拉着魏巍到家里做客，还把自己舍不得抽的"关东烟"给魏巍抽。魏巍发现他家的门楼很特别，只有一座孤零零的门楼，而院墙没有了，魏巍称它是走遍天下没见过的独一无二的门楼。

小契说："去年春上垒猪圈拆了一个豁子，打算日后补上，后来，老许头垒鸡窝没砖，就借给他三十；二小子家娶媳妇盖房，我给他五十，就这么拆来拆去，把两堵墙拆完了。"

一个翻了身的新农民形象，就这么生动地出现了。

可是，在许家庄附近的另一个村庄，魏巍却看到了另一种景象，他非常难过。从这里一户贫民的浮沉变迁，魏巍深深地认识到了小农经济的弱点，它像汪洋大海中的一叶小舟，经不起风吹浪打呀！

这个叫小偏的中年农民还认得魏巍哩。当魏巍走进他家那空荡荡的小院时，小偏一把拉住魏巍的手，哽咽着半晌说不出话来。魏巍的眼圈也红了。

魏巍想起了往事。

1944年冬天，魏巍开完晋察冀边区第二届群英会回来，曾路过小偏家里。那时他父亲虽然做豆腐，但还不能维持全家的生活。由于敌人的经济封锁，安平一带没有火柴，凡是到那里去的人都要背几斤硫黄，卖给老百姓当火柴用。一个偶然的机会，魏巍来到小偏家借宿，小偏的父亲很热情地留下魏巍。

老人尽管生活困难，还为魏巍烙了饼、做了萝卜炖豆腐。临走时，魏巍把卖硫黄的五百块边币送给了老人，让他做豆腐本钱。

土地改革那年，一次，魏巍来安平，又到了这位老人家里。虽隔四五年光景，但情景不一样了，他家分了土地，搬进了新分的房子，小偏也娶了媳妇，院墙是夹着齐展展一般高的秫秸篱笆，院里院外干干净净，屋里摆着红漆大立柜，还增添了不少新家具。爷儿俩过日子的心气非常盛。当时魏巍曾为他们高兴过、祝福过，可是，这回魏巍来，却不是以往的情形了，眼前发生的一切竟使魏巍不知所措起来。

魏巍环视着这个好似落荒的家：院子周围的篱笆没有了，到处扔着破鞋、烂布；屋子里那个大立柜掉了一条腿，用砖头支撑着，很不像过日子的样子。

魏巍问小偏："怎么落到这种地步哇？"

小偏丧气地说："命不好哇！那年我家在南岗子种了二亩瓜，瓜长得倒不赖，我爹就在地里搭了瓜棚，白日黑夜睡在那儿，因为地里潮，爹的腿上生了脓疮，竟长到小碗那么大，滴脓拉水的，在炕上躺了几个月，光请医生抓药，就欠下好几百块钱，后来，把地也卖了，直到爹死，拉的债还没还清。"

魏巍在安平农村，看到了什么呢？

他在日记里这样写道：

在安平农村看到和听到的，一方面，是小农经济的脆弱，是两极分化的趋势；另一方面，则是贫下中农走社会主义道路的决心和骨气，是党对他们的领导和教育。

魏巍力图对这些有个更全面、更深刻的认识，所以，他又专程来到全国最有名的饶阳县五公村耿长锁农业合作社去了。魏巍和耿长锁成了好朋友。

一个崭新的构思已经在他脑际有了越来越清晰的轮廓：小说应当有这样一个主人公，他性格幽默，聪明果敢，英勇中夹杂着"嘎"气，他来往于敌我之间，令敌人胆寒，为同志所爱，他有众口称赞的优点，也有点可爱的"小毛病"。书中应有个大娘的形象，她不仅朴实，而且勤劳善良，这个大娘可以集所有"子弟兵母亲"的特点，但又独具风采。有一个团长，他从小参军，最后牺牲在朝鲜战场上。还应有青年妇女的形象，对了，起初是农村姑娘，自愿参军到了朝鲜，她有一段曲折的恋爱故事，最后成为一位女英雄。这部作品还有一串儿其他人物……

小说以抗美援朝为背景，要写出作战的全局面貌，让花轱辘马车在乡村大道上奔驰，描绘那冀中平原上如画如诗的秋景，对话要运用浓郁生活气息的河北农村语言……

高尔基说："要写一部对时代充分了解的大部头长篇小说，就要懂得许多东西……研究这个时代，需要认真钻研和长久的时间。"不是吗？魏巍正是如此地探索着，而且是坚韧地、孜孜不倦地探索着。

"勇士镇守在东方""这里是今天的东方""巨人屹立在东方"，这个多次出现在魏巍作品里的名字，就这样浓墨重彩地写在了第一页稿纸上：《东方》。

1959 年初，营区的夜风呼呼地吹着，旋起来的树叶、乱纸，沙沙地响，哼着冬夜的最后一首歌。魏巍的《东方》正式动笔了，这晚并不顺利，洁白的稿纸上只写了 600 个字，拥塞在他脑子里的千军万马，碰碰撞撞，排不成队，集不成行，而且还缺点东西，比如中华人民共和国成立初期的阶级状况，对抗美援朝这一举动的反响，似乎小说里的那个作为反面人物刻画的角色，思想脉络还不太清晰！

　　早晨起来，和团里干部在一起吃饭，那些领兵打仗，最爱听文学上的新闻消息的团长、政委、参谋、干事们，打探战果："老魏，昨晚怎么样？打过鸭绿江了吧？"魏巍面有难色地打着哈哈："出师不利，刚刚过了山海关！"

◎ 魏巍身体尚未恢复，在二六八医院续写《东方》

后来，魏巍谈到在这部长篇写作之初，周围有人曾怀疑过："老魏，行吗？"

魏巍并不受疑心者的影响，有时会没事似的和大家聚在一起，谈天说地。可到了写作的时候，魏巍就会躲进屋里半天，半天也不出来。他在默默地耕耘，像一个农夫整日忙着锄地拔草、施肥浇水，但从来不在别人面前夸自己的庄稼，而是笑眯眯地望着绿油油的田野，让冒尖儿的粮食去展示一个人的劳动成果。

日后，魏巍通过组织帮助，到邢台人民法院借来一大摞卷宗，展示那里活生生的社会百态，卷宗里记载着这样一个反动地主的言行：走了个"口上口"，来了个"天上天"。"口上口"是"日"，"天上天"是"美"，意思是赶走了日本鬼子，又来了美国鬼。他们认为变天的时机到了，嘿！小说里正需要一个地主，看这个八字胡老头，听说朝鲜打仗了，而且打到鸭绿江边了，自以为共产党要垮台了，找到分了他房子、土地的农民，进屋就收拾房子，摸摸窗户门框，阴阳怪气地说："把这屋子看好，过两天我儿子娶媳妇要住，那块楼板怎么坏了？过两天要木匠修补修补，省得我费事了。"要把他写进去，不过还单薄了点，还应有别的什么情节。比如这位地主是个杀人不眨眼的坏东西，抗日时，他夹着尾巴跑到县城里去了，可是日本鬼子一投降，国民党一来，他又当了县长，当了还乡团，坑害了许多人。朝鲜战争前，他装得挺老实，见人点头哈腰的，仗一打起来，他摇身一变，走在街上步子慢慢的，脖子梗着，见人阴阳怪气地笑。

地主应该有他自己编造的言论：朝鲜打成血胡同了，世界大战就要爆发了！美国人说话就过来了！

地主养尊处优，都干些什么呢？魏巍的脑子里一闪：养鹰，这符合北方农村的特点，这样还可以和主人翁挂起钩来，主人翁就叫郭祥吧。打死地主家的鹰，逃出来，引出一串故事来。

鹰，怎么养啊？"鹰，怎么样养？可讲究了。"副团长佟友三就有这方面的知识，他曾亲眼看到家乡的大地主驾鹰出猎的阵势。佟副团长向魏巍描绘了一番。

于是，地主的名字也有了，腹稿上这样记着：

谢香斋在前面骑着一匹雪白大马。他兄弟谢清斋坐着一辆两套骡子的轿车。骡子带着满脖子的铜铃，双双地响着。后面跟着六个长工把式，每人的袖子上都套着皮筒子，站着一只大鹰。其中有三只黄鹰，三只"秃葫芦"，全戴着精致的小皮帽子，还垂着两个小皮耳朵。一到村外就在田里一字儿摆开，白马走在正中，不管是谁家的田、谁家的地，就这么平推着践踏过去。……

待到《东方》第一章《故乡》写成，他首先将故事，不，将整部作品的座基定在冀中，当一辆花轱辘马车行进在秋天的田野上的时候，便将本书的主人翁——郭祥介绍给读者了，因为首先出现的人物最重要。

他想检验一下"社会效果"，把团干部们请到一起，请他们先品评一番。魏巍开始读起来：

平原9月，要算最好的季节。春天里，风沙大，就是桃杏花也落有细沙。冬景天，那紫微微的烟村也可爱，但那无边平野，总是显得空旷。一到青纱帐起，白云满天，整个平原就是一片望不到边的滚滚绿海。一座座村镇，就像漂浮在海上的绿岛似的。可是最好的还要算秋季。谷子黄了，高粱红了，棒子拖着长须，像是游击战争年代平原人铁矛上飘拂的红缨。秋风一吹，飘飘飒飒，这无边无涯的平原，就像排满了我们欢腾呐喊的兵团！

魏巍慢慢地读着，眼光不时从眼镜上方扫视一下他的听众，观察他们脸上的表情，又接着读下去：

现在有一辆花轱辘马车，正行进在秋天的田野上，老远就听见它那有韵节的车声。细小的铜铃声也很清脆。

屋里很静，有的停止了吸烟，当魏巍读完第一章时，大家伸着耳朵还想听第二章、第三章。是的，效果不错，最大的安慰莫过于读者欢乐的期待。

在那间安静的，生了火炉的小屋里，魏巍继续写下去，随着火炉的噼啪声，他心爱的人物一个个活现出来。

郭祥这个人物在魏巍的笔下活灵活现，是魏巍"捏"合了现实生活中多个人物的"合成品"。前半身是魏巍写过通讯的那个晋察冀有名的战斗英雄燕嘎子——燕秀峰，后半身是魏巍三次入朝采访到的那些可歌可泣的英雄人物。

"应该把郭祥写成这样一个英雄人物！"魏巍握着手中的钢笔，思忖着、编织着《东方》中的各个人物……郭祥回到阔别13年的家乡，看到地主谢清斋抢走母亲土改时分的小红箱子，立刻找谢清斋算账。战场上，机智灵活，趁乌云遮月的短暂时间，指挥部队抢渡大同江，歼灭了敌人。清平里战斗，他单枪打飞机，缚龙里带着火扑向敌人。他和杨雪有一段曲折的爱情故事，起初两人本来是青梅竹马，后来杨雪上当受骗，爱上了另一个人，他忍痛吞下这颗"苦果"。

郭祥在最后一次战斗中负了重伤，而杨雪又在一次抢救朝鲜儿童时牺牲，他躺在担架上到杨雪的墓前奠别，插上一枝杨雪生前喜爱的金达莱鲜花……

看来，情节挺顺畅，对郭祥的矛盾心理还要细致深入地描写，他这样规劝着自己。

魏巍笔下的杨大妈，就"穿了好几个大娘的衣服"，她的人物形象也是好几个人物的"合成品"。真实生活中的"官大妈"刘大娟，"冀中子弟兵的母亲"李杏阁，都是魏巍熟悉的人物，写起来真是得心应手。

魏巍为杨大妈设定了这样的身世：

她因生活无奈，12岁来到凤凰堡的地主谢香斋家抵债。几年之后，她出众的外貌引起了谢老头子的歹心，想纳她做小，她不从，就在一天深夜逃走。第二天被谢家抓回，找来三五个打手，将她的上衣扒掉，用点着的香烧她的胸脯。光棍一人的杨大伯，那时35岁，凑钱将她赎回，以后两人成了亲，虽然两人上下差十五六岁，但她也就同意了，中间她后悔过，但日子舒心了，又有儿又有女的，就过吧。再往后，杨大妈就积极参加抗美援朝运动，组织妇女做前线慰问品，组织群众除奸防特，到合作化时期，杨大妈又成了办公社的带头人。

还有《东方》中对陆希荣这个人物的塑造，魏巍费尽了心思：

他有一副高高的身躯，长着一个三寸不烂之舌，眨着善于察言观色的眼睛。他背着个人主义的包袱，钻进革命队伍里之后，穷尽吹拍、诡辩之能事，不仅博得团长邓军、政委周朴的信任，而且得到杨雪——那个冀中农村长大的女护士的欢心。

西北战场刚刚结束战斗，陆希荣就进出杨柳镇一个皮毛商的客厅，在酒花之间和商人的姨太太、女儿，打得火热。资产阶级的香气，冲破了他的意志大堤，倾心于女人、幸福、小家庭。

太原登城，他一反常态，表现很积极，是为当上团参谋长。战斗结束提升的不是他，而是三营营长雷华，他的情绪一下降了十八度。

抗美援朝战场上，他眼看胜利了，更加贪生怕死起来，向缚龙里穿插的时候，他消极对抗上级的指示，他畏缩不前还动摇军心。

清平里防御战中，郭祥眼看敌人的飞机开枪开炮伤亡我方20多个战友，开枪打下了敌人的飞机，陆希荣借"违犯战场纪律"之名，颠倒是非，把20个战友的伤亡说成是因敌人对开枪的报复造成的结果。

这是魏巍设计的《另一个"围歼"》一章里的情节。陆希荣那张投其所好、见机行事、善变强词的嘴脸，在魏巍的笔下活灵活现，连他本人写着，写着，也更加激愤。

魏巍说："这个人物，也是从生活中接触到这类人物后才形成的，我写这个人物的基本构思，用一句话来说，就是写个人主义的毁灭！"

魏巍并没有让陆希荣被党开除一解众愤，而是让他最后投入资本家的怀抱，自己走上自伤叛党的道路！

有的人说，像陆希荣那样的人不该让他得到那样的"幸福"，应该让他后来的生活更惨才解气。魏巍觉得那样处理落了"善有善报、恶有恶果"的俗套。其实，这种结局也是生活中常有的。陆希荣的丑恶已经被正义纯洁的人们在心里宣判了"无期徒刑"！

郭洋一踏进大妈的院子，果然听见屋子里一片欢笑声，有一种素日少有的欢乐气氛。

大妈在门口扫见郭祥，满脸是笑地说："嘎子快来！看看是谁回来了！"

郭祥往屋里一看，望着一个女同志苗条的后影，她裸露着两只圆圆的黝黑的长臂，正弯着腰儿洗头。短袖的白衬衣，煞在绿色的军裤里，脚上穿着一双鲜亮的白帆布胶鞋。

一听郭祥来了，她用手巾把脸一蒙，咯咯地笑着……

这是在《消息》一章中，为郭祥和杨雪的故乡相逢描绘的画面，淡淡的几笔，勾勒出一个天真活泼、淳朴无瑕的农村出身的女战士形象。魏巍非常满意，他很喜欢这个人物，因为在人民军队的队伍里，他曾见过而且研究过很多类似的形象。

魏巍为她设计了这样一个轮廓：

杨雪淳朴天真，一度倾心于能言善辩的陆希荣，被他爱情上的"诱敌深入""一举歼灭"的战术所征服；而对于钟爱她的童年伙伴，竟然没有一点儿依恋不舍，她就天真可爱到这种地步。生活当中陆希荣逐步暴露出真面目后，她一方面痛恨自己，一方面更将全部的身心，投入正义战争的洪流之中。她回过头来再看郭祥，觉得他是一块真金，心中有他，无悔地爱着他。

魏巍的设计没有到此停止，而是突如其来地让杨雪在一次敌机轰炸时，为抢救小英子而壮烈牺牲。这段曲折、令人惋惜的爱情故事，在人们心中久久回荡。

郭祥养伤从医院回来，手里拿着杨雪临终时赠给他的笔记本，心潮澎湃，思绪如麻。

这时，魏巍的创作思绪彻底打开，一如将诗情涛飞浪卷——

大海正起早潮。暗绿色的海水，卷起城墙一样高的巨浪狂涌过来，那阵势真像千万匹奔腾的战马，向着敌人冲锋陷阵。当它涌到岸边时，不断发出激越的沉雷一般的浪声。郭祥望着大海，默默地想着他少年时的伙伴，他的同志和战友的一生。他仿佛看见这个矫健的女战士，短发上戴着军帽，背着红十字包，面含微笑，英姿勃勃地踏着波浪向他走来，对他亲切地说："嘎子哥！你在这儿傻待着干什么呀？我是一个贫农的女儿，一个人民的战士，一个共产党员，今天我所做的，不过是自己应尽的一份责任罢了。有什么可伤心的呢？你自己不是也常说，为普天下的劳苦大众流血牺牲是我们的本分吗？……只要你在战场上多杀敌人，为被害的人民报仇，使人民早日得到解放，那就是我的心愿了。……嘎子哥，快快回营去吧！……"

当魏巍将一大摞稿纸捆扎成三大本，送给人民文学出版社时，他暂时松了口气。在长久的不安与等待中，终于传来消息：终审通过，马上付印。

《东方》横空出世，为当时的文坛平添了几许清风，读者中盛传着，评价它是一部描写抗美援朝的全景之作，一百年后，有人要了解抗美援朝，必须读《东方》。

众望所归，1982 年，《东方》以无可争议的优秀，获得第一届茅盾文学奖。要知道，茅盾文学奖是目前中国具有最高荣誉的文学奖项之一。国家把颁发典礼放在人民大会堂举行，可见国家之重视、规格之高。

喜讯传来，魏巍心里很淡定。他像战士一边擦拭自己的钢枪，一边遥望飘扬的军旗一样，心潮翻腾，却又十分冷静。他懂得，文学是一场远征，征服了一座高峰，又一座高峰又在召唤，作家的道路，无止境可言。

丁玲说："《东方》是一部史诗式的小说，它是写中国人民志愿军在抗美援朝战争中创造的宏伟业绩，是一幅绚丽多彩的画卷，是一座雕塑了各种不同形象的英雄人物的丰碑。""魏巍同志不是在故纸堆里寻章摘句，主观铺陈，或者反复从已有的戏剧形式中来再现生活。他是从他的长期战斗生涯中提炼出他的人物、生活、情操……表现了一个时代的最精粹、最本质的东西。"

她专门写信给一位青年读者，推荐《东方》是一部耐读、发人深省、笔触细腻又深刻感人的长篇小说，要了解战争，了解战争中的人，了解特殊境遇下的友谊、爱情，

◎ 人民文学出版社出版的魏巍作品《东方》

体会其中的深义就应该读《东方》。

刘白羽在1982年军事题材文学创作座谈会上说："《东方》为我国当代军事文学的创作打开了崭新的局面。《东方》对军事文学的拓展，体现在结构安排、矛盾揭示及人物塑造等诸多方面，《东方》的构思，体现了作者的高瞻远瞩，较之以往的同类作品具有开拓的意义。"

正如《东方》所写："对于一个革命部队来说，胜利就是欢乐，是部队生活的维他命。没有胜利，就如同树林困于干旱，那缺少水分的树叶，就要蔫达达地垂下头来；而有了胜利，即使有很大伤亡，也依然郁郁葱葱，像披着春雨含笑。"

　　《东方》成功了，叫好声一片，不同的人群，不同的感受，化作文字，装成信封向魏巍飞来，他却十分平静，他的目光投向远方，向更高的山峰挺进，他不会停止向前的脚步。

祝福，走向生活的人们

　　和石油战线的朋友交往，是一次偶然，时间追溯到1955 年，北京石油地质学校第一批毕业生出发勘探的前夕，师生们觉得在走向新生活的时刻，应当请《谁是最可爱的人》作者魏巍，为大家做一次战前动员。

　　一天，一封请柬送到魏巍面前，是几千颗燃烧着烈火的心，怀着出征的美好憧憬，向魏巍发出邀请的。"北京石油地质学校首届毕业生……"魏巍拿着邀请信，默默念叨着，考虑着应该给这群石油尖兵们谈点什么。他又习惯地在办公室踱着步子，那些远的、近的、杂乱的、零碎的材料排成队，到他的笔下慢慢集合了。

　　这群青年学生们，毋庸置疑的是《谁是最可爱的人》的读者，同时，也是在青年中刚刚开展过的"什么是幸福"大讨论的参加者，当然，魏巍应《中国青年》编辑部邀请做了总结性的文章《幸福的花为勇士而开》，他们也一定

◎ 魏巍和石油学院的学生在一起

读过。

　　这是发生在新中国成立初期的事件，围绕着"两个阶级的幸福观"的讨论，深入到每个青年人的心里。可以说，为这一代青年改变建国之初的落后状态，开创一个崭新的社会主义新时期，奠定了牢固的思想基础。作为中国新民主主义青年团中央委员、全国民主青年联合会副主席的魏巍，责无旁贷地应诺了《中国青年》编辑部的重托，热情地参加了议论，他结合自己的个人经历，翻阅了大量的反映青年思想动态的材料，写了上面的文章，发表在《中国青年》第23期上。

　　它像一声嘹亮的号角，集合了追求幸福、努力向上的青年朋友。一时间，写给魏巍的信从祖国的四面八方飞来……那些日子里，在青年人当中像谈论《谁是最可爱的人》一样，那样热烈，那样激昂，那样由衷。魏巍每每想起，心中就激荡起不平静的波浪。

在无数封火辣辣、情切切的来信中，有这样一封，它是东北一个煤矿工人写的："你的文章不但有美丽的词句、美丽的外形，而更主要的是有美丽的心灵、伟大的思想，这些都深深地感染了我、教育了我，照亮了我的心，解开了我思想上最苦恼的一环。……你说，'一个人应该努力去开拓这个美丽的精神世界，让它丰富宽广起来，让它发出火光和音乐一般的声响'，而我过去的精神世界呢？……津津于个人的小成就，日夜所思虑的不外乎个人、个人……个人的家庭，个人的婚姻，个人的工资，简直成了个人主义者。……你的这一声警钟敲得多响，让我睁开了睡眼，回到了集体，开始接触幸福的边缘，叫我怎么感激你呢？"

像这样的来信，魏巍收了很多封，每一封信都有一个声音、一个形象，为他带来幸福和思索。

一批清华大学的学生，开始时对分配他们的工作不满意，认为画图和实验员工作简单枯燥，看了魏巍的文章后来信说："我懂得了什么是幸福，我的工作是幸福的，我热爱我的工作，也就更热爱眼前的生活。"

有一封来自西北牧区姑娘的信写道："你的文章是那么强有力地吸引、感染、教育着我……它曾鼓舞我克服了多少困难啊！……我感到自己的工作是有趣的、有意义的，当人民需要我在这里，即使这里零下100℃，我还是感到温暖，即使太阳晒干了我，我也不感到热，因为在这里，我可以尽我所能地为人民工作，的确，这种滋味是难以形容的。"

一颗颗心敞开着，飞向幸福，飞向祖国所需要的地方，飞向他们的知心朋友。确实，在青年人心目中，魏巍是值得他们信赖的。

1955年5月24日，魏巍走进美丽的校园，站在一群青春活泼的青年人中间，做了《祝福走向生活的人们》的讲话，那场讲话激情四射，足足感染了所有的人。魏巍来到那群渴望他到来的石油尖兵中间。会场是严肃而活泼的，一双双闪光的眼睛看着他，静听他黄河水般雄浑、有力的谈话：

勘探队员们，年轻的朋友们！你们在整装待发，准备走向远方。……你们将要到遥远的戈壁滩，到吐鲁番，到柴达木，到酒泉和四川去了。你们将要同你们留恋的北京告别，同天安门告别，同你们的学校生活告别。我向你们，出征的战士们，深深地祝福！

会场上很安静，魏巍看到眼前充满青春朝气的人海，听到自己的声音在扩音器的喇叭里震响。魏巍为青年们描绘了一幅这样的图画：

生活，假若拿走路作比的话，你是行走在山地，而不是行走在平原。平原，一马平川，即使有一丘、一壑，也看得清清楚楚，走起来轻松省力，但也平淡无趣。而山地却不大相同：时而有开花的山谷，时而有唱歌的溪水，但却不是没有悬崖、绝壁，不是没有恶兽、风险。……可见，所谓走向生活，那意思就是说，走向斗争。

一位女青年从台下走来，递给魏巍一个字条，魏巍打开后，是一首诗，他大声地朗诵着：

我是勘探队员，
我是青年团员，
…………
今天，我们长了翅膀，
要想飞得最高最远：
飞向柴达木、飞向吐鲁番，
但分到了酒泉、四川，
也大笑得鼻孔朝天！

显然，这首诗的突然出现，为会场增添了互动的气氛，大家立时活跃起来，人们纷纷把眼光投向递字条的这位女

◎ 魏巍（前排左四）同江汉石油学院的学生们留影　丁炳才摄

学生身上。女学生叫赵陵龄，是应届毕业生。大家感谢她道出了共同的心声。

亲历这次讲话的同志告诉魏巍，这次的演讲非常成功，它对青年人又是一次强烈的震撼。从此魏巍与石油战线结下了持续数十年的友谊。为了报答他们的热情，也是他心中所向，就有了后来两次石油战线之行，西抵天山塔里木盆地，东至黄河口，实现了他多年的心愿。

1955年的第11期《中国青年》杂志上，以《祝福走向生活的人们》为题，发表了这次讲演的内容。魏巍又一次听到了远山的回声。

这件事，对魏巍来说，也是对自己思想的一次"大检阅"，他帮助青年们树立正确的人生观、不惧艰苦的同时，也是进一步警诫自己摆正个人利益和集体利益的位置。

2005 年秋，魏巍在八大处家中。此时已 85
岁的他，白发白眉，慈爱的眼神中透露出些许
期冀。他的外孙李唯同，看到姥爷穿上白衬衣、
新外套，很是精神，一时兴起，拍下了这张照片。
不经意间，为历史留下了一个青春不老的记忆。

◎ 2005 年秋，魏巍在八大处家中，外孙李唯同摄

当那股蓬勃的朝气鼓荡在他的心里时，当那群石油尖兵肩负希望奔赴祖国待开发的土地时，当祖国正摆脱贫困向繁荣昌盛进军时，国际上刮起了动荡的风云，平静的生活不平静了。

1953 年，斯大林逝世了，悲痛中又夹进来自匈牙利暴乱的枪声，这一切，不能不影响到中国，不能不震撼魏巍的心灵。魏巍走在街头，仔细观察过人们的表情，在各种集会时，留意人们的谈吐，在阅览报纸时，认真分析社论、消息的内容，逐渐，魏巍的心里揣摩到一种东西，和以往不一样的东西。

似乎，在中国的上空，笼罩了一层乌云，真是啊，"风乍起，吹皱一池春水"。刚刚兴起的蓬勃的经济建设形势，刚刚砌筑的建设祖国的思想堡垒，面临着一场风暴的考验。

魏巍思索了很多。

这场来自国际的、国内的风云，首先，影响到上层建筑中的敏感神经——文艺战线。

随之，一场关于反"公式化、概念化"的创作倾向的大讨论，在文艺界展开了。比如，有些作品脱离社会现实，过度粉饰现实生活……魏巍心想：一个国家，当它步入正轨时，需要逐步理顺政治的、经济的、文化的、法律的各种关系，及时总结，及时调整，才能不断推向前进。

中国作家协会第二次理事会，为此专门召开了会议。会上大家各抒己见，但魏巍的发言却发人深省。

首先，魏巍说了个"眼前"的话，他反对"公式化、概念化"，从他自身做起，讨论发言不念稿子，怎么想的就怎么说。

　　的确，魏巍没带任何文字材料，在那么多名家、学者面前，谈出了自己的认识，有几段话是很精彩的。他给这"两化"界定了这样的定义："公式化、概念化正是主观主义与教条主义在文学艺术上的特殊表现形态。……公式化、概念化并不是现实主义的幼稚阶段，也不是现实主义的近邻，甚至于也不是现实主义的远方儿孙！"

　　魏巍认为，不熟悉生活和缺乏艺术经验不是脱离现实主义的根本原因，其根本原因是作者对待现实生活的态度。他强调说："作者是真正忠实现实生活呢，或者现实生活只不过是作者手中可以任意左右的玩物。对于一个现实主义的作家，尤其是革命现实主义的革命作家来说，他首先就要给自己订一条鲜明的不可动摇的法律。这就是无限忠实于生活的真实，尽毕生之力鞠躬尽瘁地获取生活的真实，就像我们忠实于党，忠实于人民，忠实于自己的国家一样。在我们的手里，现实生活是我们庄严的、严峻的工作对象，而决不能是也可以这样、也可以那样地随意轻侮的东西。作家的党性决不是由肤浅的、廉价的口号来体现的，深刻体现党性的是作品的高度的、历史的真实。"

　　对于写作中不敢正视矛盾和冲突的现象，魏巍也谈了自己的看法："我认为这种现象是缺少革命热情甚至是对人民缺少信心的一种表现。我们的党是久经考验的党，我们的人民是闯过狂风大浪、闯过无数在当时看起来是无法克服的困难的人民。……我们既敢作大胆、热情的歌颂，也敢作有利于人民的大胆的和热情的批评！"

发言的语调是缓慢的，锋芒是犀利的，这时魏巍年仅36岁，却表现出政治上、艺术上的成熟。

饭桌上，魏巍和孩子们吃着饭。上学的大女儿说："爸爸，学校里规定开运动会时一律穿蓝色的运动服，白色的运动鞋，可是，很多同学买不起，他们不参加了。"

魏巍随声应和着："没运动衣就不穿呗，为啥一定要穿？"

"学校的规定啊！"

"你们学校也在搞不实在的东西……"

魏巍放下碗筷，自言自语着，责怪着，心里感慨着：刚刚成立的国家啊，人民还穷啊！

一天，多年不见的老战友钟仁标突然来了。当这位当年强渡大渡河的机枪射手、老一团的红军战士站在魏巍面前时，竟是这样的模样：洗得发白的旧军装，领子、肩上都补着补丁，一双布鞋歪歪扭扭，有一只鞋底似乎开了线。多皱的脸上那双眼睛像布了一层雾，背驼了，一双茧手粗糙得像树枝子。

魏巍一家人热情地招待了他。秋华特意上街买来鱼和肉，尽心宽解这位老战友的愁怀。

吃饭中，魏巍了解了老钟的情况。钟仁标解甲归田，在山西的一个供销社当秤员，每月有 27 元工资，养活五口之家，生活困难啊！

魏巍将老钟的情况向上级反映后，和刘秋华商量，临走时给了老钟 50 块钱，克服暂时的生活困难。

魏巍送老钟上路，反复重复着："生活会慢慢好的，要有信心！"这句话轻松，但魏巍自己心里知道老钟肩上的担子有多重，他要战胜多少困难啊！

"没有享受胜利果实的战友哇……"魏巍心里默念着，心里却很痛苦。我们的国家太穷了，要怎样才能过上好日子啊！

望着老钟的背影隐去时，魏巍的眼泪簌簌地流下来，眼镜前形成一层白白的薄雾。

事隔不久，钟仁标竟得了癌症。魏巍和爱人买了营养品到医院去看他。战友相见，格外亲切。

老钟知道自己病情的严重性，预感到病魔很快会夺去自己的生命，他颤颤巍巍地拉住魏巍的衣角，说出了心里的话："我活不了多长时间了，孩子们怎么办？兰英她……还年轻啊！"

魏巍只好安慰他，说："你放心吧，病会治好的，孩子们也一年年大了，我们帮助他们。"

魏巍参加全国人大会议，到河南视察时还惦记着钟仁标的病，他听说开封有一个叫娄连成的土医生有治食管癌

◎ 1954 年 9 月，中华人民共和国第一届全国人民代表大会第一次会议河南代表组合影（二排右一魏巍）

的偏方，便冒着大雪找到铁牛村，从娄医生那里买了两服中药，又装匣子寄回去。老钟满心欢喜地服了药，吐出了很多脏东西。以后，娄连成受魏巍之托，竭尽医道之德，来到钟仁标的家里治疗，但老钟得的毕竟是"不治之症"啊，一片赤诚也没有留住钟仁标的生命。

　　面对现实，魏巍只有洒下一把又一把泪花。

　　这段时间，有一股不可遏止的诗情冲击着魏巍，魏巍觉得对党、对人民、对自己有许多话要说，有许多感情要倾吐，他几次和身边的同志说起过这种考虑。夜深人静时，他也心驰神往过，但当他伏案执笔时，又形不成思路，几欲不成，又放下了。

但魏巍相信：对于一个诗人来说，如果他没有一颗爱人、悲悯的赤子之心，单靠技巧上的绝招儿是无济于事的。

1956 年 9 月，党的第八次全国代表大会召开了，当魏巍坐在收音机前，聆听那些振奋人心的广播消息时，他的诗情之门顿时打开，对党，更是对同志，对自己，放开了歌喉：

> 我也不担心险恶的风浪，
> 我的同志是英勇无双，
> 当黑云卷着恶浪涌来，
> 我的同志会加倍坚强。
>
> 那么是什么该我们警惕，
> 我们是这样强大无敌？
> 任何敌人都不能战胜我们，
> 只有骄傲可以毁坏自己！
>
> 同志呵，让我们常常劝勉：
> 多亲近泥土，亲近风雨，
> 让身上总带着汽油的香味，
> 让身上总带着稻花的气息！

这样的诗，它不正像一面明亮的镜子，照出了一颗全心为民的拳拳之心吗？

12月，魏巍因公出差要到河南。临行前，魏巍突然收到来自河南乡下的一封信。

拆信一看，那纤细秀丽的字迹，原来是蔡芸芝老师写来的。因为不久前，河南的《教师报》曾请魏巍写一篇文章，最好是关于学生和老师方面的。那些难忘的，已过去20多年的往事，一下子闯进了魏巍的心里。魏巍这篇文章的题目是《我的老师》，文中以真挚的情感回忆了一位童年的恩师：

最使我难忘的，是我的女教师蔡芸芝先生。……现在回想起来，她那时有十八九岁。右嘴角边有榆钱大小一块黑痣。在我的记忆里，她是一个温柔和美丽的人。

她从来不打骂我们。仅仅有一次，她的教鞭好像要落下来，我用石板一迎，教鞭轻轻地敲在石板边上，大伙笑了，她也笑了。我用儿童的狡猾的眼光察觉，她爱我们，并没有存心要打的意思。孩子们是多么善于观察这一点呵。

每逢放假的时候，我们就更不愿离开她。我还记得，放假前我默默地站在她的身边，看她收拾这样那样东西的情景。蔡老师！我不知道你当时是不是察觉，一个孩子站在那里，对你是多么的依恋！……

这篇文章被蔡芸芝先生看到了，20多年的记忆重新续上，怎么不令人高兴呢！

魏巍知道蔡老师现在河南的一所农村学校任教，虽已霜染白发，仍做着培育花朵的工作。魏巍在信中热情赞扬了她这种精神，并倾诉了师生离别之情。蔡老师又很快寄来一信，说："大旱望雨。"

这段美好的经历，给魏巍带来了意味深长的记忆，一直珍藏在心里。

回故里，别是一乡风

　　故乡，是每个人魂牵梦萦的梦，最早的爱，最初的记忆，都是抹不去的影子。故乡是有颜色的，有声音的，有味道的，故乡给了我们生命，又是我们精神的庇护所。穷了，富了，哭了，笑了，故乡都会理解包容。所以，西方哲学家诺瓦利斯说："哲学就是怀着永恒的乡愁寻找家园。"

　　故园行，对于一个久别故乡的游子来说，是多么令人激动啊！不知是哪位作家说过，游子是母亲心头的风筝，感情的线缕。那里的泥土，那里的草叶，那里的语调，都蕴藏着魏巍思念故里的厚重乡情。魏巍自从 1937 年离开老家郑州，1950 年 5 月曾回过一次家，那是他从西北战场的宁夏出发，和爱人刘秋华一同回去的。第一次回家的情形，魏巍还清楚地记得，因为归乡心切，竟把家门口走过了。

　　魏巍的家住在郑州东大街魏家胡同。沿胡同走进去，是一座座零乱不整的小院落，虽然历经多年变迁，但历史

◎ 1989年魏巍与爱人刘秋华在故乡旧居前留念

的旧貌未改，岁月的痕迹处处可寻。

　　胡同是长长的，每隔不远便有一个门，就是一户人家。魏巍的家是这条胡同从头数的第二个门。好像没有什么正儿八经的大门，两堵墙夹着一个门板便是门吧！迎面是一棵香椿树，碧绿的叶子，细细的枝干，不用问，早年它并不存在。再折向北，便是一栋坐北朝南的脊式房屋，檩木漆黑，岁月的烟火使它的容貌苍老而又陈旧。魏巍曾听说，在他爷爷那辈时，日子过得尚好，有车有马，房屋也讲究些，也许这幢旧房就是那时遗留下来的。

魏巍小时的住房正是和正房连山的那间，低矮、狭窄，支撑不住岁月的压迫，已几乎塌落。魏巍幼年的诗情、理想、抱负，就是在这间小屋里孕育的。正房前有一棵郁郁葱葱的大椿树，苍劲葱茏。魏巍小时候在炎热的夏天，常在那片树荫下摆桌写字。儿时，他的文学灵感，曾在这棵大椿树下飞翔：树是怎么生长起来的？是一粒椿树籽，驾着大风飞到自家院里的吧，它落下了，生根抽芽了，是一场又一场春雨给了它繁茂的生命啊！

这次魏巍回来，想细细地看看他的家乡，尤其是新中国成立后的家乡，它到底发生了什么变化。他安步当车，晨阳里匆匆上路，走到有景致的地方，故意放慢脚步，尽情探寻历史的痕迹，对比出变化的差异。一座破房子没有了，代替的是一个新的院落；铁路道旁的小房子还在，又刷了一层黄的颜色；十字街的路拓宽了，只是还不平坦……哪怕是一砖一瓦的变化，都能激起魏巍心头的波澜。

魏巍边走边看，边看边想，他依然想着旧时繁华的十字街，浮尘飞扬的、凹陷的车道沟，眼睛还在一扇扇门上搜寻"妙手回春""吉祥如意""龙凤吉祥"的匾额，不知不觉，又走过了自己的家门口。当他返回来时，一进胡同口，恰巧碰上了他二嫂，魏巍向她打招呼，二嫂竟认不出他是谁，疑惑地问："你是谁呀？"

魏巍摘掉帽子，露出宽宽的额头，二嫂才如梦初醒，喜不自禁地说："原来是你呀！快回屋，秋华他们怎么没来呀？"

　　魏巍告诉二嫂，这回是出差到河南，顺便来家看看，很久没有回来了，挺想大伙儿的。来到家里，二嫂忙着收拾米面，要给魏巍做一顿"思乡面"吃。魏巍执意不在家吃饭，领着二嫂全家在十字街饭馆吃水煎包，那是他小时候最爱吃的。在他的记忆里，这里挺热闹，街道两边卖啥的都有，冒着热气的锅盔、散着香味的烧鸡，货架上悬挂的一片片新鲜的猪肉、牛肉。那时候，魏巍上下学路过这里，只能看看一饱眼福。似乎，20多年过去了，这里变化不太大，旧时的印象处处可以找到踪迹。

　　在父母生育自己的小屋里，魏巍辗转思忖，一股思亲恋母之情油然而生。这间屋子很暗，父母先后在这间房里去世，今天，魏巍走进时，还有一种恐怖感，这是小时候那种凄惨的生活在他幼小的心灵上的写照。在这间屋子里，除了熟悉的四壁灰墙之外，魏巍还从柜子下看到了小时候坐过的一张矮木凳，门旁摆着母亲放衣物的木橱，晚上点的玻璃瓶小油灯还保留着。魏巍一阵悲怆，念道："穷神还未走哇！"

　　"母亲生育了我，但愁苦的岁月过早地夺去了她的生命，我没有回报母亲任何的东西，甚至连她的名字都不知道……"魏巍在心里念叨着，一阵阵内疚和惭愧。他要寻访母亲的身世，祭拜双亲。

　　郑州城东十五里，有个叫张村的，就是魏巍母亲的出生地。一天，魏巍来到姥姥家里，自然，看到的都是后辈人，从他们的口中，了解到母亲的真实情况。

魏巍的母亲叫张瑞云，生在一个破落家庭，她的父母尊孔孟、识礼教，所以她了解到四书五经上的部分内容，能看唱本、能看旧戏，不用别人解释，里边的唱词她全能领会。所以，魏巍小时候读书用心，早慧天成，与母亲的启蒙有着直接关系。

到魏巍母亲年幼时，其家境衰落，已不是"丰衣足食"的景象，生活十分拮据。等她嫁到魏家，生活就更加困难。灾年荒月，掐芝麻叶、榆树叶充饥的事，在魏巍脑子里印象很深。父亲为生活所迫，四处奔走，久不回家的现象，竟成为小同伴们挖苦魏巍的材料，时隔多年，这印刻在心灵上的记忆，仍不能忘却。

魏巍把母亲的生平一一记在小本子上，生卒年月，脾气喜好，为人处事，操持家务，笔录得详细认真，表达了对母亲深切的怀念。

又一天，魏巍邀了几位要好的家乡朋友，套着一辆大车，到父母的坟地去。车上装着一块事先做好的石碑。魏家河在郑州城东二十五里处，是魏家的祖坟。父母去世时是葬在城东的一块地里，后来此地盖房，由一位堂姐负责迁移过来。

北风呼呼的呜咽之中，魏巍挥锹将一块石碑立在父母的墓上。上写：

父：魏怀珍
母：张瑞云　　之墓
落款是：魏鸿杰及其子女敬立。

　　碑上使用魏巍的本名"魏鸿杰"，考虑的是：一是对父母更真切，二是不事张扬。

　　在"平民小学"的旧址前，魏巍独自徘徊，昔日的校

◎ 1985年魏巍在故乡郑州寻访原来上学的地方

舍不见了，被一家新的手工业作坊占据了，到处堆放着杂乱的东西。他极力寻觅蔡老师曾经上过课的教室，还想听到她那悦耳的国文朗诵声，还想看到她那苗条俏丽的身影。蔡老师已回到她在黄河岸的家乡了，魏巍此次与她谋面的愿望没能实现，他只有靠旧时的记忆，在心里想象、回忆他旧时的老师了。还好，虽未见面，但有了通信的联系，他的怀念终于有了寄托，想到这里，魏巍心里有了充实的满足感。

故乡啊，骨肉的出身之地，灵魂永远栖息的暖巢。

在魏巍的眼前，井冈山上的一条条青石小路，在山上盘旋缠绕，那是红军走过的小路，曲曲弯弯，一路有松涛、泉水、云雾相伴，它似一条革命的征途啊，不只是直的，更多的是弯曲的，有弯才有直，战胜了困难就是胜利。他联想眼前的复杂形势，不正是这样的吗？魏巍决定鼓舞人民，充满信心，要辩证地看待眼前。

 探索成长之路，解读智慧人生，本章内容，扫码收听。

第六章

文化之旅谈启思

对那片乌云的思索，脚步向何方

1960 年 5 月 10 日，一架大型客机，飞越万里长天，把魏巍一行载到一个神话般的文明古国——希腊。魏巍是作为中希友好代表团的成员之一到希腊访问的，那里的情形并不令人愉快。除了那些具有幻想味道的古建筑、精美至极的艺术品可以赏心悦目之外，希腊的社会舞台上，仍然演绎着不少的悲剧。

当时接待他们的是希腊友好人士，虽然有希腊共产党坚强的领导，曾涌现出格列索斯那样的民族英雄，但终未能战胜法西斯的凶残，就在他们访问的时候，无数热血男儿还被小胡子警察关在岛上的监狱里，人民不得安生。

魏巍感叹着：文明的古国，还在被不文明占据着。

他们在雅典的大街上行走，浏览五花八门的商店、饭馆、小摊，只有少数穿着入时的男人和女人光顾，那些衣衫褴褛的群众很少问津。在散发着酒香味的饭馆里，在姑

◎ 魏巍（左二举酒杯者）访问希腊

娘盛情招待的茶亭里，小胡子警察在饮酒品茶，不时用凶恶的眼光斜视任何一个他怀疑的人。

魏巍一行人被热情的主人请到家里做客。田园风光的院落，清新整洁，爽气怡人，几盆花草摇着婀娜的身姿，夹竹桃粉红的花开得正盛；女主人长得也很漂亮，欧洲人的脸型，黝黑的头发，圆而亮的眼睛，楚楚动人——可是，她的丈夫却被关押在对面岛上的监狱里。

魏巍低头思忖，几句诗涌上脑际：

我本想来寻访荷马的歌声，
你那人民的呻吟却更加沉重。
那山山坳坳的夹竹桃纵然红遍千里，
又怎能遮住人民的贫穷！

夕阳如血，染红海水，染红山岳，染红草地。在一个不太讲究的饭店里，希腊的朋友们摆上了宴席，有酒、有肉、有西洋式的香烟，还有各种颜色的饮料。不过，这顿宴席不是希腊国王所设，而是由几个"穷朋友"——希腊的作家、诗人、画家自己凑钱办的。最美好的晚餐，激起诗人们最美的情感：

朋友呵，并不是菜淡酒薄，
是我想起你们的艰难。

实在说，这一支羊肉串呵，
胜过你们国王最豪华的盛宴；

这一杯金黄的松脂酒呵，
足可以使我记忆几十年！

盛情的船主要陪他们游览一个小岛，那小岛的名字叫斯佩泽岛⑥。远处，那岛在湛蓝的海水里欲浮欲沉，引人遐思。

阳光很好。海风吹着海水，一波一浪地拍打着海岸，发出哗啦哗啦的响声，鸥鸟展开翅膀乘风翱翔，追逐漂泊在海上的船帆，眼前是幅难得的风景图画。

海边一个玩耍或者是猎取海物的孩子，看上去十二三岁的样子，好奇地走向他们，走向他第一次遇到的中国人。虽然这孩子穿着不雅，一条破旧的短裤，裤缝儿还开了线，一件出了洞的背心，那双鞋也已咧开了嘴，但魏巍觉得他十分可爱。孩子生一头美丽的卷发，眼睛一眨一眨地看着他们。很快，魏巍和他交上了朋友，以各自不同的语言交谈起来。魏巍不懂孩子的话，只听懂一句："毛泽东！"这个东方大国神秘的内容，早已被这孩子所知。

船开了，他们只好恋恋不舍地分手，魏巍极力回顾茫茫烟波里的孩子，仿佛还能望见那张可爱的小脸。一种不舍之情席卷心头，《给一个希腊孩子》的诗，在摇荡的船板上诞生了：

柏拉图讲学的橄榄树哇，

尽管长出了新枝，

可人民仍然受着苦难的熬煎。

受难者在狱中制造的礼物，

---

⑥斯佩泽岛：今译为斯派采岛。

小船哪，

尽管驶进了中国，

可还没有驶出希腊的苦海。

　　魏巍这样概括这次访问的感想："欧洲的钟摆好似停止了运动。"

　　1956 年，我国完成对农业、手工业和资本主义工商业的改造，在探索社会主义建设道路的过程中，虽然经历一些曲折，但整个国家的形势还呈现出一派蓬勃的朝气。当时的热烈、激昂的人们，还意识不到在"大好形势"里面，隐藏着的危机，当全国各地的 "旱灾""水灾""风灾"袭来的时候，尤其是那个苏联"友好"国家不友好的时候，中国这架天秤出现了倾斜，而且是极大的倾斜。

　　寒凝中原，雪压百草。1962 年的元旦，没有锣鼓和鞭炮，人民并无欢颜地送走了旧岁，迎来了艰难的日月。

　　魏巍此时正在郑州。年初离开北京，又一次作为人大代表，来河南农村调查。这次深入农村，看到的、听到的，令他心疼。偌大的河南，有山有水、有平有丘，没想到人民的生活这样艰难。魏巍在旧友家做客，人家把一个月的口粮拿出来，把给坐月子的妇女吃的鸡蛋拿出来，把留给娃娃吃的东西拿出来，还要用地瓜做出几种菜，每顿饭，魏巍都是和泪吞下的。没想到自己的家乡竟是如此穷苦哇！

　　魏巍想起 1951 年 11 月，苏联庆祝十月革命节 34 周年

◎ 1960 年 5—7 月，魏巍参加中希友好代表团访问希腊

之际，他访问朝鲜回来，又踏上了访问苏联的旅途。那是中国作家协会组织的中国作家代表团，那是一次中苏作家团结的盛会啊！

　　每当想起那次盛会，他无不激情满怀……

　　西蒙诺夫向他们笑着走来了，伊萨科夫斯基和他们紧紧拉着手，《无脚飞将军》的作者和他们拥抱在一起，美丽的城市向他们捧献出友谊的鲜花，金色的集体农庄向他们敬献出丰收的果实，一堆堆鲜花，一张张笑脸……

他们是多么向往和敬佩这个社会主义国家啊！

在别克家中做客时，那真挚的友情，魏巍永生难忘，为了记住这次难忘的会面，回国后他专门写了《访苏联作家别克》一文，详尽记叙了会见的情形，将这种友谊传递给更多的人。

怀着这种友谊，魏巍一行作家拜谒了托尔斯泰的故乡和坟墓，林荫小路上留下了一个个深切的思念；怀着这种友谊，他们参观了奥斯特洛夫斯基博物馆，有作家失明后用来写作的带格子的木板，有红军战士在战场上被洞穿的《钢铁是怎样炼成的》一书，不少展品让他们印象深刻。

他多么想做这样一位作家啊！

怀着这种友谊，他们拜谒了列宁墓，观瞻了斯大林像，那种油然而生的崇拜、敬仰之感，至今想起来还热在心头。

十月革命节的晚上，红场之夜中苏作家联欢的盛况，使这次访问达到了高潮。一张张友善喜悦的笑脸，一束束美丽友谊的鲜花，一群群热烈而豪放的人们，在广场上狂欢着、雀跃着，不时会听到人群中"中国！中国！"的呼声。

在万人仰望的红场上空，一声礼炮过后，随着烟气的消散，云端里露出一幅斯大林的彩色画像，探照灯四处交叉，鸽群飞舞。画像在空中停留数小时之久。这时，红场上人山人海，欢呼不绝。此情此景，魏巍即兴赋诗《红场夜景》，当即在现场朗诵，诗的结尾是这样的：

全世界的人民呵，

请举起头来吧，把这儿观看，

看空中斯大林的微笑，

也看他的微笑照着的人海灯山！

掌声、欢声，如雷，似潮。滚过十一个春秋，自然在魏巍的心里萦回盘绕。

友谊真的不复存在了吗？难道斯大林的微笑不是永恒的？

难道列宁的生动的面孔……但魏巍相信，那《给莫斯科河》的歌将永久为中苏友谊而歌唱。

河南省委书记请魏巍吃饭，他应邀前往了。面对一桌子好菜、喷香的杜康美酒，他竟无心思动筷。那郁积在心里的忧虑、担心、怜悯，冲撞着他，袭击着他，好似在这桌宴席之外，有很多浮肿了的农民在用布满血丝的眼睛望着他，甚至有一双双颤抖的手伸向他……举箸之间，几次热泪蒙住他的眼睛，最后，他终于抑制不住了，竟泣不成声。

作家，就是这样的多愁善感吗？

在招待所的院子里，他不停地散步，脚步一阵比一阵急，在静夜的寒风里震响。

他在追思一个故事，一个推翻三座大山的"星火燎原"的故事；他在追思一种力量，一种摆脱一穷二白的扭转乾坤的力量。

灯下，他展纸疾书，他的思绪又飞往半年前革命圣地井冈山的途程——要战胜眼前的困难，多么需要发扬当年的井冈山精神啊！

一首《井冈山漫游》重现眼前：

> 井冈山里井冈水，
> 井冈溪水音调美。
>
> 站在山坡细细听，
> 是谁呀，怀抱琵琶过茨坪。
>
> 我紧紧随着琵琶声，
> 不觉来到茨坪东。
>
> 咦，五马朝天⑦五座岭，
> 截住溪水不放行。
>
> 高高崖上站枫树，
> 笑看溪水逢绝路。

---

⑦五马朝天：地名，在茨坪东南五里许刘家坪，有大瀑布。

前面更有山几重，
横在半天似铁城。

井冈山里井冈水，
遇到绝路决不回。

千丈飞川下深谷，
琵琶声一转成怒雷。

那曾报道敌军消遁的黄洋界，那轰鸣着胜利炮声的黄
洋界，那鼓舞过困难中井冈军民的黄洋界。如今，那隆隆
的炮声，不更可以继续鼓舞人民渡过自然灾害吗？于是，
他激情澎湃了：

掐把野花歇一歇，
奋步奔上汪洋界[8]。

我高唱汪洋界上炮声隆，
一举登上最高峰。

汪洋界，山势高，

---

[8]汪洋界：井冈山五大哨口之一，山外白云滚滚，有如一片汪洋。亦即"黄
洋界"。

井冈外，白云滚滚卷波涛。

白云西来乘西风，
要往井冈山里涌。

看呵井冈群峰手牵手，
挡住白云不许走。

井冈山不怕西风号，
满山竹林舞长矛！

一岭岭杉树迎山风，
好似当年喊杀声。

一阵激战白云退，
草木笑它洒清泪。

白云哪，我笑你妄想上井冈，
只留下残甲片片随风飞……

　　在魏巍笔下，"竹林""杉树"被他喻为革命的"刀
剑"，一场激战形象地展现在面前。诗人的激情充溢其间。
今天的困难，难道比井冈山斗争的艰苦岁月还艰苦吗？

似乎，写到此处，魏巍把自己的身心也交付给艰苦卓绝的斗争，他怎能在人民危难时期袖手旁观呢？他既歌唱如火如荼的斗争，鼓舞人民抖擞精神迎接斗争，而自己也甘愿做战斗的一员，挺起身来，投入战胜困难的斗争行列中：

> 八千条飞泉天外来，
> 八千条山泉挂山崖；
>
> 条条山溪要出幽谷，
> 条条都带歌声来。
>
> 队伍越走越壮阔，
> 大水小水来会合。
>
> 来会合呵扬洪波，
> 大家齐唱呵井冈歌。
>
> 井冈洪波呵力无敌，
> 怪石恶岭呵冲成泥！
>
> 井冈水浪呵永不败，
> 万里欢腾呵朝大海！

井冈山里哟井冈水，

井冈河水哟音调美。

请你收下我歌一曲，

我也是你的一滴水！

夜风呼呼，诗心如火。魏巍一口气写下这宏伟壮丽的诗章，好似吐出了多年的感奋，情绪起伏不平。那几天，他如释重负，原本紧张的精神舒缓了一些，自信与兴奋悄悄爬上了他的眉梢。当他走在郑州大街上，还不时咏诵出那欢快流畅的诗句。

魏巍在《黎明风景》后记中，就说过这样的话："我，一颗小小的种子，被党的手投向了燃烧着的土地。然而，这块土是党的土，人民的土，是以毫不吝惜的精力养育了我的这一块土。"因此，他时刻没有忘记养育他的人民，而时刻想报答她。

1963 年夏天，河北省发生了洪水，北京部队上万名指战员走上了抗洪抢险的第一线。同年 12 月，魏巍的诗集《不断集》由作家出版社出版，他将 1500 元稿费邮寄给受灾群众以尽他的责任。

是呀，作为作家，以人民为母亲的作家，不就是人民生养的吗？哪一个作家不记挂人民？当他的作品表达人民的痛苦时，他也应该贡献自己的力量解决人民的痛苦呀！

访越，一次心与心的拥抱

这是一片中越友谊的土地，是一片盛开兄弟之花的土地。

魏巍非常重视这次访问，他在《访越日记》中这样写道：

对于这次行动，我精神上是早有准备的。党的信赖，使我感到光荣和愉快。因此，我毅然决然抛下写了一半的抗美援朝的长篇，服从当前最重要的斗争。我决心比任何一次战争都要表现得更好，我决心把我的一切都献给这场关系世界革命的重要战争。

我这次行动有以下三点是最重要的：第一是勇敢和能吃苦；第二是不犯大国沙文主义的错误；第三是能够写出些较好的东西。另外，还要照顾好巴金同志。

美帝国主义在朝鲜战场失败以后贼心不死，竟在东方的另一片国土上发动了侵越战争，于是，那里的椰林蕉海，变成了炸弹肆虐的火的汪洋，那些头戴斗笠、身穿黑色、棕色服装的男人们和女人们，饱受着战争带来的痛苦。

湄公河怒吼了！

奠边府在召唤！

1965 年 7 月，巴金、魏巍奉周总理之命，赴越南访问。他们是赴越的第一批作家，可以看出我国政府是多么重视这次中越之间的友好交流。

魏巍在他的《魏巍散文集》的《后记》中曾这样描述这件事："那时正是美帝大规模狂轰滥炸越南北方的日子，为的是切断北方对南方的支援，向越南北方施加巨大的压力，以便早日结束占领越南南方的不义战争。在访问越南北方的一百一十天中，我们南抵十七度线的贤良江畔，北到奠边府，行程数千公里，几乎走遍了越南北方，亲眼看到越南人民士气高昂的群众性的对空斗争。越南人民的英雄形象，在绵密的高射炮声和好听的布谷鸟声里，同茂密的椰子林、香蕉林一起，像南方明亮的阳光一样照射在我们的心中。"

说心里话，对这场战争魏巍是早有预感的，当出国访越的消息传来，他的情绪很高，他很想亲自到这个发生在丛林地带、别具风情的战地现场去看一看，以自己微薄的力量，支援那里战火中的兄弟们；尤其是和巴金同行，他更加欣喜无比。

新的任务来了，他果断收拾起写了一半的《东方》手稿，准备踏上新的征程。

几天来，刘秋华忙着为他准备行装。

好了，一切都准备好了。

9日清晨6时，当北京在乳白色的晨曦中渐渐醒来时，一架客机已驶出了首都机场的跑道，呼啸着飞向蓝天。机窗口，魏巍挥手向送行的人告别，嘴里不停地念叨着送行人的名字：刘白羽、李季、韩北屏、曹禺、虞棘、胡奇……他们的笑声、嘱咐声，一直萦绕在耳畔，他本来起伏的心情，更加不平静。

这架满载友谊的飞机在河内机场落下，由于战争，对方的欢迎形式简单却富有特色。魏巍一行被妥善安顿后，便开始了工作。

上午，他们冒雨去河内街上做"抗险鞋"，这是一种坚实耐磨的鞋子。越南工人为他们当场量了鞋样，用不了两小时，就把几双鞋做出来了，这是越南革命者的发明创造。据说是游击战士们击落敌机和击毁汽车后，废物利用做的，能穿好多年。在河内大街上，许多人穿着这种鞋。据说，胡志明主席出国也穿这种鞋。

一个新的战斗环境，一场艰苦卓绝的斗争，一种更加新颖的战争方式，魏巍被彻底吸引了。

就在他们到达河内的第11天，胡志明主席亲切接见了他们，为这次不同寻常的访问拉开了美好的序幕。

◎ 1965年在越南，魏巍（右二）、巴金（右六）与越南作家座谈

　　高大的常青树和槟榔树，使这热带的园林显得格外清幽。米黄色的大楼对面，有一座小小的藤萝架，环形盘绕，煞是好看。在藤萝架的下面，摆着一张长方形桌子，铺着洁白的台布，上面放着两盘饼干、两盒香烟。看来，这是主人为款待客人精心准备的。

　　巴金、魏巍、中国驻越南大使馆的朱大使，还有中国工会代表团的张天民等稍等了一会儿，胡志明主席就出现在林荫小路上，迈着从容的步伐向他们走来了，他穿着棕色外衣和一条宽大的裤子，脚上也穿着"抗战鞋"。中国同志们赶紧迎上去，还没有说话，胡主席就用汉语说：

　　"你们好！"

　　他带些广东口音。大家和胡主席一一握手、问好。朱大使安排座位，胡主席很随和地和大家挥着手说：

　　"随便坐，不要听他的！"

胡主席问："你们都看了什么？"

巴金回答："工会代表团下去了，我们还没有下去。"

胡主席说："要看真实的东西，下面总是光让你们看好的，对我们也是这样。我下去就不通知他们。"

胡主席很风趣，几句话就把大家的窘迫之感打消了。他的眼光向着巴金问道：

"你多大岁数啦？"

巴金："61 岁了。"

"还年轻嘛！"

又问魏巍："你呢？"

魏巍："46 岁了。"

胡主席说："更年轻了！"接着，胡主席赞扬了巴金写的《贤良桥畔》文章，写得很好，很有感情。突然对魏巍这个名字发生了兴趣，他歪着头问道：

"我看你的名字，第二个字上面加了一个山字，为什么要让山压住？"

魏巍的回答很机灵，说："没有东西压着，怎么闹翻身呀！"

似乎，胡主席想到更有趣的问题：

"你是不是怕老婆呀？"胡主席先笑了，随之，大家笑起来，谈话的气氛更加活跃了。

当人们谈到越南人民一边生产，一边战斗，用枪打敌人的飞机时，胡主席兴奋起来，说：

"过去抗日时，我在昆明、西安都看过轰炸，汉奸活跃得很厉害，打信号枪。一响了警报，就只等飞机来。现在我们是飞机不来就生产，来了就打。"他做着有力的手势，表现出胸有成竹的样子。魏巍接上去说：

"社会不同了。"

胡主席说："是社会不同了。最多时我们两天就打下50多架，最近敌人小心了，改变了战术。"

魏巍说："南方打得很好，游击战达到了新的高峰。"

胡主席情绪越发兴奋，他说："我们接受抗法战争的经验，又学了中国的经验，有一定发展。"他接着说："美国人的据点布置很严密，也打进去了，有些地方还不止打进去一次。"

巴金插话说："听说你们有一个叫阮氏芳定的女副总指挥，这人很了不起。"

"对呀！"胡主席说："这人过去是槟榔省的省委书记。她发动对敌斗争，事先调查一个地方有几条街，然后发动老弱妇孺，让他们到这些街道游行示威和敌人讲理，敌人一看是老弱妇孺，没有办法开枪。"

巴金说："越南打得好，中国的许多作家都想来看看。"

胡主席满面慈祥地说："有多少都欢迎，你们可以背上大米、盐巴到前方去。"他又亲切地说："对其他国家的人，要当外宾招待，中国、朝鲜，不要这样，让他们吃饱，可以比越南同志的生活多少高一点儿。我们到中国去也一

◎ 1965年在越南，魏巍（左三）、巴金（左四）
等人受到越南主席胡志明的接见

样，菜不要剩下，我就对同去的人说，菜要通通地吃光，不能剩下。"他又重复后一句："通通吃光！"

在座的每个人心里感受到一家人一样的温暖。会见结束后，魏巍还有些恋恋不舍。

魏巍心想，若能看看胡志明主席的家乡，该多么好哇！

没过几天，魏巍就实现了他的愿望。魏巍一行人终于来到了胡志明主席的故乡——南坛县南莲乡金莲村，这里一片朴素和雅静。三间简朴的草房，就是胡主席一家的住所。听介绍，胡主席原来家里很穷，父亲是个乡村的穷秀才，这房子是大伙凑钱给他家修的。

胡主席从少年时代起就离开家乡和亲人，去寻找真理，奔走革命，五十二年后才回来。为了革命，他一直过着独身生活，放弃了一个普通人的幸福生活。他的全部生命都献给了自己的人民，献给了这片土地。直到越南解放后，乡里人仍然不知道国家主席就是那位音讯杳然的少年。

魏巍在日记里这样记载着："我们同东方的这位共产主义的著名领袖的会面，留下了深刻的印象。他是一个谦逊、简朴的人。他对越南的英勇斗争，感到满意。"

两辆吉普车，车篷上插满了椰子树上的绿枝，就好像古代英雄的战冠上插的雉翎一般。车子飞驰起来，好像一座树丛在公路上飘动，耳边就响起飒飒的风声，靠着它，穿行在战火绵密的越南北方。

借着稀疏的星光，他们驱车到被敌机轰炸得最惨的咸龙桥。没去咸龙桥之前，魏巍就听过有关这座桥的传闻，说它是一座英雄的桥。咸龙桥受过敌机上百次的轰炸，它的周围有四五十架敌机坠毁的残骸。面对敌人的轰炸，咸龙桥在人民的保卫下，依然屹立在浓烟烈火之中。

魏巍走在咸龙桥上，望着朦胧月色里如苍龙般滚动的马江，极力寻找出往日战斗的踪迹，他想到越南同志介绍过的，在两天的激战中，这里曾一举击落 28 架敌机，他想象着：一架架敌机拖着黑尾巴栽下来时，那是何等壮观的景象啊！

随后，魏巍他们访问到老贫农吴寿蔺一家，了解他家团结战斗的故事。当敌机轰炸咸龙桥时，江中开来一艘越南军舰，一场舰对机的战斗开始了。吴寿蔺在家的四个儿

◎ 1965年魏巍（左三）同越南作家见面

子都上了军舰。可是，在这次战斗中，他的三个儿子负了伤，他最心爱的小六儿光荣牺牲了。老人得知消息时，正在社里喂猪，依然不离开岗位，在追悼会上，老人没有掉一滴眼泪。

魏巍多么想看一看这个革命家庭，看一看这位坚强的老人啊！

在一个雨夜里，当魏巍怀着崇敬的心情，低着头钻进那低矮昏暗的茅屋里时，吴寿蔺老人在社里喂猪还没回来，因天色已晚，只好遗憾地离去了。

没想到，过了一天，魏巍却意外地看到了他。

那是一个炎热的下午，魏巍正在一个农家访问，吴寿蔺老夫妇来了，一个人手里提着两个椰子，他们顶着炎热的太阳，从 20 里外赶来看巴金和魏巍。老人说，那天来看他，他不在，到社里喂猪去了，很对不起大家，椰子是自己种的，送来略表心意。这大热天，夫妇俩跑了这么远，真让魏巍感动。

魏巍亲切地端详着两位可敬的老人：寿蔺老人头发苍白，留着越南老人爱留的那种平头，背稍有些驼，消瘦的身体却显得很硬朗。老太太今天特别修饰了一下，黑色的头巾扎着头发，干净的棕色小褂里还穿着一个裹肚，裙子下一双隆起粗筋的赤脚，是一个标准的越南妇女形象。

老人见到魏巍，就像见到久别的亲人一样，情绪激动地说起那天军舰上打飞机的事，接着叙述了他的大儿子在抗法战争时参加部队，参加过奠边府战役，现在在西北军区。他的大媳妇也工作，对老人很孝顺。他的二儿子是一名工人，三儿子过去在太原工业区工作，现在回家搞农业生产了。

老两口儿最关注的还是刚刚牺牲的"六儿"。这时魏巍想起，那天在老人家里看过"六儿"的照片，的确是一个很英俊很可爱的青年小伙子。圆圆的脸，大大的眼睛，非常聪颖的样子。老人说："'六儿'在供销社当售货员，晚上还要给民校教书。这次在军舰上负伤，他的两个哥哥叫他下去，他就是不走，没想到他就牺牲了……"

魏巍安慰两位老人，说："你们有这样的好儿子，不仅是你们的光荣，也是越南人民的光荣啊！"

寿蔺老人说："光荣！光荣！孩子牺牲得光荣，所以，我不悲伤，我不掉眼泪。"

交谈中，魏巍了解了这一家的身世。老两口儿过去一直给人做苦工的。孩子多，生活一直非常艰难，八月革命后，才分得了土地，生活好了些，还是穷得不行，合作社后，日子好过了些，美帝国主义又来了，这一家和越南北方的千家万户一样，忍受着无边的灾难。

说话间，寿蔺老人从手上脱下一个用飞机残骸做的戒指，深情地拉过魏巍的手，说："这个送给你吧！……"之后，老人小心地为他戴在手上，满含深情的表情里，充满一片挚爱、信任、希望之情。

面对老人的举动和他深情的话语，魏巍非常感动，他看着手上的戒指，心里翻滚着一股热浪。他又想起奔腾的马江边上的那座茅屋，这座茅屋看来比村里其他的农舍要显得低矮，可是就在这样的茅屋里，却居住着一个对革命、对祖国这么忠诚而坚强的家庭啊！

在这里，魏巍看到了一种难以估量的力量，听到了这块土地上真正的心声……

日记　七月二十二日

院落周围是龙骨篱笆、香蕉和椰子，鸡冠花的叶和花都像木刻画似的。午睡时还听见鹅、鸭嘎嘎地叫，并听到布谷鸟的欢鸣。这种鸣声，我在炮火纷飞的朝鲜夜晚，也听到过，如今又在越南战斗的土地上听到它，特别引起人的诗思。凶恶的敌人，残酷的轰炸，压不倒人民，也压不倒布谷鸟的欢唱。

魏巍多么想见一见阮氏芳定啊！关于她的传说，魏巍心里激起一次又一次波澜。这种心情的驱使，倒不完全是想写什么，而是一种强烈的同情心，对战争的共同仇恨感而决定的。他访问朝鲜时曾访问过一个女警察姜英子，那个姑娘也是很坚强的，在他正写作的《东方》里，还有一个叫徐芳的人物，也别具性格，显示了五六十年代那一代青年人的风姿，她们的心灵多么纯洁而高尚啊！魏巍正是抱着这样一种目的来采访阮氏芳定的。

魏巍早已知道，这位女英雄是一个翻砂工人，家里很穷，父母亲都是老党员。4月3日和4日那两天，敌机曾出动540架次猛袭咸龙桥和另外两座桥梁，阮氏芳定一开始参加的就是最猛烈的战斗。在严酷的考验中，她不但没有被吓倒，还在当天晚上要求发枪给她。她说："这是我一生最大的幸福！"战斗中她不幸负了重伤，枪也被炸断了，当人们从土块里把她挖出来时，还看见这个女孩子保持着射击姿势。

魏巍担心这位姑娘的伤势，因为在他访问她的家乡时，她还住在医院里。

一天，阮氏芳定突然出现在招待所里，她脸色有些发黄，头上用一块白纱布包着。当别人喊她的名字时，魏巍才知道她就是那个阮氏芳定，是刚从医院过来的。

魏巍情不自禁地走近她，握住她的双手，发现她的左手缺了两个手指，但他没有立即松开，而是抚摸着她手上的伤疤。魏巍这一特殊的细节，感动了陪同的一位越南同志，没几天就写了一篇文章发给越南报纸了，其中就写了这一动人的细节。人同此理，心同此情，只要有一点儿民族心，谁还能不动心呢！

魏巍在采访笔记中这样写道：

她是一个温柔恬静的女孩子，脸上时时流露着温柔的微笑。她在炸弹落下来时，本来可以移动一下地方，但一架敌机正好俯冲得很低，她想即使自己牺牲也要开枪，她就是在这种情况下，手指刚一拉火，炸弹落下来，她的左手手指就同枪筒一起被炸断了。谈话中，她还让我们看她的腿，星星点点都是疤痕，至今还有许多弹片没有取出来，医生说要等她身体复原后，才施行手术。

这一个女孩子，被敌人打得遍体鳞伤，实在使人心疼，我看到她被削去的手指，像是被削去枝条的椿树，就不由得更激起对美帝的仇恨。但是这一个温柔，并且某些地方看来柔弱的女孩子，开头还有些害怕，几天之内，就变成顶天立地的英雄形象。战争不仅不能毁灭人民，而且催促人们迅速地进步，在几天之内，就走了一个人在几十年的进步过程。

采访中魏巍问她："你为什么这样仇恨美帝呢？"魏巍想寻找阮氏芳定的思想动态。

芳定说："三月间，我看了美帝和反动派的种种暴行，尤其对妇女，受到极大震动，哭了几天几夜。我觉得敌人杀的不是别人，正是自己呀！"

一个东方卓娅的形象，生动地屹立在魏巍的面前。

阮氏芳定要走了，魏巍从别人口中听到芳定和她的朋友讲，她的爱人（一个海军战士）在广平轰炸中牺牲了。魏巍赶紧去打听，芳定又说，不是爱人，是最亲密的朋友。原来，芳定认识这位叫寨同志的海军战士。只因她打了两只鸟，送给寨同志一只，别人就开起她俩的玩笑了，不知为什么，此时，两人的友谊也加深了。那天芳定在战壕里负伤时，寨同志曾冲下来救她，被一串炸弹拦住了。芳定很感念她在战火中结识的朋友。

多么真挚的战斗友谊！魏巍经历过自己祖国的多年战争，又经历过朝鲜战争，接触各种各样的人物，而这里的情形，使他更加深了对人的理解，对人感情的理解。他感叹变化莫测的战争，虽然它残忍，但又赋予人们真挚纯粹的情感啊！

这几天，魏巍对分布在公路上的防空灯特感兴趣，竟浮想联翩，不得平静。

挂在树枝上的那一盏盏希望的灯，多么令人兴奋。它们像一个坚守岗位的战士一样，在黑茫茫的夜色里，以它热情无声的语言，告知行路的人们。看到它，魏巍想起了朝鲜战场，每当他驱车路过时，总能想起那些防空哨的战士，肩上挎着步枪，手里挥着三角形的红绿小旗，夜夜守在路边。虽已多年了，但他们那英勇的面庞，还会伴着雪花，伴着风雨，闪现在记忆里。

在越南北方战场上，他特别留心那些防空哨上的男女民兵的行动，也总情不自禁地主动上前打招呼："同志，辛苦了！"

"没什么，为了祖国统一！"

"我们不辛苦，为的是明天哪！为的是下一代啊！"

魏巍无不感慨地说："防空灯一盏一盏地过去了。在我们的眼睛里，它已经不仅仅是某种简单的标志，而是一种热情，一种力量。当你走了好长一段路还没有看到它，就会觉得缺少了一点儿什么；当它远远地从夜色里出现了，就会立刻给你的心头增添一种说不出的亲切和温暖。"

防空灯啊，这战场上的"夜明珠"，给了诗人与作家多少美好的遐想啊！

日记 八月二十三日

一只木船在山边已守候我们多时，市委书记催我们上船，已来过两次警报。……我们上船了，由几个民兵摇橹送我们到对岸丽宁乡去。江水仿佛是一个奇异的珠光辉耀的世界，只不过被一层黑幕轻轻遮掩着。木桨落下时，仿佛戳破了一个洞，立刻透出闪闪的银光。落下的水点，像是将大把的碎银子撒到江里。……

这是激烈战斗的地区，灼大娘摇船在炸弹声中来往摆渡，就是这段江面，我想象着这位妇女的伟大形象。

船过江，又顺着东岸向南划，这里张着许多大渔网，我们不时要穿过渔网。这些渔网不仅要捞大鱼，有时还要打捞那些飞贼们。渔网里有时还打捞起不少飞机的碎片。

船在一个沙滩靠岸。上面都是尘沙，踏下去就把脚埋住了。上了高岸，来到一个社的办公室。民兵们已给我们打好了五六桶凉水让我们洗澡。还有四个女民兵带着手榴弹为我们放哨守夜来保卫我们。

一个裁缝的妻子被敌人炸死了，灼疼了魏巍的心。十一年前，裁缝同他当民兵的妻子，从南方搬到北方的胡舍市，辛辛苦苦地盖了一座房子，开始了崭新的生活。当侵越战争开始时，裁缝当了民兵队的副队长，联合起铁匠和自行车修理工组成了九人小组，在他妻子被炸死的那天，用机枪同敌人展开了激烈的战斗。那天，胡舍市共击落了两架敌机。

魏巍和巴金去看了这位裁缝，并安慰他努力生产、坚持战斗，为妻子报仇。

裁缝说：“我希望参加更大的战斗！一切都不能弥补我妻子的牺牲，只有把美帝国主义者消灭干净，才能为她、为南方的同胞报仇，没有其他的道路可走。”

　　为了缅怀死者，黄昏时分，魏巍同巴金一起来到胡舍市看飞机的残骸。在夜色里，他们看到这个庞然大物把一座房子撞倒，机尾、机身、机头断为三截，机头钻入地中。人们用手电筒照到机身上，发现有多个步枪和机枪子弹的弹孔，很难分辨是哪种枪击毁的。魏巍想，敌机上的这些弹孔，总有一颗子弹是那位裁缝打的吧！

　　夜里，心情很不平静，魏巍反侧多时还没有睡沉，突然听到巴金在梦中大声哭喊起来，魏巍看他做噩梦了，就喊醒巴金。巴金气愤地说：“是为看了一本什么书而生气。后来又好像参加了一个什么国际会议，美国人说他轰炸越南是合理的，我很气愤，要同他们讲理……”

　　8月26日，疯狂到极点的美帝国主义对广平地区进行轰炸，魏巍亲眼看到不屈的越南军人用机枪扫射敌机，在一串嗒嗒嗒的枪声中，敌机坠毁了，倒栽下来，冒着一股黑烟，那壮丽情景让人开心解气，为越南人民而骄傲。

　　夜里，当他们正驱车行驶在广平的山区时，突然，空中响起了刺耳的声响，正前方不远处升腾起两颗照明弹，飘飘曳曳挂在天空。接着又一亮，又有两颗照明弹落下来，接着是第五颗照明弹也挂上天空。漆黑的夜空，变成一片红，忽然间又暗下来。有经验的司机告诉魏巍，要打飞贼了！于是，他们停车隐蔽起来，静观这场空战。

这时，忽然间自下而上一溜火花直射天空，随着传来隆隆声，在空中炸开了。人们兴奋起来，猜测是什么武器，突然间一个大火球一亮，向下迅速移动，大家欢呼起来："打中了！打中了！快看，飞机落下来了！"

魏巍喜上心头，脚踏大灯爬上了车顶，观望战斗的情况，只见那火球闪了几闪，就熄灭了。魏巍一行人在车上看正前方战斗的远处，眼看着火光还在继续燃烧。

魏巍后来在一篇写自越南的通讯里，这样描写敌人的惨败："在整个越南北方，我们看见了由高射炮手、万千民兵和全体人民所织成的火网。这绵密的火网就张在越南的海岸和越南北方的天空。美国强盗的飞机，就是这样一架一架地、一批一批地，像飞蛾投火一样烧死在人民战争的火网里。"

十月间，魏巍和巴金回国。他们依依不舍离开了越南，离开了一双双火热的眼睛，离开了一个个温暖的怀抱。

不久，那些热切关注魏巍的读者，立刻在《人民日报》《解放军文艺》《人民文学》《北京日报》《红旗》《收获》上，读到了他写自越南战场的通讯、报告文学。本来，这组以"人民战争花最红"为题的文章，魏巍的腹稿里不只7篇，还有更多的内容要写，但因在中国大地上刮起了"文化大革命"风暴，他不得不停笔，致使他遗憾至今。

他曾这样阐述他对这次访越的认识：

◎ 1964年越南作家在河内欢送巴金（右侧戴防空盔者）、魏巍（左三）赴前方访问

时光在风云变幻中流逝，回顾这些往事，已有十六个年头过去了。值得庆幸的是，越南人民终于实现了解放南方和统一祖国的大业，这是中国人民由衷喜悦的大事。但是，中国人民万万没有想到，胡志明主席逝世之后，越南少数掌权者竟完全背叛了胡志明主席的一贯教导，不仅对全心全意长期支援越南正义斗争的中国人民反友为仇，而且竟向过去并肩作战的柬埔寨发动了残酷的侵略战争。……我敢断言，越南当局发动的这场侵略战争，是完全违背越南人民意志的，越南人民决不会赞成。……真是一场害人害己愚蠢透顶的可耻战争！

春回大地，与石油战友再相逢

　　1985 年 4 月的北京，春寒料峭，紫禁城披上了春装，刚刚泛绿、透红，宽阔的马路两旁的杨柳罩上了一层绿蒙蒙的烟雾，高楼大厦间拂动着春日乍寒乍暖的阳光，人们迎着春光，迈开匆匆的步履，春的信息播撒在每个人的心里。

　　一辆小轿车驶进学院路，停在一个宽敞的院子里，当车门打开时，一群各样装束的人涌向前来，争着向走下车的魏巍握手、问候。魏巍都来不及辨认面孔，只是兴高采烈地应酬着，不断地说："老朋友，老朋友喽！"握了一双又一双，直握得他两手酸痛。此时，魏巍被一股热流包围着，被一种爱激荡着，他都有点热泪盈眶了。

　　面对眼前一张张笑脸，魏巍是不该生疏的，因为早在20 世纪 50 年代，当他们还年轻时，就已交上了朋友。不过那时他们还年轻，刚刚走向生活，这群地质尖兵，就是在魏巍的祝福声中走向柴达木、走向吐鲁番、走向新生活的。

30 年过去了，鬓发间添了霜色，脸颊上多了皱纹，但彼此间珍存的友谊却永远年轻着。

这就是北京石油地质学校的老校友们，在 30 年后的今天相聚北京，共同纪念"为祖国服务三十周年"，他们特邀魏巍参加，这真是难得的一幕。

当大地解冻时，伴着一阵鸿雁的啼鸣，魏巍就收到了江汉石油学院寄来的一封信，学院的前身就是北京石油地质学校，就是那一年，魏巍为那批学生送行。1982 年，这个学院的应届毕业生要走向新的岗位了，他们想起了魏巍，又邀请他给毕业生们写一篇 80 年代的"祝福"文章，魏巍立即应允了。令他难忘的是，翌年的 6 月间，当他寻访长征路南行时，第一站就到了江汉油田，看望他多年不见的老朋友去了。那几天，魏巍彻夜难眠，虽然看到的不尽是当年那批毕业生，但石油战线上的面貌，太令他激动了。直至今天，魏巍一闭上眼睛，还可以看到在辽远的田野里，那星罗棋布的抽油机，在热风里悠哉悠哉的神态，还可以嗅到糅进风丝里的石油香。

可是，那一次，只见到当年的一部分人，还有很多没见到，那是因为他们有的当了厂长，有的当了工程师，有的当了处长，分布在祖国的四面八方了。而今天，可以说是个大团圆，很多未见面的都可以看到了。此时，魏巍更加激动起来。

宽敞明亮的会议室里，布置一新，正面墙壁上贴着一条大幅标语，上写"迎风斗雨三十年"，标语的两侧，各有一条条幅，左写"昔日登峰寻宝藏何俱艰难困苦"，右写"今时欢聚畅佳音仍是协力同心"，它不仅概括了这一代石油工人自身的经历，也恰恰是"文化大革命"时期的结束语，好似历经沙场得胜归来的战士，整个会场洋溢着"谈笑凯歌还"的豪迈气氛。

魏巍坐在精心安排的座位上，心情犹如滔滔江水，不尽奔腾。他思索着，在这群得胜归来的将士面前，自己太渺小了，他甚至这样喏嚅着：我做了什么呀？太微不足道了，太微不足道了！他好像又年轻了 20 岁，忽然间年轻了，打起背包，跟上他们的行列，行进在雪岭大漠，用铁锤敲开石油宝藏的大门。

在一阵欢声笑语中，一位烫着卷发、穿着白衬衣的 50 岁上下的女干部，兴高采烈地走到魏巍面前，热情地伸出手来说：

"魏巍同志，还认得我吗？"

魏巍一手扶着眼镜，一手拉着那只伸过来的手，好一番打量，正要喊出对方的名字时，旁边的人告诉他：

"她是赵陵龄！"

"啊！"魏巍这才猛然想起，她就是当年往讲话台上递诗的那位苗条姑娘。当年的小女孩儿，今天已是石油部技术处的处长了。

"哎呀，真是'天翻地覆'啊！都成了国家的栋梁了！"

◎ 1985年4月，魏巍（右二）参加北京石油地质学校纪念活动

魏巍感叹着，大声笑着，昔日的一幕又映现在他的脑海。两颗晶莹的泪珠流在魏巍多皱的眼角上，他怎么不动心啊！

又一幕生动的场景发生了：来自兰州炼油厂的牟莺乔同志，把珍藏了近30年的半本《中国青年》杂志，赠送给了他。魏巍打开看时，是1955年刊登《祝福走向生活的人们》这篇文章的那期，封面已经没有了，内页因翻阅过多也皱了许多，这本杂志七传八传，只剩下了半本，但那篇文章还完好无缺。主人为它加了一个新的封皮，上面用钢笔流利地写道：

魏巍同志：

请收下一个幸存者保存了三十年的您的佳作，因为它曾经是我青年时代生活的指南，并伴随我走过了坎坷的生活道路。

牟莺乔

一九八五年四月

　　牟莺乔同志告诉他，《祝福走向生活的人们》为她指明了人生的道路，她和周围的伙伴爱不释手，成了他们生活的"座右铭"。"文化大革命"前牟莺乔经常翻出来阅读，为她和伙伴们解开了不少疑点，从中汲取了战胜困难的力量。十年"文化大革命"，有些正确的观点也受到了批判，但牟莺乔信服这篇文章中的道理，她的家虽被抄过多少次，但她一直悄悄地保存着它。今天，当牟莺乔将这半本《中国青年》交到魏巍手中时，魏巍看到的不是自己的力量，而是真理的力量，是一代人崇尚真理、崇尚向上的心灵在跳荡、在闪光。

　　当人们观赏这一幕时，好不激动，人们用眼泪，用由衷的笑声，用发自肺腑的感叹，表达了共同的心声。这些生动感人的曲折情节，就是历史发展的本来归宿哇！

　　一阵热烈的、无限真诚的掌声，将魏巍从兴奋中震醒。他今天要给大家说什么呢？他胸中纵有江河之浪涌，也难以表达此时此刻的心情，他手中纵有千支万支彩笔，也难以勾画发生在眼前的图景。他要说，他终于看到了在尖兵们留下脚印的地方，升起的石油塔的丛林；他看到了一个曾拥有年产 2000 多万吨石油的祖国，傲然屹立在东方了。他要说，30 年，在历史上只是个瞬间，在一个人却是不短的里程，石油尖兵们的青春年华已绽放出绚丽夺目的花朵。

这时，来自大港油田的一位"老石油"恭敬地将一枚金光闪闪的大庆油田会战纪念奖章，代表石油工人献给了魏巍，他抖动着双手，接过来了，深深地向大家鞠躬，以表谢意。只听他不断地说："不敢当，不敢当！"

他干脆放大嗓子的音量，对大家说："荣誉归于创造历史的人们，那么，谁是创造历史的人们呢？我想在座的同志就是，就是跟随着我们伟大的祖国，一同前进、一同创造了这一页光荣历史的人。"

赵陵龄站起来了，满面春风地接过魏巍的话头，她又要朗诵一首诗了，这是她早已准备好的。这个和 30 年前相呼应的镜头，令魏巍欢欣鼓舞，令大家欢欣雀跃。随着她那清脆的北京口音，一股激越的诗情喷涌而出：

来吧，魏巍同志，到我们这里来，
到油田上来，到石油工人中来，
看看、谈谈，当年的"年轻朋友"已是中年，
当年，我们怀着参加第一个五年建设计划的笃志、宏愿，
走向生活，走向石油勘探的第一线，
我们走过的地方，升起了石油塔的丛林，
我们的脚印上，冒出了石油的喷泉。
今天，重温你的祝福、送别辞，
我们仍像当年那样激动、不安，

◎ 1985年北京石油地质学校五五届学生代表将
大庆油田会战纪念奖章赠送魏巍

"长途赛跑"途中,还有多少制高点,

新的长征,还有多少艰辛和甘甜。

来吧,魏巍同志,坐坐、谈谈,

给我们设个新的"加油站"!

来吧,魏巍同志,到我们这里来,

到油田上来,到石油工人中来,

走走、看看,当年"新的支队"成员,

今天已是石油大军的中坚。

我们用辛勤的汗水,知识的脉络,编呀,织呀,

织成那捕捉"油龙"的巨网,

编成那降伏"气虎"的神鞭。

来吧,魏巍同志,来吧,我们的诗人,

◎ 魏巍为石油学院的学生们签名

到我们这里来，到石油工人中来，

和我们一起谱写那东方新的诗篇！

赵陵龄那激情的朗诵，激起魏巍一阵又一阵的心潮，他从来不愿接受别人的颂词，当那一句句的"来吧，魏巍同志"的呼唤声划过耳际时，他似乎听到了更远的地方在呼唤他，长征路上的雪岭、草地，驼铃作响的戈壁大漠，枪声炮火的南疆丛林，雷达旋转的海岛哨所……在呼唤他，远山在呼唤他啊！

他看到了播种在心灵的田野上的丰收。

他看到了一颗颗更加纯洁、自强不息的赤心。

他看到了祖国大地上春的婀娜多姿的身影，青春啊，你还会离去吗？

魏巍曾说，重走长征路，不仅仅是为写作，更是为了不能忘却的记忆。用脚步衡量的是长度，用心走出来的是血与火的历史。当魏巍踩在红军的足迹上时，理想的图腾萦绕于心。走一路，想一路。魏巍看到了红军的火种，在山水间熠熠闪光。那一排排楼厦，一片片扬花吐穗的庄稼，无一不是昨天的血汗换来的！

探索成长之路，解读智慧人生，
本章内容，扫码收听。

第
七
章

笔耕不辍著文章

寻访长征路，星火照夜眠

　　自1980年魏巍参加《聂荣臻传》编写组之后，经常聆听聂帅的谈话，进一步唤起魏巍写红军长征的渴望。魏巍没有停止创作的脚步，他把目光投向雪山草地，决心重走长征路。

　　在客厅的西墙上，多了一张地图——中国工农红军万里长征路线示意图，上面有许多红箭头，指向多个方向，指向火的燃烧，指向穷乡僻壤。魏巍戴着近视镜，手握放大镜，一次次寻找红军的足迹。刘秋华心疼地说："老魏，别找了，你不是要寻访长征路吗？到了跟前啥都一清二楚了……"

　　魏巍可不那么想，他心里明白，红军长征二万五千里，是它的长度，但长征的意义与价值却是非凡的。打着绑腿的红军走出雪山草地，走出敌人的围追堵截，走出黑暗迈向中国的未来才是关键。将红军长征中的各种历史人物活灵活现地展现在小说里，这要下大力气呀！

其实，魏巍的心里有一个宏大的计划：写"革命战争三部曲"，即《地球的红飘带》《火凤凰》《东方》，分别对应的是红军长征、解放战争、抗美援朝。"三部曲"是他的理想之作，更是他艺术创作的完美体现。正如诗中讲述的那样：

> 三部壮曲喜完工，俱是英烈血染成。
>
> 艺境无限我有限，织就云锦惟丹诚。
>
> 共产大业希猛士，低谷仍可攀高峰。
>
> 尽扫迷雾须奋力，革命巨流永向东。

当然，这是完成后的心境表达。眼下，魏巍的主攻方向是写红军长征，而《火凤凰》也已悄悄酝酿和动笔了。应该说《火凤凰》是魏巍的倾情、倾心之作，是他对解放战争的真实再现。而《地球的红飘带》则是魏巍以诗人的激情和历史学家的严肃精神，真实地、艺术地再现长征这一历史壮举。

1983 年的 5 月，阳光和煦，春风乍暖。他出发了。

走过一段山路，翻过一道山梁，魏巍与随行人员便见到山下一条河水，弯弯曲曲，由西向东潺潺流去。带路的小张大声说："看，大渡河！"魏巍十分兴奋。这就是书上记载的十八勇士强渡的那条河吗？他加快了脚步，想走

近它，看看它的模样，亲手捧一捧河水，喝个痛快。但是，俗话说"看山不远跑死马"，在这里，看河水是一条线，若走到跟前，没有几个小时是不行的。魏巍站在高处，遥看它的壮丽身躯，无声地穿越山谷、洼地，向东逶迤而去。

小张说："莫急，今晚到达石棉城，就可以看到铁索桥了。"

魏巍压住兴奋的情绪，说道："好一条大河啊！……"

魏巍在《长征路寻访日记》上写道：

到了汉源，就看到了大渡河水，但我们不知是汉源，所以不敢断定是大渡河。沿着它行十公里才略休息一下，问明是大渡河。晚饭后，黄昏时分与秋华到大渡河边吊桥处伫立观望了一阵，看河中急水翻着波浪，水声甚大。白天还看不出什么，此时真是有点骇人心魂。

晨五时即醒来，想看看早晨大渡河的面容。河边高岸巨石上有几个亭子，问询为翼王碑。登高下望大渡急流，如奔马，如飞箭，白浪滔滔，旋涡如车轮奔旋而下，确实凶险至极。此处为石达开全军覆没之处，五个王妃亦于此处投水。拂拭翼王残碑，益感我党我军之伟大，我愿永远做这一巨流中小小的浪花！

◎ 1983 年在大渡河边，老船工帅仕高为魏巍讲红军强渡时的情形在铁索桥上，他们走了两个来回，魏巍数了数桥上铁索的数量，又在桥墩上辨认留下的弹孔，心中卷起一阵阵波涛。他清晰地记得这样一个事实：1935 年 5 月 26 日一份红军油印小报上，赫然写着《十七个渡河的英雄》。后来，在杨得志写的《大渡河畔英雄多》一文中说是十八勇士。为什么多了一位？原来战事急迫，在上报时，指挥员孙继先没有把自己的名字列入英雄之内。为此，老英雄说："强渡大渡河这场战斗中的勇士，又何止十八个人，他们身后站着千千万万的人，只要党组织一声号召，随时准备献出自己的生命。铁流二万五千里，他们每一个人都是人民的功臣，都是国家的脊梁。"

在安顺场，魏巍见到了船工帅仕高，他是至今还活着的四位老船工中的一位。他当时已经 69 岁，一目失明，另一只眼也不大好使了，但身体尚健壮。魏巍拉住他的手，半天说不出话来："谢谢你老人家……"在这里，魏巍和帅仕高看了沿街的一个中药铺，说是当年毛主席住过的地方，即为二层小楼。魏巍和帅仕高手拉手照了一张相，有许多感慨。魏巍一行人沿大渡河看了渡河点、当时的机枪阵地及赵章成打迫击炮的地方。在纪念馆，魏巍留下了"红军精神万岁"的题词。

在彝族栗子坪，魏巍会见了苟达么子老人。他黑布包头，披了一件黑斗篷式的衣服，穿着宽大的黑裤子，脚下

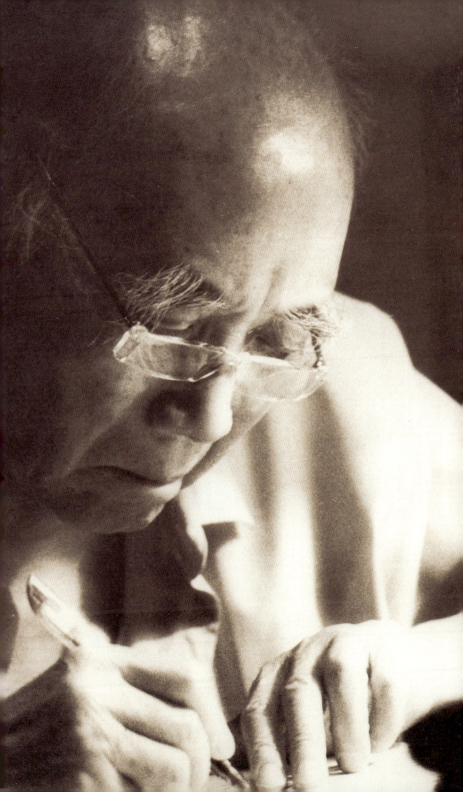

这是魏巍晚年留下的一个瞬间。他一生与
笔为伍，伏案耕耘，孜孜不倦。他凭借一支笔，
长长短短地记录了他经历的时代。此时，他的
眼睛已近失明，仅靠微弱的光，一个字一个字
地蠕蠕前行。

　　一位孜孜不倦、求知无境、笔耕不辍、勤奋不息的长者——魏巍

◎ 1983年魏巍在大渡河边的栗子坪同彝族老人苟达么子合影

穿着一双胶鞋。腰带上穿着一个很大的皮荷包。他从里面掐了一撮烟末儿放进铜烟管里抽起来。他原是奴隶中稍高一点儿的当家娃子，红军来时，奴隶主造谣说，红军穿的胶鞋是用人皮做的，可是他见红军纪律严明，待彝族同胞很好，不像奴隶主说的那样。他再三说感谢党和毛主席，把他们从奴隶社会带到了社会主义。他后悔没有跟红军走，这话他重复了好几次。

这就是红军跟彝族的真实故事，它比小说里的要生动。

在泸定桥，魏巍写下了一首小诗：

泸定桥边星，

二郎山下花，

热情如浓酒，

何惧走天涯。

　　他们辞别安顺场，向回路甘谷地前进，不久就走到二郎山的山脚下了。一说二郎山，魏巍就兴奋不已，他知道二郎山是通往西藏的要地，这里有解放军修路的身影，更有汽车兵风雪中前行的足迹。更重要的是，红军长征翻越二郎山，有一场"二郎山战役"。二郎山深藏着许多的故事，吸引着魏巍的好奇心。

　　还没有到跟前，就听说这一带经常出事故，所以，给魏巍开车的司机小赵格外小心。一路上，每到一处地方停下来，魏巍都坚持步行走到山顶，一览山上的美丽风光。

　　在二郎山半山上，他们看到二郎山这座险峰被长长的一匹白云盖住面容，远处的山峰也沉入云带中，只露出几个小尖尖，很像是海中的孤岛。等他们爬到峰顶时，顿时被奇丽的云阵所吸引，放眼四望，几乎被纷扰的乱云所包围，场面很大，壮观极了。

　　魏巍在日记里写道：

　　这一带都是丘陵地，每个山窝窝里都是稻田。我们又往白土坎走，因不通公路，我们下车后要走三公里路。稻田埂太窄，因昨天下了雨，格外泥泞，我拄着一个小竹竿慢慢地走。确实很难走。爬了一个小坡，走了三四里，周大镒同志就指给我们看红崖坝红军大学所住的房子。我们居高临下看去，见一道清流三面环绕着一个村子，很美。村边隔着一道沟，有一个小丘冈，周就指给我们说，那就是埋葬二百名红军烈士，后来又被地主强迫扒出来焚尸的地方。据说，这些烈士多是攻占天全的大岗战斗中负伤的伤员死在医院里的。这个小丘陵据说是数家地主的坟地，红军走后，地主回来就强迫贫农挖出来。

在赶路时，魏巍一不小心右脚陷在一个泥窝里，左脚一滑，一屁股坐在田埂上。这一摔倒，使右脚在泥泞里反了过来，一下子扭伤了筋骨，直疼得魏巍动弹不得。情急之下，随行人员喊来一个青年小伙子，把魏巍背出稻田，送到路边上。刘秋华后悔没有跟着走，如果陪在身边，绝不会发生这样的事。

魏巍感慨地说："文学是一种孤独的旅行。"可魏巍怎么也做不到孤独的旅行，名人效应总在他这里表现得淋漓尽致。人未到，粉丝们就等在门口了，讲课、题词是少不了的，只有很少的时间，他才能静下来沉思一阵子，想想小说的事情。

半个月之后，魏巍的脚稍好了些，拄着双拐可以走路

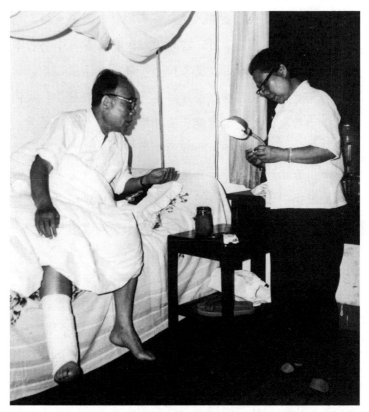

◎ 1983年魏巍寻访长征路受伤后在天全县养伤

了。这个双拐帮了他的大忙，竟也成了他的支柱。有时，魏巍笑眯眯地看着双拐，心中一阵痴笑，"双拐，我成了战场上的伤员了……谢谢你，架着我跋山涉水……"

魏巍就是魏巍，他不甘屈服，不甘寂寞。脚伤了怕什么，难道战场上负了点伤就下火线吗？他自问：你魏巍是那样的人吗？周围的人都好心地劝他，打道回京吧！

"不！哪有打退堂鼓的道理！"

听说在附近一带的山冈上，有红军烈士墓，人们经常去祭拜。魏巍坚持拄上双拐，带上水杯，喊着："走！去红军烈士墓看看！"刘秋华有些犹豫，"你的脚能走吗？"

"折了翅膀的雄鹰，还能飞山越岭呢！走！"他示意刘秋华把那瓶郎酒也带上。

魏巍架着双拐一步一步走向山冈，走向红军烈士墓。他站在山坡地，向松风野谷望去，宽大的额头在阳光下发亮，眼睛有神，像一位战场负伤的将军，挺立在他的士兵面前，庄严而威武。

面向烈士墓，他规规矩矩三鞠躬，之后，从刘秋华手里接过那瓶酒，拧开，倒下，轻声说道："好兄弟，我来迟了，我来迟了……你安息吧！有青山做伴，幸福的我们永远怀念你！……"

一场祭拜，天上的白云眺望这里，松林里的鸟儿眺望这里……

第一次寻访结束后，他觉得还不足，又有了第二次寻访。即一年之后的 1984 年 7 月 23 日至 11 月 11 日，这段时间他穿越兰州，访问了岷山、六盘山、腊子口、巴西、毛儿盖、马尔康、亚克夏山、两河口等地。

难忘的是魏巍寻访湘江两岸的经历。那天天气突变，下起了小雨，有人劝他，雨天路难走，最好放弃。他说：

◎ 1983年6月30日魏巍等人在宝兴至跷碛的锅巴岩桥合影留念

"路再难走，也比长征时好走。这么重要的地方一定亲眼看看心里才踏实。因为湘江战役是红军长征上的第一大仗，也是关键一仗。"那天，他们终于登上了打鸟界。魏巍首先开门下车，他快步登上了一个小山坡，此时，风停雨住，天气出人意外地晴朗。脚下一片片白云在山谷间翻滚，天空的乌云也散去，四周的高山峻岭显出了雄伟的姿态。陪同的人说，眼前就是老山界。魏巍顺着手势望去，兴奋地说："啊！那就是老山界？今天终于见到了真面貌。"这时，他说起陆定一在《老山界》一文中所描写的，红军翻越这座大山的艰险情景。果然如此，君不虚言。

◎ 1984 年 8 月 18 日，魏巍过岷山

　　在山脚下，他们又匆匆走进一个小小村镇，湘江战役后红军来到这里休整，几十户人家成了红军的避难所，用母亲般的胸膛，温暖了红军将士的苦痛。魏巍站在村口，顺着老乡的手势，看到了红军队伍从此出发，转战贵州的红旗，渐渐远去……但许多人没能等到革命的胜利就牺牲了。汽车顶风冒雨，穿行在桂北山区的公路上，阵阵寒风拍打着车窗，丝丝寒气侵蚀着人们的肌肤。魏巍不顾这些，而是不断地向窗外眺望，把一个个地名、山名，记录在小本子上。

　　红军的鲜血染红了湘江，染红了桂北大地，也强烈地

◎ 1984年8月，魏巍在四川若尔盖班佑寺院前留影

震撼着魏巍的心。他在红军战场上默立，在红军烈士纪念碑前默哀。他语重心长地对随行人员说："我们革命的胜利，是先烈们用鲜血换来的，在长期革命的斗争中，中国人民到底牺牲了多少？谁也难以准确统计，湘江战役中的死难红军只是其中的一部分，我们不能忘记他们！"

魏巍曾说，重走长征路，不仅仅是为写作，更是为了不能忘却的记忆。用脚步衡量的是长度，用心走出来的是血与火的历史。当魏巍踩在红军的足迹上时，理想的图腾萦绕于心。走一路，想一路。魏巍看到了红军的火种，在山水间熠熠闪光。那一排排楼厦，一片片扬花吐穗的庄稼，无一不是昨天的血汗换来的！

回到北京后，他坐在书屋里，第一件事就是进入创作，把所见所闻来一个大梳理，把对长征的理解，把那段血与火的历史，变成笔下的文字。

作家的灵感，往往在偶然间发生。也许是在行走间一朵花的启示，也许是在梦里一个梦境的启示。红军长征，万里长征，这个已有的概念在脑子里盘旋着，显然，这本书的名字不能再叫《长征》，必须以一个新的名字命名。

那段时间，大型连续剧《长征》正在电视上播出，魏巍几乎一集不落地看个遍。高兴了，就唱起《山丹丹开花红艳艳》，"一道道的那个山来哟，一道道水，咱们中央红军到陕北。一杆杆的那个红旗哟，一杆杆枪，咱们的队伍势力壮"。刘秋华说："你唱得都跑调了，没有陕北民歌味了……"魏巍嘿嘿地笑着，在心里体会着那热烈的场景。

那几天，魏巍把稿纸铺在桌面上，准备一场鏖战。他要全力以赴投入红军长征的小说写作。题材宏大，叙述严肃，他要告诉人们一个全景式的长征，一个有血有肉有筋骨的长征。

　　　　　湘江的水在眼前翻腾着……
　　　　　遵义会议的争吵在耳边回响……

夹金山的雪一阵阵闪过……

吴起镇的大秧歌跳来跳去……

苦思苦想啊，夜不能寐。

想到极致的时候，他的眼前幻化出一道红云，在眼前飘逸着，像一条红绸子在脑海里定格了，它飘啊飘，从眼前飘到山顶上，又飘到更远的地方。凡是红绸子飘到的地方，山也青了，水也绿了。他和红军长征的伟大壮举连接起来，顿时，脑海里冒出"地球的红飘带"的意象，对！是它！这个词既形象又生动，表达红军长征确凿无疑。他顿时欢欣鼓舞起来，心头的云雾散去，一片晴朗而明丽。

他不声张，悄悄写在稿纸上。那天的夜里，他睡得很香，很香。

题目有了，之后是情节的安排、人物性格的塑造、语言的诗化和史书的融合。想得多了，他几乎陷进去，难以自拔。要吃中午饭了，桌上三菜一汤。刘秋华也早已摆好碗筷，魏巍还没有下楼，孩子们有些着急了。刘秋华喊着："老魏，开饭了，还磨蹭什么呢？"

他走下楼梯，坐在饭桌前，手里拿着一张稿纸，和大家说："先不着急吃饭，读一段儿让你们听听！"接着，他读起来：

党中央的总书记博古面红耳赤地站在那里，神情异常激动；地上一个伤员躺在担架上，腿上和头上都缠着绷带，神情也同样激动，还不断地挥着手叫。那个个子矮矮的，戴着深度近视镜的"少共"中央局书记，也站在旁边。周围还站着一些中央直属机关的工作人员和正在行军中的红军战士。

只听那个伤员激愤地喊道："……你究竟要把我们带到哪里去？我是问你，你究竟要把我们带到哪里……"

"我不能容忍你这种问话，我也不能回答你这种毫不礼貌的问话！"博古也愤怒地叫道。由于脸上冒汗，他的近视镜老是向鼻尖滑落，他向上推了一推。

"这怎么是没有礼貌呢！"那个伤员挥着手分辩道，"你是总书记，我是党员，我有提意见的权利！不光是我，我们许多人都是有意见的！你知道我们怎样同敌人拼的吗？为了掩护中央，流血牺牲，我们没有意见；可是，你们迟迟不来，我们一个团快拼光了！我们政委和几个营长都牺牲了，我们团是1800人哪，现在不到500人了！……我，我……"由于伤员过于激动，说不下去，满眼是泪，竟哭起来了。

儿子魏猛插话说："挺好，就这么写吧！老爸入神了……快吃饭吧！"

刘秋华站出来打圆场："是写湘江战役的吧？我看写得挺真实。"魏猛说："不错，不错，老爸又写大部头了……"

魏巍心里有了底数，也有了信心。"就这样写下去！"

日历翻过一张又一张，从湘江战役开篇，到遵义会议展开。

日历翻过一张又一张，从四渡赤水、强渡大渡河，到与红四方面军会师。

日历翻过一张又一张，从和张国焘斗争，到哈达铺红军整编。

日历翻过一张又一张，毛泽东、周恩来、朱德等领导人风貌生动，与红军将士同生共乐。

一天夜很深了，刘秋华已睡过一阵，发现书房里的灯还亮着，魏巍沉浸在遵义会议的创作进程中，他正写毛泽东在会上发言，驳斥博古、李德的错误主张。

毛泽东笑着说："前面就是夜郎国了。这是当年李白流放的地方。而李白并没有真的走到夜郎，他是中途遇到大赦就回去了。可是老天，谁赦我们哪？蒋委员长是不会赦我们的！我们还得靠两条腿走下去。问题是，为什么我们会走这么远的路呢？这是因为我们丢掉了根据地嘛。而为什么会丢掉根据地呢？按博古同志的说法，是敌人的力量太强大了，不错，敌人的力量确实很强大；可是前几次'围剿'难道敌人的力量就不强大？红军到五次反'围剿'已经发展到八万多人，而前几次反'围剿'，红军打了那么多仗，也不过一两万、两三万人。所以，敌人的五次'围剿'没能粉碎，还是我们在军事路线上出了毛病。这毛病主要是不承认中国的革命战争有自己的特点，不承认中国的革命军队必须有自己一套独特的战略战术。"

刘秋华看到这些文字，有的被汗水浸湿了，心疼地说："早点睡吧，明早再接着写……"

时光倒映出这样的镜头：魏巍伏在桌子上，不写了，哽咽着，半晌说不出话来。

刘秋华蹑手蹑脚走到跟前，被纸上的文字吸引了：

火把，一支又一支的火把，行进得更迅速了。它简直像一条蜿蜒的赤龙在向前飞翔。在这漆黑的夜里，在这无边的风雨之夜，还有什么更美丽的事物吗？没有了，没有了，只有这红艳艳的火把！因为那上面寄托着整个中国大地的希望，甚至是整个进步人类的希望。在浓黑如墨的夜色里，一支支的火把，就像一个个红红的歪着嘴儿的桃子，也像火把下一颗颗赤红的心。明明前面是死亡，而人们却要争着、闹着、哭着要去，这是红军中的特有的也是通常的现象。也许后世人觉得这些不可理解。其实，这正是那种被唤醒了的阶级地位的自觉和对旧社会决一死战的决心。

一部47万字的《地球的红飘带》手稿杀青了。魏巍高兴地说："来，今晚，我要多喝几杯！……"

聂荣臻元帅把序言送到家里来了。魏巍迫不及待地打开，高声朗读起来："我从《当代长篇小说》杂志上看到了魏巍同志的新作《地球的红飘带》，兴奋不已，接连十几天，一口气把它读完了。《地球的红飘带》是用文学语言叙述长征的第一部长篇巨著，写得真实、生动，有味道，寓意深刻，催人奋进，文字简洁精练，读来非常爽口。读完全书，我仿佛又进行了一次长征。

"长征是人类历史上的奇迹，是我党我军和中华民族的骄傲，永远是我们宝贵的精神财富。碰到了困难，人们就想起长征，想想长征，就感到没有克服不了的困难。作者抓住这一伟大的历史题材，搜集了大量史料，两次到长征路上探胜，又经历了几年的精雕细琢，小说写得非常成功。它高屋建瓴，着重从敌我双方的最高层活动来反映长征壮举，艺术地再现了这段历史。"

能得到聂帅的赏识，真是莫大的荣幸，魏巍心里像吃了定心丸。他高兴地说："来，今晚我要多喝几杯！……"

1988 年 5 月，《地球的红飘带》由人民文学出版社正式出版发行。

此书一经发行，立刻引起了广大读者的热烈反响，犹如为时代注入一股清风，人们都议论着，赞许着。

伍修权写文称赞这部著作说："全书集中写了中央直接率领的红一方面军这一路，开门见山地从湘江突围写起，以遵义会议、四渡赤水、强渡大渡河，与四方面军会师和

◎ 魏巍作品合影

同张国焘的斗争为'重场戏'，写到哈达铺整编收笔，形象地告诉了人们，红军的长征是如何取得胜利的。敌人的'追剿'又是怎样遭到惨败的。书中不仅生动地再现了毛泽东、周恩来等中央领导人和彭德怀、聂荣臻等红军将领的当年风貌，还塑造了韩洞庭、金雨来、杜铁匠、樱桃等红军指战员和'店小二''老秀才'等人民群众的生动形象，连敌方的蒋介石、王家烈和杨森等人，也都写得如见其人、如闻其声。"

　　傅崇碧写文章称："看了这部小说，很受感动，它把我们又带回到当年的长征道路上去了，同时也激励我们这些长征过来的人还要努力再干，为四个现代化建设再出一把力。作品对教育后代有很重要的意义，现在有些青年人一切向钱看，一讲艰苦奋斗、勤俭建国就认为是过时了，要教育他们不要忘了过去，中国革命的胜利来之不易，没有先烈的流血牺牲，就没有我们的今天。"

如果说《东方》是抗美援朝的诗化史诗，《地球的红飘带》就是投向中国文坛的一声响雷，它为改革开放后的中国小说界，平添了一抹不可多得的亮色。

砥砺深耕，履践致远

　　时间指向 2000 年 5 月 20 日，魏巍创作历程暨《魏巍文集》（共十卷）研讨会，在北京中国现代文学馆召开。

　◎ 2000 年 5 月 20 日，魏巍创作历程暨《魏巍文集》研讨会在京召开

会场外五月的阳光照耀，会场内喜气盈盈。主席台上，嘉宾济济、含笑端坐。宽敞整洁的会场里，一排排挚友，欢声笑语，期待这荣光幸福的时刻。

作为主人魏巍，年逾八十，创作丰盈，只见他红红的脸膛，炯炯的眼神，格外精神，他手里握一支手杖，面前摆放着一只茶杯，一打稿纸。眼前的桌案上，摆放着广东教育出版社出版的《魏巍文集》。

他放眼望去，会场上，坐满了昔日的老友：邓力群、马文瑞、郑天翔、王忍之、吴冷西、李耀文、华楠、周均伦、黄英夫、王兆海、翟泰丰、高占祥、吕志、陈学政、张庞、陈昌本、王巨才、李瑛、张锲、李准、丁振海、李牧等，还有台下的知心朋友们，百十余人。魏巍望着大家，嘴里念叨着："都来了，都来了……"

他最关心的是一位松骨峰连代表吕永祥，他可是一段历史的代表，他来自基层连队，是代表一大群士兵来庆贺的。直到他的眼睛瞄到吕永祥的身影，他才点点头，欣慰地放下心来。

一开始，主持人首先宣读了时任中共中央政治局委员、中央军委副主席迟浩田送来的题词："弘真理扬正气可敬可爱，写英雄抒壮志誉满华夏。"浓墨重彩，刚劲有力。热烈的掌声中，人们啧啧称道。魏巍不停地笑着，谦虚地说着："誉满华夏这太大了吧？"可在场的人，觉得恰如其分，实至名归。

◎ 魏巍在书房　王孝摄

　　接着是代表们依次发言。发言中对魏巍的创作道路和人生道路，进行了高度评价，认为他是一位战士型的作家，始终不改共产主义者的本色，丰厚的生活，生动的形象，坚定的立场，澎湃的激情，这些始终贯穿在魏巍的创作之中。

　　翟泰丰说："魏巍同志的文集，展示了他的半个多世纪的文学历程，同时也让我们看到了一位战士威武不屈的高大身影，看到了一位人民作家为人民、为祖国、为理想而呕心沥血的人生足迹，看到了一位革命志士无论在战争岁月还是在和平年代，永远不坠青云之志的崇高品格。魏巍同志的作品永远是滚烫的，永远是充满热血的，永远是对人民和祖国饱含深情的，因此也将永远为广大读者和青少年所欢迎和喜爱。"

时任新闻出版署署长于友先发言说："魏巍始终关心国家和人民的前途命运，始终坚持正确的创作思想，坚持先进文化的前进方向。从一定意义上说，他的文学创作历程反映了军旅作家成长的一般规律，反映了军旅文学发展的一般特点。"这时，主持人宣读了时任中共中央政治局委员、中国社会科学院院长李铁映的贺词。贺词中说："敬悉魏巍创作历程暨《魏巍文集》研讨会召开，欣喜至极。您在六十年的创作生活中，笔耕不辍，终于有洋洋十卷之众之《魏巍文集》行世。殊可庆贺，亦不胜钦羡。尤为难能而可贵者，是您在漫长的岁月里，将对党和人民的一腔赤诚，对革命事业的坚定信心，诉诸笔端，行于字里行间，以此而浇注创作信念，以此而熔裁华彩篇章，众多佳作，反映了我党我军的光辉历史，讴歌了人民的奋斗历程，为社会提供了既美且善的精神产品。我因公务在身，不能与会，深表歉意。谨祝研讨会成功，并祝您身体健康，再创佳作。"

中宣部原副部长、诗人贺敬之从三门峡发来的三首诗：

（一）

群山巍巍耸群峰，
魏巍矗立势峥嵘。
百年人民文学史，
君在亿万民心中。

（二）

太行红杨上甘松[9]，

东方破晓击晨钟。

世纪问答谁可爱？

笔绘地球飘带红[10]。

（三）

清流几见浊流涌，

夕阳翻作朝阳升。

我访三门遥致敬，

中流砥柱思君容。

贺敬之的诗引发了会场的气氛，安静的气氛中注入了一股活力，本已热烈的情绪又沸腾起来。这时，魏巍示意让松骨峰连队代表吕永祥发言。

小吕精神干练，敬礼后大声说："我是北京军区51029部队步兵三连指导员吕永祥，我所在的连队就是魏巍同志《谁是最可爱的人》书中记录的'松骨峰特功连'，在此，我代表我们全连官兵对《魏巍文集》的出版和研讨会的召

⑨魏巍在太行山时期用笔名"红杨树"。

⑩指魏巍名作《东方》《谁是最可爱的人》及《地球的红飘带》。

开表示衷心的祝贺，对魏老六十三年革命创作历程表示崇高的敬意！'松骨峰精神'是我们连的连魂，《谁是最可爱的人》是我连的传家宝。无论过去、现在，还是将来，永远是连队建设不断进步和激励官兵争先创优的力量源泉。我们把'松骨峰精神'作为建连育人的'接力棒'，一代一代传下去。请魏老和同志们放心，我们一定牢记重托，不辱使命，进一步加强连队全面建设，以实际行动向党和人民递交优秀的答卷，为'新时代最可爱的人'增添新的光彩。"

掌声中，魏巍流下了泪水。他又飞回了战火纷飞的朝鲜、飞到那些忘我战斗、英勇杀敌的士兵之中。他站起身来，向吕永祥挥手，"谢谢！谢谢！向大家问好！"

接着，他大声说："峭岩同志呢？给他一个机会，听听他的发言好不好啊！"我早有准备，我知道魏巍始终记得我是为他写传记的人。

我说："魏巍告诉我们什么？这些天我总在想这样一个问题，魏巍道路告诉我们什么？他为什么17岁从军，走上抗日的烽火？他为什么对战争那么刻骨铭心？他为什么对石油战线那么关注？他为什么对青年人那么期待？他为什么对社会上的不正之风那么敌视？一句话，他对祖国的前途、民族的命运、人民的疾苦，为什么忧思忧虑？魏巍大半生写了很多书，做了很多事，魏巍这个名字是与共和国的文学事业联系在一起的，是巍然耸立的，是深入人

◎ 魏巍看望松骨峰战斗英雄连队官兵

心的。"

魏巍笑吟吟看着我，似乎在鼓励我，让我继续讲下去。

我又提高了嗓门，拉长了声线，一句一句讲着：

"魏巍这个名字自延安、晋察冀的土地培育成长之时至今，已过半个世纪，半个多世纪锤炼一个人已属不短，自从那颗'种子'投到人民战争这块土地上，他历经抗日战争的漫天烽火，解放战争的浓烈硝烟，抗美援朝的艰苦岁月，越南战争的凄风苦雨。十年'文化大革命'的特殊岁月……他尽情吸吮着生活的乳汁，孕育出一棵棵枝叶繁茂的文学之树，可以说，魏巍没愧对人民，他的名字连同他的作品在几代人身上，发生着莫大的影响。

◎ 本书作者峭岩看望晚年的魏巍

"我沿着作家的足迹，一段一段地摸索着、寻觅着，我发现他不是天生的'圣人'，他和别人一样带着哭声降落人间，他是一个普通的、跨着竹篮在火车站上卖过香烟的小男孩儿，但他后来不一样了，生活对他有了严酷的考验，他对接触的革命教育和现实生活产生了共鸣，他从黄河的呐喊中感受到人民的力量、正义的力量。他最早眺望到希望的曙光，他情不自禁地寻找，而当他一旦找到那片沃土、那个生机勃勃的集体时，就义无反顾地和他相依为命了。在谈到他的这段经历时，魏巍曾这样说：'我，一颗小小的种子，被党的手投向了燃烧着的土地。然而，这块土是党的土，人民的土，是以毫不吝啬的精力养育了我的这一块土，是她，让我认识了敌人，认识了斗争；特别是，

是她让我认识了人民，爱了人民。我永远感念这一块土。'
于是，我寻到魏巍生活的根基，它是那样深厚丰沃。他在
诗中曾这样告诫自己：'红杨树'报答人民，记清楚，人
民不仅养育了你的诗，人民在饥饿里也养育了你，记清楚，
在这苦战的年代，你应当将智慧也用于战争，把战争当成诗。

　　"'为谁而写？为什么而写？'这个最基本的问题，
早在五十多年前就这么清楚明显地摆在这里了。我又发现，
魏巍不仅具有作家的属性，更具有他自己独有的个性。他
就是他，而不是别人。这个特殊性是纵观全局而得出来的，
无论在任何情况下，他的诗都没有背叛过，他的心也没有
背叛过。艰苦的 1942 年吃野菜、吃黑豆的年月，他没有灰
心。十年内乱，他受了诸多的委屈，他没有倒下。在黑云
压城之时，他不做愧心文章，在商品大潮涌来的形形色色
的思潮面前，他坚信革命理想，毫不动摇。几十年如一日，
他方寸不乱。"

　　我几乎是一口气讲完了这些话，所有的人不停地向我
投来赞许的目光。

　　这时，石祥站起来，有话要说。会场立时安静下来。
石祥和我是一代人，都是魏巍培养的"战士诗人"，是魏
巍忠实的学生。他曾写过《十五的月亮》《望星空》等歌曲，
一提这些歌没有人不知道他的。可以说，是那个时代的一
段美好的记忆。所以，他一站起来就引来一片掌声。石祥
大声说："我说《魏巍是一座山》。"

石祥富有感情地朗诵道：

魏巍是一座山。

硝烟里，山上长出一棵"红杨树"。

鏖战《两年》，结出诗果满园；

《黎明风景》，亮起曙光片片；

山泉流出《不断集》；

夕阳推出《红叶集》，

号角，鼓点，一簇簇激情燃烧的火焰。

魏巍是一座山。

炮火中，松骨峰浴血奋战。

第一声喊出《谁是最可爱的人》，

让世界瞩目，令一切侵略者胆寒；

《幸福的花儿为勇士而开》，

一串串赞歌挂在无数英烈胸前。

魏巍是一座山。

山谷回荡长篇"三部曲"。

一条《地球的红飘带》，

长达二万五千里，诠释"红军不怕远征难"；

一只腾飞的《火凤凰》，

再现烽火中的"凤凰涅槃"；

一组群雕屹立在世界《东方》
中华好儿女雄踞于三千里江山。

魏巍是一座山。
一座为人民英雄树碑立传的山，
一座替老百姓说话代言的山，
一座坦坦荡荡砥柱中流的山，
一座铁骨铮铮宁折不弯的山，

魏巍是一座山。
一座崛起在伟大时代的山，
一座镌刻着镰刀锤头旗帜的山，
一座推不倒撼不动的山，
一座永远属于最可爱的人的山。

　　石祥的激情朗诵，随着他洪亮的声音，挥动的手臂，
响彻会场的四壁，响彻人们的心里，飞出窗外，轰鸣在旷
野和苍穹……

青铜般的记忆，在振响……

眼下这段时光，是金刻玉雕般的珍贵和深刻，它的每分每秒都在发声，都在闪光。

到目前止，魏巍是唯一走进我心灵的作家，他活在我的心里已很久很久。虽然他已离开我们 15 年之久，他依然在我的身边，在我的心里。

说来十分感慨，《东方之子——魏巍的成长之路》，它使我完成了一个最大的心愿。本来，1988 年我写完《走向燃烧的土地——魏巍》这本书之后，就发现还有没写完的东西，这本书只写到魏巍从出生到他写作《东方》之前这一段时间的经历，以至于他后来的那些宝贵的经历还没有机会写进这本书里。那时，我下定决心，决定在未来的时光里，再写一部魏巍的传记。这次，辽海出版社给了我一个宝贵的机会，让我有机会补上这一缺憾。今天这本书，是魏巍较为完整的一本传记。

我曾自豪地说："为魏巍写传记，我是唯一人选。"

我与魏巍的交往可以追溯到 1964 年，当我还是战士的时候，就已经和魏巍认识了。至今我还清楚地记得和他第一次见面的情形。一天，我到北京军区大院开会，魏巍站在大礼堂的台阶上，在等待什么人。我旁边的战友指给我，"那就是魏巍"。于是，我大胆地走上前去，向他敬礼、握手！我告诉他说："我是工兵五团的哨岩！"这时，他想起来了，他说："你就是话剧《五十大关》的作者？哈哈，好年轻的战士啊！"

自此，我们结下了友谊的种子。他是我心中的偶像，也是我追逐的目标。

在后来的交往中，我的诗得到他的指教，有了许多的进步。后来，我调到《解放军画报》工作，这样，我们的关系走得越来越近，我采访他的照片、写过的文章发表在《解放军画报》上。我把我写的《关成富之歌》长诗寄给他，他一句一句地认真修改。为此，彼此间结下了难忘的友谊。有一件事可以证明，我加入中国作家协会时，魏巍是我的介绍人之一，另一个人是他介绍的冯牧先生。

20 世纪 80 年代初，山西北岳文艺出版社决定出一套"作家艺术家文学传记"丛书，魏巍名列其中，我自然成了他的传记作者。为此，我到郑州市魏家胡同采访过，目睹过他小时候的住房和玩耍的地方。后来，我也曾和魏巍一起到河北乡下"官大妈"的家乡探亲，一起吃"官大妈"煮的玉米，一起唠家常，听他们回忆打日本鬼子的故事。那时，我和他接触得比较紧密，他的一言一行我都倍加关注。再后来，为了写传记，我和他约定每周日他到我家来交谈，谈上半天。后来又改为每周日我到八大处魏巍的家里采访。就这样，一来二去，有半年之久。在魏巍家里二层楼上的一个小屋，我睡过午觉，吃过刘秋华为我们包的饺子，喝过他家乡的枣酒。每当唠得高兴，魏巍总是请示爱人刘秋华："我可以多吃一个饺子吗？"因为他有严重的糖尿病，吃饭、喝水都是定量的。刘秋华见他高兴，就说："峭岩来了，高兴了呗！只能多吃一个啊！"

就在这期间，魏巍给我写下了一份题词"志洁行芳"，至今还悬挂在我的客厅里，每当看到它我都会听到一种无声的召唤，都会指引我走向高处。这是魏巍对我的嘱托和深深的期望。

还有一件难忘的事，就是魏巍有四本手写日记，分别是《赴朝日记》《赴越日记》《长征路寻访日记》《石油战线巡礼》，这四本日记非常宝贵。我曾想为他做一些事儿，于是，我把这四本日记拿回来，准备在解放军出版社出版。一页一页地复印，一页一页地打印，终于成了一本完整的书。后来，由于事情的发展变化，这本书终于在2008年1月，由中国文联出版社出版。他立刻送给我一本。

在扉页上写道："峭岩同志：此书承你好意，原在解放军出版社出版，后虽未实现，仍然感谢你的好意。2008 年 3 月。"没想到，半年后，2008 年 8 月 24 日，魏巍与世长辞，那本书可说是对他的最大安慰。

从此，世上再无魏巍。他留在世上的是一部传奇，一个神话。也许，这部传记会带给人们一段难忘的记忆。

记住一个人，最好的方法是诵读他的作品；记住一个人，最实际的行动是沿着他的足迹前行。

但愿这部传记陪伴我们，走向新时代，迎接一个个美好的明天！

峭　岩

2008 年 7 月 8 日

于北京花园书斋

《东方之子——魏巍的成长之路》
（有声版）

这是一条战火与温情交织的成长之路，
展现一位文学巨擘的拳拳之心；
这是一盏文学征途长明不熄的熠熠明灯，
讲述东方之子魏巍的家国情怀。

本书每章开头均附二维码，扫码即可欣赏本章全部音频；
也可关注辽海出版社微信公众号，收听更多精彩内容。

- -

作　　者：峭　岩

演　　播：杨　霄

编　　辑：栾天飞　高福庆

录　　制：赵　楠

监　　制：袁丽娜　赵　楠